Luc Verlains erster Sommer als Kommissar im Aquitaine neigt sich dem Ende entgegen – doch kurz vor der Erntezeit der edelsten Weine wird Frankreich noch einmal von einer Hitzewelle erfasst. Ausgerechnet jetzt findet der Marathon du Médoc statt, wo die Läufer in bunten Kostümen antreten und unterwegs von den Winzern der Region versorgt werden. Ein riesiges Spektakel, das für Luc noch schöner wird, weil seine Angebetete Anouk nach einer geheimnisvollen Italienreise wieder ins Aquitaine zurückkehrt. Gemeinsam stehen sie im Schlossgarten von Lucs bestem Freund Richard, der die Marathonläufer mit einem feinen Rotwein verköstigt. Plötzlich brechen einige Sportler zusammen, ein Politiker kommt nur knapp mit dem Leben davon und ausgerechnet der sympathische Winzer Hubert stirbt.

So sehr sich Luc auch dagegen sträubt: Alle Spuren führen zu Richard, denn der steckt offenbar in ernsten finanziellen Schwierigkeiten. Der Commissaire muss sich bald entscheiden zwischen der Loyalität zu seinem alten Freund und den Gefühlen für seine charmante Partnerin, die Richard längst für den Täter hält.

Mehr über Luc Verlain und das Aquitaine unter *www.lucverlain.de*

*Alexander Oetker*, geboren 1982, ist Bestsellerautor und TV-Journalist, als Frankreichexperte von *RTL* und *n-tv* berichtet er seit sechzehn Jahren über Politik und Gesellschaft der Grande Nation. Seine Krimis um Luc Verlain sind Erfolgsgaranten im Buchhandel, für *Mittwochs am Meer* erhielt er die DELIA, den Literaturpreis für den besten Liebesroman des Jahres. 2022 wurde Alexander Oetker mit dem Deutsch-Französischen Freundschaftspreis ausgezeichnet. Sein Kochbuch *Chez Luc* wurde mit dem ITB Buch Award, dem swiss gourmetbook award und dem Gourmand World Cookbook Award prämiert. Er lebt *en famille* in Brandenburg, Berlin und an der französischen Atlantikküste.

Alexander Oetker

# CHÂTEAU MORT

Luc Verlains zweiter Fall

Roman

Atlantik

MIX
Papier | Fördert gute Waldnutzung
FSC® C014496

*Atlantik ist ein Imprint
des Hoffmann und Campe Verlags, Hamburg.*

8. Auflage 2025

Harvestehuder Weg 42, 20149 Hamburg, produktsicherheit@hoca.de
*www.hoffmann-und-campe.de*
Umschlaggestaltung: Hannah Kolling © Hoffmann und Campe
Umschlagabbildung: © Stéphane Mesmin
Satz: Pinkuin Satz und Datentechnik, Berlin
Gesetzt aus der Albertina MT Pro
Druck und Bindung: GGP Media GmbH, Pößneck
Printed in Germany
ISBN 978-3-455-00596-7



HOFFMANN UND CAMPE

*Ein Unternehmen der*
GANSKE VERLAGSGRUPPE

*Für Oma Ilse,*
*die stets lieber »ein kleines Bier« trinkt*

# Prolog

Er lag wach. Seit Stunden. Die Ziffern des kleinen runden Weckers leuchteten im Dunkeln. Sie zeigten halb vier. Die Zeit, in der ihn seine Dämonen besonders gerne heimsuchten.

Der Wecker stand auf dem Nachttisch neben seinem Bett und verhöhnte ihn, so schien es, verhöhnte seine Schlaflosigkeit und seine Sorgen. Seine Ängste.

Dabei hätte er tanzen sollen, feiern, das Leben genießen.

Alles lief nach Plan. Nein, viel mehr als das: es lief grandios, so grandios, wie er es nie für möglich gehalten hatte.

In den letzten Tagen waren Dinge geschehen, die sein ganzes Dasein auf den Kopf stellen würden.

Er hob das linke Bein aus dem Bett, dann das rechte. Behände, wie andere über ihn sagen würden. Für einen 62-Jährigen war er behände. Sportlich. Ausdauernd.

Und als er dort an seinem Fenster stand und hinaussah in das Tal und die sternenklare Nacht, da spürte er: Ausdauer. Das war der Schlüssel.

Wie lange hatte er sich abgekämpft für all das. Für die grünen Blätter dort unten und die vollroten Trauben, die an den Reben hingen. Für die Stallungen dort hinten in den Schatten, die Fässer unter ihm im kalten Keller, für dieses kleine Schloss hier, mit dem Turmzimmer, in das nie jemand einen Fuß setzte.

Aber jetzt endlich könnte sich seine jahrzehntelange Ausdauer bezahlt machen. Jetzt war er dabei, endlich einen richtig großen Wein etikettieren zu können – und dann zu verkaufen. Für achtzig, neunzig, vielleicht hundert Euro pro Flasche. Und einen Ruf zu bekommen, der ihn endlich in die großen Weinmagazine brachte und in die Reiseführer. Einen Wein, der ihm die Touristen in Bussen ins Schloss karren würde.

Die Trauben dieses Jahres, die da unten hingen an den Reben, diese prallen roten Trauben, sie wären der letzte simple Wein, den er herstellen würde. Ihm hatte sein Roter immer geschmeckt, es war ein solider, guter Wein, ein Genuss für Menschen, die etwas von Wein verstanden, aber auch auf ihren Geldbeutel achteten.

Und die Trauben wären in einem Jahr ja immer noch dieselben. Genau wie die Fässer. Und das Château. Aber die Klassifikation seines neuen Weines, die wäre dann eine andere: *Grand Cru Classé* – oder eines Tages sogar *Premier Grand Cru Classé.* Dann würden sich sparsame Genießer seine Tropfen nicht mehr leisten können.

Er wollte diesen Wein. Diesen großen Wein.

Sollte er das Turmzimmer renovieren? Für Führungen durch sein Château? Und könnte er auch endlich seine Tochter mehr unterstützen? Ihr wieder nahe sein?

Doch während er auf die vom Mond beleuchteten Reben dort unten vor dem Fenster sah und sich die eigene Zukunft ausmalte, schlich sich wieder dieser Gedanke ein.

Der Gedanke war verbunden mit dem Bild eines Mannes vor seinem geistigen Auge. Konnte er all das tun? Durfte er seinen Familienbesitz aufs Spiel setzen?

Wenn es schiefging, wäre alles verloren. Seine Zukunft. Und sein guter Ruf.

Durfte er als Weinliebhaber zum Betrüger werden? Sich vergreifen am größten Kulturgut Frankreichs?

Er sah wieder das Bild des Mannes. Eines sehr alten Mannes. Das Bild in seinen schlimmen Gedanken war das Gesicht seines Großvaters, der streng und drohend den Kopf schüttelte.

Vendredi – Freitag

# BIER AUF WEIN

# Kapitel 1

Kopfschmerzen. Und dazu dieses helle Licht, das Luc förmlich durch die Augenlider drang. Es war heiß. Elendig heiß. Das spürte er, bevor er die Augen schmerzhaft öffnete. Der Anblick dort oben war blau. Wolkenlos. Der Himmel des Aquitaine. Luc stutzte. Er richtete sich langsam auf und stützte sich dabei auf den Ellenbogen ab.

Sein Hinterkopf war voller Sand – und sein Blick fiel nach vorne auf den Ozean. Was war denn hier los?

Und dann kam die Erinnerung zurück. Langsam. Gemächlich. Wie der Nachhall des Rausches von vor ein paar Stunden.

Er lag am Hauptstrand von Carcans Plage, und als er den Blick ein wenig wendete, entdeckte er neben sich Yacine, seinen Pariser Kollegen und Freund. Auch er sah reichlich verwüstet aus, wie er da lag, den Kopf in der gleißenden Sonne, den Mund im Schlaf ein wenig geöffnet.

»Mein Gott«, stöhnte Luc und dachte an die vergangene Nacht.

Sie hatten gefeiert und getrunken, erst in der Ortsmitte in der Bar *L'Aperock*, dann hatten sie am Strand einen Grill aufgebaut und ein Barbecue gemacht.

Bier, jede Menge Bier, dann gab es kalten Weißwein, und später, zum Lagerfeuer, waren sie auf Eau de Vie umgeschwenkt. Härter als dieser Schnaps war wirklich wenig. Dazu hatten sie unzählige Zigaretten geraucht. Lucs Vorrat seiner geliebten Schweizer Zigaretten *Parisienne* war bis auf wenige Restexemplare zusammengeschmolzen, und der Dorf-Tabac in Carcans führte sie nicht. Da gab es nur rote *Gauloises*.

Aber Yacine hatte ihm fünfzig Schachteln *Parisienne* mitgebracht.

»Hast du 'nen Tabac überfallen?«, hatte Luc gefragt.

»Alles für meinen Commissaire«, war Yacines Antwort gewesen.

Gut möglich, dass die Zigaretten wirklich aus der Schmuggelware des Pariser Polizeikellers stammten. Luc hatte gelernt, bei Yacine nicht genauer nachzufragen.

All diese Ingredienzen des Abends hatten den Weg zurück über die Düne in Lucs Cabane und ins Bett unmöglich gemacht. So kam es jetzt jedenfalls als Erinnerung langsam wieder im Kopf des Commissaire an.

Also mussten sie sich offenbar in ihrer Not entschieden haben, hier am Strand zu schlafen. Mit allen Konsequenzen. Keine geputzten Zähne, Kopfschmerzen bis an die Ohren und ein beginnender Sonnenbrand. Gott sei Dank war Luc durch den heißen Sommer vorgebräunt, und Yacine war Kind algerischer Einwanderer, ihm machte die Sonne nicht so viel aus. Würde also alles nicht so schlimm werden. Was allerdings schlimm werden würde, war, dass es gerade einmal zehn Uhr war und die Sonne bereits wie ein Feuerball auf den Strand brannte. Die letzten zwei Wochen waren im Aquitaine backofenheiß gewesen, ganz Frankreich klagte über eine enorme Hitzewelle. Dabei war es schon Anfang September.

Im Büro herrschte gähnende Langeweile. Luc hatte sich darauf verlegt, morgens um zehn an seinem Schreibtisch aufzutauchen und kurz nach dem Mittagessen und einiger Aktenlektüre das Präsidium wieder zu verlassen. Richtung Strand, Richtung Bar, Richtung Schatten.

Yacine war gestern angekommen, er war vor der Hitze aus Paris geflohen, nun wollte er übers Wochenende bleiben, Kurzurlaub in Lucs Holzhütte, viel Bier und Wein, gute Gespräche, noch besseres Essen unter Freunden und Kollegen.

Luc war sehr froh, dass Yacine hier war. Denn auch Anouk sollte in den nächsten Tagen zurückkehren – nach fast acht Wochen Abwesenheit. Da traf es sich gut, dass sein treuer Freund aus Paris etwas Distanz brachte – zwischen ihn und Cecilia. Seit Anouk weggefahren war, hatte die Surflehrerin viele Nächte in Lucs Bett in der Cabane verbracht. Unzählige Nächte mit wenigen Gesprächen, dafür mit viel Sex und Schweiß und Flaschenbier.

Cecilia. Anouk. Das Aquitaine. Was war das für ein Wahnsinn. Hierher war Luc gezogen, um seinen todkranken Vater zu pflegen. War vor zweieinhalb Monaten aus Paris abgereist, mit der Angst, nichts mehr zu erleben, keine Frauengeschichten, kein Großstadtleben, keine Abenteuer.

Nun kam er gar nicht dazu, etwas zu vermissen. Denn er hatte neue Freunde, jede Menge Ablenkung und wenig Arbeit. Ein gutes Leben. Wären da nur nicht diese vermaledeiten Kopfschmerzen.

Er schlug Yacine auf die Schulter, etwas zu fest, wie er hinterher fand.

»Ey, Mann, aufwachen.«

Der junge Algerier räkelte sich, ließ die Augen aber noch zu und schlug sich die Hände vors Gesicht.

»*Merde, mec.* Was ist denn das für eine Hitze?«, fragte er und sah noch total verschlafen herüber zu Luc.

»Wir nennen es Sonne«, antwortete der, »und sie verträgt sich nicht mit dem vergangenen Abend. Ich glaube, der letzte Schnaps war schlecht.«

Beide mussten grinsen, Luc erhob sich langsam auf die noch wackeligen Beine, und Yacine tat es ihm nach. Das Bild, das sich beiden bot, war majestätisch: Der Ozean rauschte mit großen Wogen heran, weiße Schaumkronen tänzelten auf den Wellen, die Sonne spiegelte sich weiter hinten im kristallblauen Wasser.

»So, was machen wir heute?«, fragte Yacine seinen ehemaligen Chef.

»Also, ich könnte gut noch so zehn Stunden schlafen«, antwortete Luc, »aber wir müssen die Strecke abfahren, und später am Abend ist ja das Nudel-Dinner.«

Yacine musste lachen.

»Ich kann's wirklich kaum erwarten, dieses verrückte Event kennenzulernen«, sagte er.

Auch deshalb war er von Paris hierhergefahren, in seiner riesigen Karre, die nun vor Lucs Holzhütte stand.

Die beiden wollten ehrenamtlich mithelfen, als Streckenposten beim *Marathon du Médoc,* dem wohl speziellsten Marathon der Welt. Nicht nur, dass die rund 7500 Läufer in wilden Kostümen auf die Strecke gingen. Nein, es gab auch noch in den schönsten Weinschlössern im ganzen Médoc-Gebiet die besten Tropfen zu probieren – und zwar für die Sportler während des Laufes.

Das versprach ein heiteres Treiben zu werden, bei 35 Grad im Schatten. Luc spürte eine unangenehme Vorahnung, dass es dort zu mehr kommen könnte als nur zu einigen Kreislaufkollapsen, schob sie aber von sich weg – lag bestimmt nur an den eigenen Kopfschmerzen nach dem gestrigen Abend.

»Nun los, wir müssen nach Pauillac, dort stehen unsere Motorräder«, sagte er, »aber vorher gehen wir zu Jacques, ich muss etwas essen, sonst überleb ich den Tag nicht.«

Vor der kleinen Boulangerie im Strandort standen die Touristen Schlange an diesem Morgen, Jacques machte hier in den vier Sommermonaten das Geschäft des Jahres. Der Commissaire drängelte sich an den strandtaschenbewehrten Deutschen und den blassen Briten vorbei an die Theke und zeigte auf zwei Sandwiches mit Schinken und Käse, wortlos, der Schädel war immer noch angespannt. Und er musste sowieso nicht warten, Jacques hatte für die Einheimischen stets eine kleine Extrakasse links neben dem Tresen.

Lucs Blick fiel auf den Stapel mit der Lokalzeitung *Sud Ouest* und auf die Schlagzeile »*Canicule du Siècle*«. Die »Hitzewelle des Jahrhunderts« wurde da vermeldet, darunter die neuesten Meldungen zu Hitzetoten und Verhaltenstipps für Senioren. Regen war laut der Schlagzeile nicht in Sicht. Luc stöhnte auf.

Mit je einem *Sandwich mixte* in der Hand saßen die beiden wenig später in Lucs blauem Jaguar XJ6, Richtung Médoc. Luc hatte sich geweigert, in Yacines fetten Mercedes einzusteigen – in Paris ließ er sich gerne damit durch die Vororte kutschieren, die getunte Karre mit den getönten Scheiben sorgte für Respekt bei den kleinen Gaunern. Aber hier im Aquitaine war ihm der dicke Gangsterschlitten doch ein bisschen zu viel, obwohl er zugeben musste, dass sein englischer Oldtimer wahrscheinlich genauso viel Aufsehen erregte.

In Pauillac wollten sie die Motorräder abholen, die ihnen die Police Municipale zur Verfügung stellte, wenn sie beim Marathon als Streckenposten arbeiten würden. Luc freute sich auf die wilde Fahrt, den Fahrtwind auf der Maschine und auf den spaßigen Lauf durch die Weinberge. Obwohl er sich fragte, wie er die Hitze unter dem vorgeschriebenen Helm wohl aushalten sollte.

»Luc, Augen auf die Straße«, rief Yacine lachend und am Baguette kauend gleichzeitig. »Oder sollen uns die Cops anhalten?« Der Commissaire war in der Tat kurz abgelenkt. Zum ersten Mal seit gestern Abend hatte er aufs Handy geschaut. Da waren zwei

Nachrichten. Eine von seinem Freund Richard. Und eine von … Luc bremste augenblicklich und hielt den Wagen an einem Waldweg auf der kerzengeraden Départementstraße hinauf vom Meer ins Médoc-Weingebiet.

»Warte kurz«, sagte er zu Yacine und stieg aus.

Wie lange hatte er auf diese Nachricht gewartet!

»Anouk« stand da auf seinem Handy über der SMS. Die erste Nachricht seit ein paar Wochen.

*Lieber Luc, ich fahre in der Nacht mit dem Zug von Venedig zurück nach Bordeaux. Freue mich auf Dich. Es ist viel passiert, viel Schlimmes. Viele Gedanken, viele Erinnerungen. Komme morgen an. Vielleicht machen wir was Schönes in den nächsten Tagen. Anouk.*

Lucs Herz pochte. Ein anderes Pochen als in den vergangenen Nächten, in denen Cecilia leise an seine Tür geklopft hatte, eingetreten war, sich wortlos ausgezogen hatte und zu Luc ins Bett geschlüpft war. Dieses Pochen in seiner Brust war nicht nur pures Begehren. Es war dasselbe wie vor zwei Monaten am Strand von Carcans. Beim ersten Kuss. Und plötzlich war es wieder da.

Luc schaute noch mal aufs Handy, nach Richards Nachricht. Bestimmt nur eine lose Verabredung für das »Dinner Mille Pâtes« – das alljährliche Nudelessen mit 1500 Teilnehmern, das immer am Abend vor dem Marathon stattfand. Und dieses Jahr hatte Richard die Ehre, dieses traditionelle Gelage ausrichten zu dürfen.

Doch es war keine heitere Einladung, ganz im Gegenteil:

*Luc, bitte melde Dich bei mir. Wir müssen dringend reden, auf jeden Fall vor heute Abend. Es steht viel auf dem Spiel. Können wir uns treffen? Gruß, R.*

Luc wusste, dass sein Freund niemand war, der dramatisierte, deshalb antwortete er sofort:

*Lieber Richard, Lunch in der Bar in Saint-Julien? Ich werde um eins da sein.*

Als er ins Auto stieg, sah ihn Yacine schon verschwörerisch an: »Wenn du rechts ranfährst, um eine SMS zu lesen, dann ist es was Wichtiges. War von Anouk, oder, mein Alter?«

Luc grinste, verdrängte die Sorgen um seinen Freund Richard und dachte wieder an Anouks Nachricht. Sie freute sich also auf ihn.

»Ja, es war Anouk«, antwortete er. »Jetzt kannst du dir ein eigenes Bild machen, sie kommt morgen wieder. Dann weißt du, warum sie ein Grund ist, schlaflose Nächte zu haben. Und nenn mich nicht ›Alter‹, du weißt, ich hasse das.«

Gestern Nacht hatte er Yacine die Geschichte von Anouk und ihm erzählt, vom ersten Kennenlernen im Büro bis zum Kuss am Strand. Und von ihrem Verschwinden schon am nächsten Tag. Inspecteur Preud'homme war ins Büro gekommen und hatte verkündet, dass »Mademoiselle Filipetti« über den Sommer nach Italien reisen müsse, »aus persönlichen Gründen«. Luc hatte ihr kurz darauf geschrieben, was los sei, ob er ihr vielleicht helfen könne. Sie hatte nur einmal kurz geantwortet: Ein Trauerfall. Er könne nichts tun. Er möge sich erst mal nicht melden. Sie brauche Zeit. Schluss, aus. Danach kein Wort mehr, bis zu der Nachricht von gestern Abend. Einer Nachricht, die ihn deutlich ruhiger sein ließ. Aber auch aufgeregter, auf ihr Wiedersehen.

Nun fuhr Luc hinein in die berühmteste Weinstadt des Médoc: nach Pauillac. Hier würde der Marathon morgen starten, und auch der Zieleinlauf wäre an der Promenade der Stadt, unten am Ufer der Gironde. Entlang der hübschen Hauptstraße mit ihren niedrigen Häusern und kleinen Cafés. Luc bog in die breite Straße am Fluss, noch war sie nicht abgesperrt. An ihrem Ende war das Revier der Police Municipale. Luc hatte mit Yacine alles besprochen. Der würde erst ein Motorrad von den Kollegen übernehmen und auftanken und dann das andere, und beide im Stadtzentrum stehen lassen. So könnte Luc jetzt bequem nach

Saint-Julien fahren und Richard sehen, am Nachmittag würden sie sich dann in Pauillac wiedertreffen.

Luc wusste, dass Yacine große Lust hatte auf diesen Kurzurlaub und auf viele neue Entdeckungen – und genau das mochte er an dem Capitaine de Police, deshalb hatte er ihn damals aus der Banlieue geholt, ihm die Ausbildung ermöglicht und ihn später zu sich ins Team geholt. Denn Yacine Zitouna war keiner, der nur die Banlieues, die Pariser Vororte also, kannte und das andere französische Leben verachtete. Er hatte immer Lust, neue Orte kennenzulernen – und, noch wichtiger, neue Menschen. Das machte ihn zu einem guten Kriminalbeamten mit Menschenkenntnis und zu einem Mann mit Charakter, mit dem Luc gut auskam. Luc, der sich nur sehr selten öffnete und der andere Menschen nicht so leicht in sein Herz schauen ließ. Mit Yacine war Luc nicht gezwungen, sein Innerstes zu besprechen, aber er wusste, dass er es könnte, wenn er mal das Bedürfnis hatte – so wie gestern Abend.

Er lenkte seinen alten Jaguar einmal quer über die Hauptstraße, um zu wenden, sah dabei die Gironde in der Sonne blitzen und wischte sich mit der Hand über die Stirn. Luc mochte keine Klimaanlagen, deswegen waren alle Fenster des Oldtimers runtergekurbelt, doch selbst die Luft, die von draußen durch die geöffneten Scheiben hereindrang, war glühend heiß. Als er nach dem letzten Kreisverkehr des Ortes, kurz hinterm Carrefour-Supermarkt, auf die enge Landstraße kam, konnte er dem Jaguar die Sporen geben – bei 70 Stundenkilometern drang endlich der Fahrtwind ins Auto und schenkte ein wenig Abkühlung.

Es war nicht weit bis nach Saint-Julien, und Luc wollte eigentlich darüber nachdenken, was Richard wohl von ihm wollen könnte – doch es war nur Anouks Gesicht, das vor seinem inneren Auge erschien, die Vorfreude auf das Wiedersehen, die Sorge, was wohl in Venedig geschehen war.

Und die Frage: Was war denn nun zwischen ihnen beiden? Würde es so weitergehen, wie es beim ersten Kuss am Strand vorläufig aufgehört hatte? Sicher nicht, dachte Luc, es war zu viel passiert, und er wusste nicht mal, was bei Anouk los war. Er wusste nur, was in den letzten paar Wochen bei Cecilia und ihm im Bett in der Cabane passiert war. Und er wusste, dass auch immer noch Delphine in Paris wartete. Dass sie beide eigentlich als Paar galten. Mann, war das alles kompliziert.

Ein Blick nach draußen brachte zusammen mit der Musik aus den Lautsprechern sofortige Beruhigung. *Leslie Feist*, die kanadische Singer-Songwriterin und Lucs Lieblingssängerin, sang wunderschön, und draußen flogen die Weinberge vorbei, Tausende Reben mit mittlerweile reifen Rotweintrauben.

An jedem Weinberg stand ein großes Schild. Château Talbot stand darauf, Château Pichon-Longueville oder hier das Traditionshaus Château Lynch-Bages. Die Schilder kennzeichneten, zu welchem Schloss das jeweilige Weinfeld gehörte.

Für Luc war all das ein kleines Wunder: Aus all den Reben unter dem grünen Weinlaub würden schon in kurzer Zeit Weine in dunklen Flaschen, die Hunderte oder Tausende Euro wert waren und Weinkennern auf der ganzen Welt das Wasser im Mund zusammenlaufen ließen.

Luc freute sich sehr auf die Weinlese, er würde Richard dabei helfen, das war ausgemachte Sache. Und er freute sich darauf, den ersten Korken des neuen Weines aus der Probierflasche zu ziehen und zu spüren, wie Sonne, Regen und Wind auf die Trauben gewirkt hatten – in seinem ersten Spätsommer im Aquitaine als erwachsener Mann.

# Kapitel 2

Luc parkte den Wagen unter einer der großen Linden auf dem Dorfplatz, genau vor der alten Mairie, dem Rathaus mit den schön gepflanzten Geranien, und ging die paar Schritte hinüber zum Bistro von Saint-Julien-Beychevelle. Der Platz sah malerisch aus, doch Richard saß da mit Grabesmiene, sein Fuß wackelte unter dem Bistrotisch, und als er Luc von weitem kommen sah, stand er sofort auf und kam auf ihn zu. »Gut, Luc, gut, dass du da bist, ich habe schon auf dich gewartet.«

So hektisch, so voller innerer Unruhe hatte der Commissaire seinen alten Schulfreund noch nie gesehen.

Und dann trug er auch noch einen grauen Anzug mit Krawatte, bei diesem Wetter! Es schien, als sei er sogar vor dem Kleiderschrank in Gedanken gewesen.

»Setz dich, setz dich«, sagte Richard und zog Luc förmlich auf den Stuhl neben sich. Der konnte gerade noch dem Wirt winken und ein Zeichen machen, das nach einer Café-Tasse aussah, dann sprudelte es schon aus Richard heraus.

»Es ist alles ganz furchtbar, jetzt habe ich schon den Zuschlag bekommen für dieses Dinner heute Abend, und zudem geht der Marathon auch noch genau durch unseren Schlossgarten. Das sollte ein ganz großer Höhepunkt werden für unseren Betrieb, und nun droht alles schiefzugehen.«

»Was ist denn los, Richard? Immer der Reihe nach ... Jetzt atme erst mal tief durch.«

Richard tat wie geheißen, holte zwei-, dreimal tief Luft und fuhr fort:

»Es ist wie verhext. Wir wollten morgen nach dem Marathon eine Pressekonferenz abhalten. Meine Frau, unsere Tochter und ich. Wir wollten verkünden, dass unser Château Lecœur-Saint-Julien expandiert, um der steigenden Nachfrage aus Fernost zu begegnen, und dass wir ins Weingeschäft in Saint-Émilion einsteigen. Es waren monatelange Geheimverhandlungen, und nun droht alles zu platzen. Ich weiß es erst seit ein paar Tagen, und jetzt müssen wir alles absagen.«

Luc hörte der atemlosen Erzählung zu und war sehr überrascht. Dass alteingesessene Châteaus aus einer Weinregion in eine andere expandierten, geschah selten und war sehr kostspielig. Zudem waren die beiden Gebiete recht weit voneinander entfernt. Die Appellation Médoc lag nordwestlich von Bordeaux, Saint-Émilion dagegen befand sich über eine Stunde von hier entfernt östlich der Stadt. Dennoch waren beide Anbaugebiete der Spitzenklasse – vielleicht die besten der Welt.

Luc wusste, wie hart der Wettbewerb um die besten Weine war, und dass die einstigen Bauern nun Unternehmer geworden waren, die statt mit dem Traktor durch die Weinberge mit dem Jet von Weinmesse zu Weinmesse um die halbe Welt flogen.

»Es ist so: Wir hatten ein Weingut gefunden, ein kleines Château am Rande von Saint-Émilion. Es gehört einem alten, sehr renommierten Winzer, Hubert de Langeville. Er hatte Geldprobleme, und er hatte auch keine rechte Lust mehr, denn sein Wein war kein *Grand Cru*, weil er nicht die beste Lage hatte, um mit den großen Schlössern mitzuhalten. Für uns wäre das egal, wir haben die besten Lagen hier im Médoc, ich hatte ohnehin nur vor, einen einfachen *Vin de Saint-Émilion* zu produzieren, und dann hätte ich irgendwann noch weitere Anbauflächen zugekauft. Wir waren uns schnell handelseinig. Es war ein guter Preis, zwei Millionen für den ganzen Weinberg und das Schloss, das würde für de Langeville bis zum Lebensende reichen, und für ein schönes Erbe für seine Tochter – und für uns wäre es ein perfekter Einstieg in Saint-Émilion. Alles war vorbereitet. Und wir hätten schon in zwei, drei Wochen die Trauben dort ernten können. Es wäre der erste Jahrgang von *Lecœur* in Saint-Émilion geworden. Was da für eine Geschichte drinsteckt. Ich hatte sogar schon die Homepage reserviert – stell dir vor, Hubert de Langeville hatte bisher nicht mal einen Internetauftritt.«

Richard schien immer noch ganz überrascht über diesen Fakt, er war atemlos, als könne er nicht verstehen, dass es Winzer gab, die den modernen Zirkus für kein Geld der Welt mitmachen wollten. Luc wunderte sich insgeheim über die enge Sichtweise seines Freundes, während der fortfuhr:

»Die ganze neue Welt interessierte ihn nicht. Er wollte einfach nur Wein machen. Aber das reicht heute eben nicht mehr zum Überleben. Also – du siehst: alles war vorbereitet. Ich habe dem Deal vertraut, weil de Langeville als ein wirklich respektabler Geschäftsmann gilt, wie man in Saint-Émilion sagt. Das war wohl ein Schuss in den Ofen …«

Richard trommelte mit den Fingern auf den Tisch, so erregt war er. Luc wartete ab, er wollte nicht nachfragen, aber er war gespannt, was eigentlich genau geschehen war. Sein Espresso stand unberührt auf dem Tisch, er wollte Richard nicht von seiner Geschichte ablenken.

»Vor ein paar Tagen hat de Langeville angerufen und abgesagt. Er könne nicht mehr verkaufen. Es sei Familienbesitz, seit Jahrhunderten, er hätte es sich anders überlegt. Dann hat er einfach aufgelegt. Es ist alles so verrückt. Wir hatten schon einen Notar beauftragt. Das Ganze hat mich locker fünfzigtausend Euro gekostet. Alleine die Kosten bis hierhin. Und jetzt soll alles umsonst gewesen sein?«

Richard verbarg sein Gesicht in den Händen, es war eine verzweifelte Geste.

»Luc …« Er stockte und wiederholte dann den Namen des Commissaire, drängend, eindringlich. »Luc … Christine ist völlig außer sich.«

Richards Frau. Luc kannte sie gut. Und er mochte sie. Sie war bodenständig, ehrlich, und sie war gut zu Richard.

»Sie hatte sich schon so gefreut auf den Zukauf. Sie wollte das neue Schloss managen. Und es irgendwann unserer Tochter übergeben. Luc, kannst du bitte nachforschen, was da los ist? Heute Abend? Hubert de Langeville war wegen des Verkaufs als mein persönlicher Ehrengast eingeladen, in den nächsten Tagen wollten wir den Wechsel öffentlich machen. Er läuft morgen den Marathon mit, also wird er heute Abend dabei sein. Meinst du, dass du ihm ein wenig auf den Zahn fühlen kannst?«

Luc war unwohl bei dem Gedanken, schließlich wollte er mit Yacine einen schönen Abend verbringen – und er wollte sich auf das Zusammentreffen mit Anouk vorbereiten. Aber Richard war sein Freund, keine Frage, dass er ihm helfen würde, und die ganze Sache klang wirklich mysteriös.

Er atmete einmal tief durch, nahm die kleine weiße Tasse und trank den mittlerweile lauwarmen Espresso in einem Schluck. Es war eine idyllische Szenerie auf diesem kleinen Dorfplatz, der Verkehr der Départementstraße rauschte hinter den Bäumen vorbei, hier aber bei den vier kleinen Tischen sangen die Vögel, es roch nach frischer Landluft, und die Trikolore hing träge, aber in stolzen kräftigen Farben am Fahnenmast der Mairie herunter. Luc fühlte sich wohl in der *Campagne*, fast konnte er vergessen, dass er nur auf Zeit hier war – und hauptberuflich eigentlich der Leiter der zweiten Pariser Mordkommission. So entspannt fühlte er sich in diesem Moment, und so belebt. Der Kopfschmerz von vorhin war fast vergessen.

»Gut, ich werde heute Abend mal mit ihm reden. Aber nur, wenn ich dabei kein einziges Nudelgericht verpasse. Und kein einziges Glas Wein.«

Luc lachte probehalber ein wenig, als wartete er darauf, dass Richard einstimmte, aber der Winzer schaute nur gedankenverloren. Nichts zu machen, nicht mal ein so schwacher Scherz konnte ihn aufmuntern. Denn jeder im Médoc wusste, dass das Nudelessen vor dem Marathon eigentlich eine ziemlich unappetitliche Angelegenheit war. Die Schlossherren, die das jährliche Fest ausrichteten, mussten auf die Minute Nudeln für anderthalbtausend Menschen kochen. Das verhieß nichts Gutes für die Qualität der Pasta, statt *al dente* war die eher *bien cuit*. Dafür entschädigten die Weine, und so wie Luc seinen perfektionistischen Freund kannte, würde der diesmal auch für besseres Essen sorgen. Nur die gute Stimmung würde heute Abend eventuell auf der Strecke bleiben, dachte Luc, als er Richard bei der Verabschiedung in die traurigen Augen schaute.

# Kapitel 3

Luc und Yacine waren kaum wiederzuerkennen, als sie einige Stunden später in Richtung Château Lecœur-Saint-Julien fuhren, zur Abendveranstaltung im Weinschloss von Lucs Freund Richard.

Sie saßen in den braunen Ledersitzen von Lucs Jaguar und hatten sich für den Abend zurechtgemacht: schwarze Anzüge, weiße Hemden, dazu ebenfalls schwarze Lederschuhe. Luc hatte sich für eine schmale schwarze Krawatte entschieden, Yacine verzichtete darauf und trug den obersten Knopf des Hemdes offen.

Bevor sie eben aufgebrochen waren, hatten sie den Nachmittag in Pauillac am Ufer der Gironde verbracht. Luc hatte die Literaturbeilage von *Le Monde* gelesen und in politischen Zeitschriften geblättert. Yacine spielte Handyspiele und lernte nebenbei im Café eine schwedische Touristin kennen. Einem angeregten Gespräch folgten zwei gemeinsame Zigaretten auf einem Spaziergang am Fluss, und dann hatte man sich schon verabredet für einen anderen Abend zum Dinner. Luc war immer wieder überrascht, wie charmant sein Kollege sein konnte, wenn es darauf ankam.

So war der Nachmittag vergangen unter den schattenspendenden Bäumen der Uferpromenade, begleitet von einer Flasche

Weißwein – später hatten sie sich in Lucs Cabane in Schale geschmissen.

Nun fuhren sie von Carcans Plage kommend durch die Weinfelder, die in der Dunkelheit nur noch Umrisse waren. Doch kurz vor Saint-Julien riss Luc das Steuer herum. So sehr, dass Yacine sich den Handgriff oberhalb des Beifahrerfensters schnappen musste, um nicht gegen seinen Commissaire geschleudert zu werden.

»Sag mal, was machst du?«, rief er und sah Luc halb lachend, halb verwundert an.

Doch Luc zeigte hinaus.

»Dir, solange noch etwas zu erkennen ist, zeigen, warum dieser Marathon morgen der beste und besonderste der Welt ist – und was das Geheimnis dieser Region ist.«

Er hielt den Wagen am Rand des schmalen Feldwegs. Beide stiegen aus, Luc führte seinen Freund einige Schritte bis hinein in die Weinreben und ging dort in die Knie. »Komm her, sieh sie dir an«, sagte Luc, und Yacine folgte seinen Worten und kniete sich neben ihn.

Luc nahm das dichte grüne Blattwerk beiseite. Das gab den Blick frei auf eine Traube vollreifer dunkelroter Beeren. Immer wieder war er darüber erstaunt, wie klein diese Trauben waren.

Yacine schaute seinen Kollegen verständnislos an. »Ja, Weintrauben. Und nun, Luc?«

Doch der Commissaire lächelte nur, nahm eine Beere, reichte sie Yacine. Dann knipste er mit dem Finger selber eine ab und steckte sie in den Mund. Erst dann biss er ganz sanft darauf.

Es war eine Explosion. Aus dieser kleinen runden Beere ergoss sich unendlich viel süßer Saft – voll, rund, so intensiv. Ein Geschmack, der so gar nichts mit einer Weintraube aus dem Supermarkt gemein hatte: Luc schmeckte die kalkreiche Erde, die Sonne des langen Sommers, den Regen des Frühjahrs, den herben Wind des Atlantiks – eben all das, was diese Traube seit der Bestäubung im Frühjahr erlebt hatte. Es war phänomenal. Er öffnete die Augen wieder und sah den überraschten Blick seines Kollegen:

»Wow, das ist ja krass.«

Der Algerier leckte sich genüsslich die Lippen und wollte eben nach der nächsten Beere greifen, aber Luc hielt ihn mit dem Arm zurück.

»Lass, die Trauben müssen noch zu gutem Wein werden. Wir dürfen nicht so viele nehmen. Sonst schießt der Winzer noch auf uns.« Der Commissaire wusste, dass Mundräuber kurz vor der Ernte nicht gern gesehen waren. Und diese beiden Männer in schwarzen Anzügen nebst einem Oldtimer gaben ohnehin ein merkwürdiges Bild ab – hier mitten in den Weinfeldern des Médoc.

»Warum schmecken die so wahnsinnig gut?«, fragte Yacine. »Und warum kann man die nicht kaufen in Aulnay-sous-Bois? Die sind ja besser als was zu kiffen, da würden meine Freunde aber einiges für ausgeben.«

Luc grinste über die offenherzige Bemerkung seines Kollegen.

»Schau hier«, sagte Luc und beugte sich am Rebstock weiter herunter. Als Yacine genau hinschaute, erkannte er Dutzende Trauben, die unter jeder Rebe auf dem Boden lagen.

»Warum schneiden die denn die Trauben ab?«, fragte Yacine verwundert, »und warum so viele?«

»Wenn es durch das gute Wetter zu große Mengen gibt, so wie dieses Jahr, schneiden die Winzer fast die Hälfte der Trauben ab, lange vor der Erntezeit«, erklärte Luc, der von seinem Winzerfreund Richard schon als Jugendlicher alles über den Weinanbau erfahren hatte. »Damit konzentrieren sie die Kraft und die Sonne in den Beeren, die übrig bleiben. Und das gibt den Geschmack, den wir eben im Mund hatten. Wahnsinn, oder?«

Yacine nickte. Und Luc dachte, als er seinen Kollegen so ansah, dass der die Weintrauben jetzt anders betrachtete als noch vor zehn Minuten, gar nicht mehr naiv, sondern fast andachtsvoll.

Luc griff sich einige der Trauben vom Erdboden und ging zurück Richtung Auto. Yacine tat es ihm gleich. Sie stiegen ein und fuhren an den prachtvollen Weinfeldern vorbei Richtung Château Lecœur-Saint-Julien. Der Abend brach herein, die blaue Stunde ergriff Besitz vom Médoc, als sich beide im Wagen eine Traube nach der anderen in den Mund steckten und ihre Fahrt vergnügt kauend und schweigend fortsetzten.

Wenige Augenblicke später steuerten sie auf das hochherrschaftliche Schloss mit den zwei Türmen zu. Yacine schnalzte anerkennend mit der Zunge.

»Wow, was für ein fetter Kasten«, sagte er, der Junge, der in einem Plattenbau der Pariser Vorstadt aufgewachsen war, ohne Balkon, dafür aber mit Satellitenschüssel, damit die Eltern in Ruhe algerisches Fernsehen schauen konnten.

Nun stieg er mit seinem ehemaligen Chef aus dem Auto, stand vor einem der ältesten Weinschlösser Frankreichs. Der Kies knirschte, als sie über den Weg auf das große weiße Festzelt zugingen, das im Garten aufgebaut war. Auf dem sattgrünen und penibel gepflegten englischen Rasen, zwischen den beiden riesigen Zypressen, hatten die Arbeiter seit zwei Wochen alles vorbereitet für das größte gesellschaftliche Ereignis im Médoc.

# Kapitel 4

Nein, auch Richard und sein Château waren leider kein Garant für gut gekochte Pasta, dachte Luc, als er den Haufen Nudeln auf seinem Teller sah, die irgendwann einmal Fusilli gewesen sein mussten. Wenigstens waren sie eingerahmt von einer kräftigen Tomatensauce, die reichlich nach Knoblauch und Zwiebeln roch, was der Atmosphäre in dem riesigen Festzelt allerdings auch nicht sehr entgegenkam.

Luc stand von seiner Bank auf, um sich einen Überblick zu verschaffen. Bei diesem Fest war einfach alles gigantisch groß.

In dem riesigen Zelt, in dem die Luft förmlich stand, verstand man sein eigenes Wort nicht. Alle Marathonläufer des morgigen Tages redeten durcheinander, es ging um die besten Weine des vergangenen Jahres, um Tipps für die beste Lauftaktik, und es waren ganz verschiedene Sprachen zu hören. Dort hinten saßen die deutschen Läufer, hier weiter vorne die Norweger und Niederländer. In diesem Moment stieg Richard mit einem Mikrophon auf den Tisch. Er trug ein blaues Sakko und ein weißes Hemd und hatte sich sichtlich gefangen von der schlechten Stimmung des Vormittags. Im Gegenteil: Er wirkte fast triumphierend, wie er da stand. Irgendetwas musste seine miese Laune weggefegt haben.

»Liebe Gäste, liebe Marathonläufer, liebe Freunde des Weines«, begann er, und seine Stimme klang klar und fest, als er auf die 1500 Gäste hinuntersah. »Ich begrüße Sie hier alle herzlich auf Château Lecœur-Saint-Julien zum diesjährigen *Diner Mille-Pâtes* am Vorabend des *Marathon du Médoc.* Sie haben alle schon Ihre Teller vor sich, die Ihnen Kraft geben sollen für die morgigen 42,195 Kilometer, und Sie haben sicherlich auch alle schon Ihre Kostüme gebügelt und sind fertig für den Startschuss!« Da gab es großen Jubel im Saal, denn genau das war ja das Besondere: Die Läufer gingen verkleidet auf die Strecke.

Einige hatten ihre Kostüme des morgigen Laufes schon heute an, und so prosteten Richard in diesem Moment verkleidete Kühe, maskierte Staatspräsidenten und dicke Super-Marios zu.

»So wünsche ich uns allen einen schönen Abend, trinken Sie von unserem vorzüglichen Wein, hier im besten Weinanbaugebiet der Welt ...«

Großes Gejohle von den Tischen ganz nah bei Luc, wo die Winzer aus Pauillac, Margaux und Saint-Julien saßen, die den eigenen Erzeugnissen schon reichlich zugesprochen hatten, und Richard fuhr fort, indem er sein Glas erhob:

»Aber wir haben heute auch einen Ehrengast, der aus dem zweitbesten Weinanbaugebiet stammt. Begrüßen Sie mit mir Hubert de Langeville, Besitzer des Château de Langeville aus Saint-Émilion.«

Gejubel und scherzhaft gemeinte Pfiffe hallten durch den Saal, und links von Luc erhob sich ein großer schlanker Mann. Luc schätzte ihn auf Anfang sechzig, er hatte volles dunkles Haar mit einem Stich ins Graue, war athletisch und nickte freundlich und bescheiden in die Runde. Ein leichtes Lächeln umspielte seine Mundwinkel. Ihm war anzusehen, dass er diese Art der Vorstellung nicht gerade liebte. Aber er war höflich genug, um seinerseits die Menschen im Festzelt freundlich nickend zu begrüßen.

Luc mochte Hubert de Langeville auf den ersten Blick. Und er fand es gut, dass Richard nicht nachtragend war und seinen Ehrengast trotz aller Probleme beim Verkauf des Weingutes persönlich erwähnte.

Alle im Saal erhoben ihre Gläser und prosteten sich zu. Dann spielte die Kapelle hinten im Zelt auf, und das Stimmengewirr schwoll wieder an. Die Deutschen und die Niederländer stürzten sich halb verhungert auf die Pasta, während die Franzosen um Luc herum eher verächtlich auf ihre Teller schauten. Das sollten sie essen? Luc ärgerte sich über sich selbst. Er hätte seiner Erfahrung vertrauen und vorher in Pauillac ein schönes Steak genießen sollen.

Yacine neben ihm sah genauso angewidert auf seinen Teller und fing zögerlich an zu essen. Drei Tische weiter zwinkerte ihm Richard zu.

»Nun komm schon, schau dir Hubert an«, sollte das wohl heißen.

Also ließ Luc Yacine seine Nudeln genießen und bahnte sich einen Weg durch die Feiernden zum Tisch seines alten Freundes. Der begrüßte Luc überschwänglich und stellte ihn vor:

»Messieurs dames, darf ich Ihnen präsentieren: Commissaire Luc Verlain, der wohlbekannte Leiter der Pariser Mordkommission, den es aus privaten Gründen für eine Weile hierher verschlagen hat – und der mit mir schon zu Schulzeiten Dinge tat, die er als Polizist heute verfolgen würde«, sagte Richard, und die Damen und Herren am Tisch mussten grinsen.

Hubert de Langeville schaute Luc direkt an, es war, als würde er nachdenken, und in seinen Augen lag ehrliches Interesse an dem Commissaire. Er gab Luc die Hand.

»Freut mich sehr, Monsieur«, sagte er mit einer wohltuend tiefen Stimme, »ich bin Hubert de Langeville aus Saint-Émilion, aber ich wurde ja vorhin schon öffentlich vorgestellt.«

Dabei rollte er kurz mit den Augen, wieder das sanfte Lächeln um die Mundwinkel. Dann nahm er sein Glas Rotwein, um mit Luc anzustoßen. Er betrachtete den Wein, der fast ölig an den Rändern des schönen Glases herunterfloss, und sagte:

»Das ist wirklich ein sehr guter Tropfen, den unser Gastgeber hier erschaffen hat, sehr tief und kräftig.«

Luc nickte und nahm einen Schluck.

»Ja, kaum zu glauben, dass er erst drei Jahre alt ist. Er schmeckt wie ein fünfzehn Jahre alter *Grand Cru*.«

»Oh, Sie sind ein Weinkenner, Commissaire?«

»Ich bin zumindest aus dem Médoc, Monsieur de Langeville. Da wächst man mit den Trauben auf, man knutscht das erste Mal zwischen den Reben, man trinkt mit sechs Jahren auf dem Dorffest heimlich das erste Glas.«

»Und mit sieben Jahren bieten einem die Eltern offiziell den ersten Schluck an«, sagte Hubert lachend, und Luc fiel in sein Lachen ein.

Es stimmte. Und Luc mochte diese Idee sehr: wie die Eltern in diesen großen Weinregionen ihre Kleinen an das wunderbare Getränk heranführten.

Schon oft hatte er gesehen, wie Kindern die Gelegenheit gegeben wurde, aus dem Glas der Mutter zu probieren. Nur ein kleiner Schluck. Dazu erklärten die Eltern, wie Wein entsteht – und wie viel Arbeit es macht, ihn herzustellen, hier unter der Sonne des Aquitaine.

Und das Ergebnis war nicht, dass die Kinder versuchten, immer mehr zu trinken. Sondern sie wurden so zu sehr verantwortungsbewussten Jugendlichen herangezogen, die eben nicht kopflos jeden Alkohol in sich hineinschütteten. Dieses Phänomen des »Binge-Drinking«, wie es das in England gab, mit Jugendlichen, die sich am Wochenende kopflos ins Koma soffen, gab es in Frankreich nicht.

Er mochte diesen Hubert de Langeville. Der so ruhig und bedächtig sprach. Und den Wein ansah wie eine Geliebte. Und weil er ihn mochte, beschloss er, die Karten offen auf den Tisch zu legen.

»Und Sie, Monsieur de Langeville, haben also neue Pläne mit Ihrem Château?«

Hubert de Langeville zuckte nicht einmal zusammen, er sah Luc forschend an, und der fuhr erklärend fort:

»Mein Freund Richard hat mir erzählt, dass er Ihr Gut kaufen wollte, aber dass Sie es sich offenbar anders überlegt haben.«

Der ältere Mann nahm einen Schluck von seinem Rotwein und ließ ihn auf der Zunge liegen, bevor er den Abgang genoss.

»Wissen Sie, es ist alles in Bewegung im Augenblick«, antwortete er. Dabei tippte er an seinen Kopf: »Hier drin.« Er machte eine kurze Pause. »Ich kann es Ihnen nicht sagen, noch nicht.«

Er erhob sein Glas, um mit Luc anzustoßen. Es war ein Moment des stillen Einvernehmens.

Luc trank genüsslich, er könnte auch im Laufe des Abends noch mal nachhaken. Wenn der Wein bei Hubert wirkte.

»So. Und Sie wollen sich das also morgen antun? Im heißesten September aller Zeiten?«

Hubert de Langeville sah ihn belustigt an.

»Ach wissen Sie, Monsieur le Commissaire, ich bin in meinem Leben schon zwanzig verschiedene Marathons gelaufen: New York, London, Berlin, Sydney. In Australien, da waren es damals 40 Grad, da hab ich mich gefühlt wie in einer Fritteuse. Und da sind wir durch eine riesige Stadt gerannt. Das Besondere an diesem Marathon ist ja, dass er durch die pure Natur geht. Durch die Weinfelder, durch die Schlossgärten. Und der Atlantik da hinten hilft ja auch und schickt immer eine leichte Brise.«

Luc fragte sich zwar, wo die Brise vom Atlantik in den letzten Wochen gesteckt hatte, als er sich in Bordeaux gefühlt hatte, als würde er gegrillt, aber nun gut. Er spürte die Leidenschaft dieses Hubert de Langeville: für Wein und für Sport.

»Sie sind nur für einige Zeit im Aquitaine, Monsieur Verlain?«, wollte Hubert wissen.

»Das stimmt. Die *Brigade Criminelle* in Bordeaux war so freundlich, mich aufzunehmen. Ich bin hier aufgewachsen, und war dann für sehr lange Zeit in Paris. Doch mein Vater ist schwer krank, und ich wollte ihn nicht allein lassen. Deshalb bin ich wieder hergekommen«, fasste Luc zusammen.

»Das tut mir sehr leid«, sagte Hubert, und es klang nicht nach einer Floskel. »Das ist richtig von Ihnen, dass Sie diesen Schritt gegangen sind. Die Familie«, er machte eine Pause, in der er selbst ergriffen zu sein schien, »die Familie ist das Wichtigste. Seit meine Frau gestorben ist, vor so vielen Jahren, weiß ich das ganz genau. Aber das vergessen wir ab und zu in dieser schnellen Zeit.«

Luc horchte auf, fragte aber erst mal nicht nach.

»Und wie geht es Ihrem Vater, seit Sie hier sind?«

»Es ist ein Auf und Ab. Aber, wo Sie so fragen, in der Tat: Kurz nachdem ich angekommen war, hat sich sein Zustand verbessert. Eine Krankenschwester hat mir gesagt, dass er lange nicht mehr so beweglich und gut drauf war, wie an dem Tag, an dem wir im Krankenhausgarten spazieren gingen. Jetzt ist er gerade für zwei Wochen bei einer speziellen Kur in La Baule, oben bei Nantes. Ich habe ihn gestern dort hingefahren. Wir hatten eine schöne Fahrt, die Momente derzeit sind … sehr intensiv.«

Seine Stimme stockte, und er spürte, dass seine Augen leicht glänzten, es fühlte sich jedenfalls so an. Luc wusste gar nicht, warum er all das erzählte. Es war sehr intim, und Luc plauderte eigentlich nicht über derlei Dinge. Doch irgendwie hatte Hubert ihn sofort für sich eingenommen. Luc entspannte sich. Er fühlte, wie sich der Wein in ihm ausbreitete, es war warm und angenehm. Und ein Moment, in dem er so Intimes auch mit einem eigentlich völlig Fremden teilen konnte.

»Wenn er zurückkommt, und es nicht mehr ganz so heiß ist, will er mit mir sogar mal die paar Kilometer an das Bassin d'Arcachon fahren. Mein Vater ist Austernfischer gewesen, er hat sein ganzes Leben auf dem Wasser verbracht. Und er vermisst es sehr.«

Hubert de Langeville sah ihn an mit diesem eigentümlichen Blick.

»Sie haben Ihrem Vater ein Lebenselixier verpasst, allein damit, dass Sie nun hier sind, wissen Sie das?«

Der Winzer griff erneut nach seinem Glas, die nächste Flasche aus Richards Weinkeller war fast leer, und Hubert de Langeville wirkte stocknüchtern. Als hätte er den ganzen Abend *Perrier* getrunken statt den 2012er *Château Lecœur-Saint-Julien.* Lucs Taktik würde also eventuell nicht aufgehen. Aber um ehrlich zu sein, hatte er sie im Laufe des Gesprächs auch vergessen – zu gern unterhielt er sich mit diesem feinen Herrn aus Saint-Émilion.

»Haben Sie einen Fall, an dem Sie aktuell arbeiten?«

»Nein. Es ist wirklich die große Sommerstille eingekehrt, als die Hitze kam. Vor zwei Monaten gab es einen Mord an einem jungen Mädchen, hier ganz in der Nähe in Lacanau. Das war unser letzter großer Fall.«

Danach war Anouk weggefahren, dachte Luc. Zwei lange Monate.

»Oh. Davon habe ich gelesen. Es stand in der Zeitung. Ein schrecklicher Mord. «

Luc nickte und dachte an diese hektischen Tage, seine ersten Tage überhaupt als Commissaire im Aquitaine. Caroline Derval hatte erschlagen am Strand von Lacanau-Océan gelegen, und dann begann eine Hetzjagd. Auf einen jungen Algerier, den die Dorfbewohner von Caros Heimatdorf lynchen wollten, weil sie ihn für den Täter hielten. Luc schauderte immer noch, wenn er an den Showdown im *Fôret de Pampo* dachte.

»Wissen Sie«, sagte Hubert de Langeville, während er sich den letzten Rest der *Bouteille* in sein Glas goss, wohl darauf achtend, den Bodensatz in der Flasche zu lassen. »Sie wirken sehr vertrauenswürdig. Ich habe den ganzen Abend überlegt, ob ich Ihnen die Geschichte erzählen will, weil sie ja darüber entscheidet, ob ich mein Château an Ihren alten Freund verkaufe oder nicht.«

Luc hielt den Atem an.

»Je länger wir reden, desto besser habe ich verstanden, dass ich mich seit zwei Tagen wohl in die richtige Richtung bewegt habe. Ich werde Monsieur Lecœur morgen Abend sagen, dass ich ihm Château de Langeville verkaufen werde. Und Ihnen erzähle ich dann beim Dinner nach dem Lauf die ganze Geschichte. Sie dürften einiges damit anzufangen wissen. Mir hat sie in den letzten Nächten den Schlaf geraubt. Damit soll nun Schluss sein. Aber jetzt werde ich nach Hause gehen. Ich will morgen schließlich um den Sieg mitlaufen.«

Hubert de Langeville ließ den verdutzten Luc keine Antwort geben, er stand vom Tisch auf und legte seine Hand sanft auf die Schulter des Polizisten, als auch der sich erhob.

»Merci, Monsieur le Commissaire«, sagte er und streckte Luc die Hand hin. Der ergriff sie und spürte den festen und verbindlichen Händedruck des älteren Herrn, dessen linke Hand dazu Lucs Arm drückte.

»À demain«, sagte er noch im Weggehen, und Luc entgegnete, leise und fast für sich: »Bis morgen.«

Samedi – Samstag

# START, ZIEL UND TOD

# Kapitel 5

»*Encore cinq minutes*«, tönte es durch die Lautsprecher. Fünf Minuten noch bis zum Start. Was für ein Spektakel, dachte Luc, als er sich umsah. Vor dem großen Banner mit der Aufschrift »*Départ*« unten auf der Uferpromenade von Pauillac standen Tausende Läufer. Es war eine ungeheure Menschenmenge, die kaum zu überblicken war von hier vorne, wo Luc auf dem Motorrad saß.

Die ganze Masse war in Bewegung. Vorne knetete einer noch mal seine Waden, um sie aufzuwärmen. Diese beiden dort reckten und streckten sich. Und weiter hinten schwatzten zwei Läuferinnen und zeigten auf den Mann neben sich, der sich als Kuh verkleidet hatte.

Denn das war ja das Besondere an diesem Lauf, alle waren verkleidet: Links am Startband standen Asterix und Obelix – wobei sich Luc fragte, wie Letzterer es bei dem dicken Wattebauch überhaupt ins Ziel schaffen wollte. Direkt daneben eine laufende Rotweinflasche mit einem Loch für das Gesicht, wo das Etikett der *Bouteille* sein sollte. Es gab halb nackte Läufer, die sich angemalt hatten, das Team der Bretonen mit ihrer Flagge vorneweg, die sich martialisch als Krieger kostümiert hatten, und zig lustige

Fahrzeuggestelle, unter denen jeweils vier Läufer standen und die bald loslaufen sollten. Weiter hinten hatten sich die Läufergruppen der Region Médoc aufgestellt, die sich jedes Jahr besondere Kostüme ausdachten. Rund zehn Läufer hatten sich diesmal als Tausendfüßler verkleidet, sie würden also gemeinsam auf die 42,195 Kilometer gehen.

Ganz vorne am Startband aber sah man rund zwanzig Läufer, die nicht wegen des Spaßes hier waren, sondern um zu gewinnen. Sie waren die Profis und natürlich nicht kostümiert. Vielmehr wollten sie heute neue Rekorde aufstellen. Und das Preisgeld gewinnen. Oder besser den Preiswein: Der Sieger würde sein Körpergewicht umgerechnet in *Grand-Cru*-Flaschen geschenkt bekommen – das wäre bei den Weinpreisen locker eine Siegesprämie von zehntausend Euro. Die Zweit- und Drittplatzierten würden je eine Kiste teuren *Grand Crus* mit nach Hause nehmen. Diese Profis würden beim Startschuss als Erste losrennen und alle anderen wahrscheinlich schnell hinter sich lassen.

Die Verkleideten aber, sie würden sicher mehr Spaß haben. Was für ein Lärm, was für ein buntes Chaos. Unglaublich, dass es einen Marathon mit so einer Kulisse wirklich gab.

Puuh, Luc auf seinem Motorrad der Police Municipale schwitzte schon jetzt. Yacine auf der Maschine neben ihm hatte sich entschieden, nur ein T-Shirt und kurze Hosen zu tragen. Luc dagegen trug die zwar wärmere, aber dafür auch verkehrssichere Bekleidung, bestehend aus einer Jeans und einer ledernen Motorradjacke. Er wusste, dass es nachher auf dem Parcours viele Kieswege gab, die nicht ganz ungefährlich waren, und dass es beim Überholen der Läufer mitunter hektisch werden konnte. Er hatte Yacine das auch erklärt, aber der hatte auf seiner Sommerkluft bestanden.

»*Encore une minute*«, hieß es nun. Noch eine Minute.

Luc rief durchs offene Visier hinüber:

»Alles klar, mon cher?«

»Tout va bien, chef«, antwortete Yacine. »Meinetwegen kann's losgehen.«

Die beiden Polizisten wollten vorne bei den Läufern mitfahren, um die Strecke freizuhalten und eventuelle Hindernisse aus dem Weg zu nehmen.

Die Touristen und Angehörigen der Läufer hatten sich vorher in die Gärten der vielen Châteaus verteilt, die an der Strecke lagen. Mit dem Auto konnte man sich während des Marathons im Médoc fast nicht mehr bewegen, alle wichtigen Straßen und Zufahrten wurden von der Gendarmerie weiträumig abgesperrt.

»*Dix, neuf, huit, sept, six, cinq, quatre, trois, deux, un … Start*«, erschallte es aus den Lautsprechern, und im selben Moment gab es einen Knall. Der Bürgermeister hatte den Startschuss gegeben.

Luc klappte sein Visier herunter, startete die Maschine und fuhr rasch an, Yacine folgte ihm. Beide hatten das Blaulicht vorne an den Motorrädern angeschaltet, ebenso die Rundumleuchte hinten auf dem kleinen Motorradkoffer.

Im Rückspiegel sah der Commissaire, wie die nicht verkleideten Läufer sofort gestartet waren, dahinter setzte sich die große Masse der Kostümierten langsam in Bewegung.

Nun hieß es Kräfte einteilen, die Lauftaktik bestimmen, zwischendurch viel trinken. Nicht nur den angebotenen Rotwein.

Luc war froh, dass er so kräftesparend auf dem Motorrad sitzen konnte und nicht bei dieser Hitze mitlaufen musste.

Er öffnete das Visier wieder, sofort schlug ihm der Fahrtwind ins Gesicht. Dann bog er um die erste Kurve, schon führte die Straße ein Stück den Berg hinauf und hinaus aus Pauillac aufs freie Feld. Luc schloss kurz die Augen und öffnete sie wieder. Ein Moment des Genießens, da hinten begannen schon die grünen Weinfelder.

Das erste Schloss auf der Route sollte das Château Clerc-Milon sein, das genau neben dem berühmten Château Lafite Rothschild lag. Erst nach zwanzig Kilometern würden die Läufer hinter Lesparre-Médoc wenden, um in Richtung Saint-Julien zu laufen, dann vermutlich schon mit deutlich verminderter Geschwindigkeit, der Hitze und des Rotweins wegen. Es würde ein strammer Tag werden, dachte Luc und gab Gas. Die dicke Maschine machte einen kräftigen Satz nach vorne.

# Kapitel 6

»Lass uns Pause machen«, rief Luc durchs offene Visier, und Yacine nickte.

»Dort vorne ist der Schlossgarten von Richard, da halten wir gleich und ruhen aus.«

Yacine griff sich mit dem Finger an den Helm. »Verstanden«, sollte das heißen.

Sie fuhren durch den Torbogen des Château Lecœur-Saint-Julien, das nun am Tage ganz anders aussah als gestern Abend. Viel freundlicher, nicht mehr so feierlich beleuchtet, sondern von der Sonne beschienen. Einladend lag es da, mit dem feinen Rasen, den steinernen Mauern, den zwei Türmen links und rechts. Sie ließen die Maschinen auf dem Kies ausrollen und parkten im Schatten abseits des Gartens unter einer großen Pinie.

»Was für ein Tag«, sagte Yacine, während er den Helm abnahm. »Du hattest mir Urlaub versprochen, und nun hab ich bei all der Plackerei auf dem Bike wahrscheinlich schon acht Kilo verloren, so viel hab ich geschwitzt. Du schuldest mir ein fettes Abendessen.«

Beide mussten lachen.

»Du kriegst dein Abendessen, und versprochen: Es gibt auch

keine Pasta heute«, scherzte Luc zurück. Er freute sich schon auf den Feierabend, es würde in Pauillac wie jedes Jahr nach dem Marathon ein gigantisches Feuerwerk über dem Fluss geben. Dann wollte er das Gespräch mit Hubert führen, und danach würden sich Yacine und er in Richtung Carcans Plage aus dem Staub machen. Luc hatte noch zwei *Côtes de Bœuf* im Kühlschrank. Die riesigen Steaks würden sie nachher auf den Grill hauen. Fleisch und Rotwein am Strand – das sollte das Abendprogramm sein.

Es war ein ruhiger Einsatz gewesen bisher. Einmal hatten sie die Strecke für die Ambulanz absperren müssen, weil ein Läufer mit dem Fuß umgeknickt war, und zwei- oder dreimal allzu schaulustige Touristen zur Ordnung ermahnt, weil die ihre Familienmitglieder nicht neben der Strecke, wie es sich gehörte, sondern mitten auf der Straße anfeuern wollten.

Ansonsten musste der Commissaire zugeben, dass sich die Macher des Marathons bei der Route wieder richtig was hatten einfallen lassen. Die Läufer konnten durch dicht bewachsene Weinfelder rennen, vorbei an der wunderschönen alten Kirche in Margaux, durch einen mittelalterlichen und verwunschenen Schlossgarten in Saint-Sauveur, den nicht einmal Luc vorher gekannt hatte. Und dann wieder auf der gut ausgebauten Départementstraße entlang der Weinfelder des Médoc immer geradeaus.

Luc hatte die schnelle BMW-Maschine genossen und zugesehen, wie Yacine auf seinem Motorrad mehrfach vor Freude juchzte.

Jetzt gingen sie durch den Garten und auf die Probierstation zu, die Richard hatte aufbauen lassen. Sie lag genau an der Strecke. Hier standen vier weiße Plastiktische, neben jedem standen zwei freiwillige Helfer. Die reichten vom ersten Tisch kleine Wasserflaschen, auf dem zweiten Tisch lagen Powerriegel, daneben Bananen, weil die sich am einfachsten essen ließen in der Eile des Laufes.

Und auf dem vierten Tisch standen kleine Plastikbecher, gefüllt mit einem sehr guten Jahrgang aus Richards Keller. Die Probierbecher wurden andauernd von den Freiwilligen aufgefüllt, ein Mitarbeiter des Schlosses und Richard selbst verteilten sie an die Läufer. Das ließ sich der Hausherr nicht nehmen. Er sah sehr konzentriert aus, wie er da stand mit seinem Tablett, immer wieder blickte er die Strecke herunter.

Luc fuhr sich nachdenklich mit der Hand über die Stirn, kratzte in seinem Haar. Er hatte es gestern nicht mehr geschafft, Richard von Hubert de Langevilles Stimmungswechsel zu informieren. Oder: Er hatte es ihm nicht erzählen wollen. Noch nicht. Er wollte erst abwarten, bis der alte Winzer aus Saint-Émilion über seine erneute Entscheidung für den Verkauf eine Nacht geschlafen und den Marathon hinter sich hatte. Zu oft schon hatte Luc derlei Situationen erlebt, wo Freundschaften in echte Schwierigkeiten gerieten, weil immer viel zu viel geredet und erzählt wurde, bevor etwas spruchreif war. Diesmal wollte er abwarten. Bis Hubert ihm am Abend seine Geschichte erzählte. Dann könnte Hubert auch selbst mit Richard sprechen. Das war die richtige Reihenfolge.

Richard bemerkte Luc, war aber zu beschäftigt, um ihn zu umarmen, stattdessen rief er:

»Willst du einen Roten? Ist ein richtig guter.«

Luc lachte hinüber und rief: »Merci *mec*, zu heiß, zu früh, muss noch Motorrad fahren.«

Richard grinste zurück: »Das interessiert dich seit wann?«

Luc hatte sich beim ersten Besuch des Marathons vor zig Jahren gewundert: Rotwein für Sportler während des Laufes? Doch ein Arzt hatte ihm erklärt, dass Rotwein in Maßen während einer solchen Anstrengung genau das Richtige sei. Natürlich werde man davon nicht betrunken, denn man trinke ja nur wenig Alkohol und dazu reichlich Wasser. Aber diese kleine Menge Rotwein entspanne die Muskeln und mache sie weicher. Der Wein beuge Krämpfen vor – und belebe zudem die Stimmung. Letzteres konnte Luc sich bestens vorstellen.

Vorhin waren die ambitionierten Läufer hier durchgelaufen, immer noch in einem wahnwitzigen Tempo, auch jetzt nach 28 Kilometern. Sie hatten keinen Blick für Rotwein in Probierbechern, sie hatten gerade eben Zeit, den Freiwilligen eine Flasche Wasser aus der Hand zu reißen.

Es war ein ohrenbetäubender Lärm, weil hier viele Familien standen, die mit Rasseln und Pfeifen die Läufer anfeuerten. Dazu immer wieder die Motorräder, die vorbeiröhrten, darauf saßen hinter den Fahrern jeweils Sanitäter oder Journalisten mit ihren Kameras und Objektiven.

Einige der Fans an der Strecke hatten Plakate dabei, *Allez* stand darauf oder *Vive les Médocains.* Eine ältere Frau trug eine kleine Deutschland-Fahne in der Hand und rief einer Gruppe immer wieder zackig »Hopp-Hopp-Hopp-Hopp« zu. Luc wunderte sich über diese Art der etwas imperativen Anfeuerung. Nun ja, die Deutschen eben.

Dann kamen die verkleideten Hobbyläufer vorbei, eine Frau im Brautkleid und zwei Hobbits, außerdem ein kleiner Mann mit einem schwarzen Anzug, der auf dem Kopf eine Nicolas-Sarkozy-Maske trug. Sehr witzig. Wenigstens war die Statur des Läufers seinem Idol sehr ähnlich.

Luc stand direkt neben den Tischen, von denen die Getränke und das Obst verteilt wurden, und hatte einen guten Blick auf die Straße. Er genoss den Moment, die Anfeuerungsrufe, hinter ihm die Sonne, die genau über dem Schloss stand und erbarmungslos auf die Erde brannte. Der Kies unter seinen Füßen war heiß von der flirrenden Sommerglut.

Es war ein ungeheures Wirrwarr auf der Strecke. Und doch erkannte er Hubert de Langeville sofort. Der war dort hinten aus den Weinbergen gekommen, er folgte einer kleinen Gruppe von Läufern, die sich alle als Biene Maja verkleidet hatten. Nun gut, einer war so dick, der hätte auch Majas bester Freund Willi sein können. Die Gruppe bog in Richtung Schlossgarten ab und wurde dabei überholt von einem Motorrad der Sanitäter.

Hubert de Langeville hatte sich nicht verkleidet, mit Ausnahme eines schwarzen Zylinders, der seinen Kopf schmückte. Er war gut in Form, machte lange Schritte und hielt sich klug im Windschatten der Gruppe.

In diesem Moment schaute Luc einmal nach links, irgendetwas erregte dort seine Aufmerksamkeit. Irgendjemand.

Und dann stand sie da.

Anouk.

Über der Schulter trug sie eine schwarze Reisetasche, und sie sah Luc unverwandt an.

Luc konnte sich nicht erklären, wie sie hierhergekommen war. Sie stand einfach da. Dabei fuhr hier kein Taxi, kein Bus, vor allem nicht heute, mitten im Marathon. Doch so war Anouk eben. Natürlich hatte sie es hierher geschafft. Luc brauchte gar nicht zu fragen, woher sie wusste, dass er hier war. Wie lange sie wohl schon da stand und ihn beobachtete?

Er betrachtete sie, seine Blicke glitten von ihrem Lächeln an ihr hinunter, sie trug ein anthrazitfarbenes Shirt und eine dunkelblaue Jeans, die Füße steckten in Sneakers.

Dann sah er ihr wieder ins Gesicht. Und er erkannte die Müdigkeit in ihren Augen. Die leichten schwarzen Schatten. Sofort war er besorgt.

Er spürte einen Knuff in die Seite, und Yacine, der immer noch neben ihm stand, sagte fast unhörbar:

»C'est Anouk. Voilà.«

Ja. Das war Anouk.

Er wollte zu ihr hinübergehen, doch sie machte ein Zeichen,

also blieb er stehen, sah, wie sie nach links schaute, ob sie gefahrlos passieren konnte, und ging los.

Luc schaffte es, den Blick zu lösen und wieder kurz auf die Strecke zu schauen. Hubert de Langeville und die Bienen hatten die Versorgungsstation erreicht, gerade griffen sie zu den Bananen, und auch Richard ging von der Weinstation aus mit seinem Tablett auf die Gruppe zu.

Und dann war sie angekommen. In all ihrer Anmut. Tat den letzten Schritt, und Luc sah sofort wieder den grazilen, aber dennoch kraftvollen Stil ihrer Bewegungen, und sie stand vor ihm und schaute von unten herauf in seine Augen. In Lucs Kopf war Lärm und Stille zugleich.

Er war so aufgeregt gewesen vor diesem Wiedersehen und hatte sich beinahe gefürchtet vor diesem Moment, vor einer ungelenken Begrüßung, vor dem großen Schweigen, vor unausgesprochenen Vorwürfen nach dem ersten Kuss am Strand.

Stattdessen umfasste ihn Anouk mit beiden Armen und legte ihren Kopf kurz an seine Brust. So innig, so warm. Dann, nach fünf Sekunden, die sich wie Stunden anfühlten und gleichzeitig wie der Bruchteil von Millisekunden, löste sie sich wieder von ihm und legte ihre Wange dreimal an seine, vollführte die französische Begrüßung, die *Bises*, um ihm am Ende leise und dennoch drängend ins Ohr zu flüstern:

»Ich hab dich so vermisst.«

Luc war sprachlos.

Sie löste sich von ihm, um ihn, mit beiden Händen an seiner Hüfte, zu betrachten. Sie lachte, lachte ihn an mit ihrer beinahe kindlichen Freude, die er an diesem Morgen vor zwei Monaten auf dem Markt in Carcans zum ersten Mal an ihr gesehen hatte, kurz bevor sie sich am Strand geküsst hatten.

»Gut, sehr gut siehst du aus, Monsieur le Commissaire«, sagte sie.

Luc bemerkte, dass er noch immer nichts gesagt hatte.

»Anouk, ich …«, er überlegte nicht mal, er verharrte in seiner Sprachlosigkeit, aber dann endlich kamen die Worte, »ich freue mich sehr, dass du wieder da bist. Wieder bei mir bist.«

Alle Zurückhaltung war über den Haufen geworfen, er freute sich wirklich. Die Angst war gewichen, weil sie so offen, so froh, so augenscheinlich glücklich war, ihn zu sehen. Zeit für Fragen war später.

Jetzt war er es, der sie noch mal fest an sich drückte. Sie ließ es geschehen, er spürte ihren heftigen Atem.

Es dauerte einige Sekunden, dann entließ er sie, und neben den beiden räusperte sich Yacine, der die letzten Minuten ein Stück weit weg gerückt war, um Raum zu lassen für diesen sehr privaten Moment in einem sehr öffentlichen Umfeld.

»Also, du bist Anouk, ja?«

Sie schaute ihn an.

»Oh ja, die bin ich. Und da du schon von mir gehört hast, bist du wohl ein Freund von Luc?«

Erst als der seinen Namen hörte, erwachte er wie aus einer Trance, entließ Anouks Geruch aus seiner Gedankenwelt und fand erneut die Worte wieder:

»Ja, sorry. Das ist Yacine, mein bester Kollege und ein sehr guter Freund aus Paris. Und das ist Anouk.«

Mehr war ihm nicht eingefallen, nur ihr Name. Als was hätte er sie auch sonst vorstellen sollen?

»Salut, Yacine«, natürlich war es Anouk, die zuerst das Wort ergriff, und Luc sah mit einem Seitenblick auf seinen Kollegen, dass auch der sonst so gewitzte Algerier kurz sprachlos war angesichts ihrer Schönheit.

»Bonjour Anouk«, sagte er, als er sich wieder gefangen hatte. »Ich freu mich riesig, dich kennenzulernen. Hab schon viel von dir gehört.«

So banal er war, dieser Satz, so richtig war er auch. Eigentlich hatte Luc ja Yacine gar nichts erzählen wollen von seiner »Beziehung« mit Anouk, dieser Ein-Kuss-Beziehung – so hielt er es jedenfalls sonst in Paris immer, wenn es um seine Gefühle ging. Aber das hier mit dieser Frau hatte ihn so aufgewühlt, dass er vorgestern Abend nach der zweiten Flasche Wein am Strand nur noch dieses Thema gekannt hatte: ihre Augen. Ihre Worte. Ihr Kuss.

»So Jungs, wie ist es euch ergangen? Und was ist das eigentlich für eine Hitze hier? Ich dachte schon, in Venedig wäre es warm gewesen, aber das …«, sie schüttelte ungläubig den Kopf. Dabei sah sie nicht aus, als könnte ihr die Temperatur irgendwas anhaben. Sie war offensichtlich ungeschminkt, doch ihr Gesicht war vollkommen, die Haare glänzten, da war nur diese leichte Müdigkeit um die Augen. Luc hätte seinen linken Arm dafür gegeben, jetzt sofort mit ihr bei einer Flasche Wein in Bordeaux zu sitzen, ganz nah bei ihrer Wohnung, um alles zu erfahren, was in den letzten Wochen passiert war. Die Gründe für ihre Reise nach Venedig. Einfach nur ihrer Stimme zu lauschen. Doch das ging leider nicht. Morgen vielleicht.

Aus den Augenwinkeln sah er, wie sich erst die Bienen und dann auch Hubert de Langeville wieder in Bewegung setzten.

Von hinten kamen immer neue Läufer an: zwei Männer im Ballett-Tutu und mit sehr eigenwilligen roten Perücken, und eine Frau in einem Domina-Kostüm. Hubert de Langeville erkannte Luc gleich beim Losrennen und hob kurz den Arm als Zeichen des Erkennens. Später würden sie reden, so war es verabredet. Darauf war Luc gespannt.

»Ja, unglaublich, diese Hitzewelle«, Yacine plauderte gleich drauflos, »und da der Commissaire im Büro nichts zu tun hatte, bin ich hergekommen. Und nun wollen wir die Tage am Strand verbringen. Wollten wir. Denn nun musste ich mich hier freiwillig melden und schwitze auf dem Motorrad, unglaublich ist das.«

Anouk musste lachen, Luc sah sie dabei an, er spürte diese unglaubliche Leichtigkeit, die er von Anfang an in ihr gesehen hatte, beobachtete ihre strahlenden Augen und verliebte sich in diesem einen Moment.

# Kapitel 7

Es waren seit Anouks Ankunft genau 32 Minuten vergangen, die sie plaudernd verbracht hatten, sie hatten sich zu dritt zurückgezogen unter die riesige Pinie im Garten des Châteaus Lecœur-Saint-Julien, als das Funkgerät an Lucs Gürtel plärrte:

»Luc Verlain für die *Police Municipale Pauillac*, Luc Verlain, *urgent*.«

Was war denn so dringend? Er griff zum Funk:

»Luc Verlain spricht, was ist los?«

»Ein Mann ist umgefallen, mitten auf der Strecke, und es sieht nicht nach einem Kreislaufkollaps aus, könnten Sie da bitte hinfahren?«

»Wo genau?«

»Auf der Strecke Richtung Bages, kurz hinterm *Château Cordeillan*. Wir haben eine Ambulanz geschickt, mit Defibrillator, aber die ist ziemlich weit weg, auf der anderen Seite von Pauillac. Sie, Commissaire, wären früher da.«

»Gibt es eine Diagnose?«

»Nein, andere Läufer waren hinter ihm, sie versuchen die Reanimation, sie haben uns angerufen.«

»Wir rasen hin.«

Luc warf Anouk seinen Helm zu, und sagte, schon im Gehen:

»Los geht's, Yacine, hinter mir her.«

Er setzte sich ohne Helm ans Steuer, Anouk sprang wortlos hinter ihm auf die Maschine, sie umfasste seinen Oberkörper, Luc zog die Kupplung, drückte auf den Startknopf, und schon preschte er mit der schweren Maschine los. Im Rückspiegel beobachtete er, dass Yacine dicht hinter ihnen war. Richard sah ihnen mit erstauntem Blick nach.

Sie rasten auf der Départementale entlang, längst hatte Luc das Blaulicht des Polizeimotorrades eingeschaltet, genau wie die Sirene, sodass die Läufer vor ihnen Platz machten. In dem Tempo würden sie höchstens sieben Minuten brauchen bis Bages.

Luc spürte die Wärme hinter sich, spürte Anouks Hände an seiner Taille. Ihre große Tasche hatte sie kurzerhand unter der Pinie stehenlassen, er würde Richard anrufen, damit er sie sicher verwahrte.

Sie flogen nun förmlich über die Strecke, Luc wollte einmal nach links abbiegen auf einen Schleichweg, aber er sah dort vorne zwei Läufer in Bienenkostümen, die am Rande der Strecke standen. Ein weiterer Mann im Bienenkostüm saß auf seinen Knien und ließ den Kopf hängen. Dort musste es sein. Luc wurde langsamer und rief hinüber:

»Was ist los?«

Der eine Mann schnaufte sehr und war kaum zu verstehen, als er sagte:

»Ich weiß auch nicht. Mir ist gar nicht gut. Aber Sie müssen nach da laufen, weiter vorne. Der sous-préfet ...«, der Mann brach ab.

Luc hielt an und sprang vom Motorrad. Auch das noch.

Er rannte die paar Meter zu der Biene, die am Boden lag. Einige Leute standen drum herum. Aus der Ferne erklang die Sirene der Ambulanz. Sie würden sie brauchen. Und zwar schnell.

Der Unterpräfekt, das fehlte noch. Die anderen Leute, die um ihn herum gestanden hatten, machten sofort Platz. Luc kniete sich neben ihn. Der ältere Herr mit dem schmal geschnittenen Gesicht bekam keine Luft, er rührte sich nicht. Luc erkannte ihn aus der Zeitung: Er war seit einigen Monaten der neue sous-préfet von Lesparre-Médoc, der zuständigen Gemeinde für das Gebiet des Marathons.

»Monsieur le Préfet, Sie müssen durchhalten …«

Der Mann hatte die Augen verdreht, Luc nahm seine Hand und suchte nach dem Puls.

Dann endlich bremste ein paar Meter weiter der rote *Renault Master* mit dem kreisenden blauen Licht auf dem Dach. Zwei Sanitäter und eine Ärztin rannten auf die Szenerie zu.

»Kommen Sie«, rief Luc und drängte die Umstehenden dazu, eine Gasse zu bilden, »bringen Sie den Defi, der Mann hat nicht mehr viel Zeit. Er hat keinen Puls.«

Die Ärztin beugte sich hinunter, die Sanitäter öffneten den Koffer mit dem Defibrillator.

»Kammerflimmern«, befand die weißhaarige Frau in der blauen Uniform und winkte die Sanitäter heran. »Los, anlegen.«

Ihre Kommandos waren kurz, konzentriert, beinahe militärisch.

Einer der beiden Sanitäter ging auf die Knie. Er hielt die beiden Elektroden auf die Brust und rief: »Weg!« Dann drückte der andere den Knopf.

Der Körper des Unterpräfekten bäumte sich unter dem Stromschlag auf.

Keine Reaktion.

Wieder drückte der Sanitäter die Elektroden und rief: »Weg!«

Wieder dieses schreckliche mechanische Aufbäumen.

Wieder keine Reaktion.

Ein dritter Versuch.

»Weg!«

Aufbäumen.

Und auf einmal setzten der Puls und das Herz wieder ein, es gab ein Piepen in den Elektroden, und dem Zucken des Körpers folgte eine plötzliche Beruhigung, ein Atemzug. Es war eine spürbare Befreiung, die sich vom Unterpräfekten auf die Ärztin, gleich darauf auf Luc und dann auf die Umstehenden übertrug.

Die Ärztin drückte sanft Lucs Hand.

»Wir haben ihn. Er ist wieder hier. Das war knapp. Er muss sofort ins Krankenhaus.«

Sie stand auf, und die Sanitäter holten die Trage.

Luc atmete tief durch, immer noch hielt er die Hand des Unterpräfekten in seiner Hand.

In diesem Moment kam Anouk mit dem Funkgerät in der Hand.

»Luc«, rief sie, und ihre Stimme klang tonlos. »Komm, weiter vorne ist noch ein Mann zusammengebrochen.«

Luc wandte seinen Kopf zu ihr. Anouks Blick war ernst.

»Können Sie mitkommen?«, fragte er die Ärztin.

»Wir müssen den sous-préfet ins Krankenhaus bringen. Ich schicke Ihnen sofort eine andere Ambulanz. Fahren Sie …«

Anouk stieg hinter Luc aufs Motorrad. Der bog wieder auf die Landstraße ein.

»Dort links, nach Lynch-Bages.«

Das kleine Dörfchen war der Sitz des weltbekannten Châteaus Lynch-Bages. Die Eigentümer hatten den alten Dorfkern wunderschön rekonstruieren lassen, nun gab es dort einige kleine Läden, ein Restaurant und gut erhaltene Wohnhäuser.

Luc bog am großen steinernen Kreuz mit dem Jesus obenauf nach links ab, der Weg führte sie jetzt vorbei an den Weinfeldern des Châteaus Lynch-Bages.

In der Ferne sahen sie, wie der Streckenposten in der gelben Weste den Läufern den Weg ums Dorf herum wies, und als er

Luc auf dem Motorrad sah, fuchtelte er auf einmal ganz wild mit den Armen, er wollte ihn förmlich herbeiwinken, so schien es. Luc raste vorbei an dem Mann und kam dann im Zentrum des kleinen Dorfes zum Stehen, ganz nah an einer Menschentraube, die sich gebildet hatte.

Anouk sprang hinten vom Sitz, Luc bockte die Maschine auf, und dann bahnten sie sich zusammen mit Yacine einen Weg durch die Menschen, einige beugten sich herunter. Doch so richtig half niemand.

Als er näher kam, stöhnte Luc auf. Er hatte es schon geahnt, als er die keuchenden Bienenläufer gesehen hatte und den Unterpräfekten, am Boden liegend, aber er hatte die Ahnung verdrängt. Und nun sah er ihn da liegen.

# Kapitel 8

Vor ihm am Boden lag Hubert de Langeville. Er war aber nicht lang ausgestreckt wie der Unterpräfekt. Seine Beine krampften, und seine Pupillen kreisten, als er eben kurz die Augen öffnete, so als hätte er höllische Schmerzen.

»Hubert«, rief Luc und kniete sich neben den Mann, nahm seine Hand mit der einen und fühlte mit der anderen nach dem Puls. Anouk kniete neben ihm und griff nach Huberts Kopf.

Noch einmal rief Luc: »Hubert, können Sie mich hören?«

Doch der Mann antworte nicht, stattdessen krampften seine Beine immer weiter, und Anouk fasste Luc am Arm.

»Los, wir müssen ihn reanimieren«, sagte sie und begann, sich in die richtige Position für die Herzdruckmassage zu bringen. Luc beugte sich sofort herunter, um mehrmals mit seinem Mund Luft zu spenden, dann machte er Platz, und Anouk begann mit der Herzdruckmassage.

Luc griff zum Funkgerät.

»*Gendarmerie Pauillac* für Luc Verlain. Wir brauchen die Ambulanz hier, wir brauchen dringend einen Defibrillator. Und zwar in den nächsten zwei Minuten. Die sollen sich beeilen, Herrgott noch mal.«

Er wandte sich wieder zu Hubert de Langeville. Eben beugte sich Yacine herunter für die Beatmung, er hatte kurzerhand Lucs Platz eingenommen. Anouk war in Stellung für die folgende Massage. In der Ferne ertönte eine Sirene. Es waren schier endlose Minuten.

Huberts Körper war jetzt ganz starr. Dieser kerngesunde Läufer. Luc hatte ihn am Vorabend als vor Gesundheit strotzenden Mann kennengelernt. Jetzt lag er vor ihm, in der gleißenden Sonne. War es wirklich zu heiß gewesen für einen Mann wie ihn? Luc sah, wie sich Yacine den Schweiß von der Stirn wischte, der in Bächen über sein Gesicht lief. Ja, es war viel zu heiß, vielleicht hätten die Veranstalter den Marathon absagen müssen.

Anouk drückte auf Huberts Brust, Yacine beatmete ihn, Luc fühlte den Puls und sah auf sein Gesicht, es war ein konzentriertes Arbeiten in diesem Moment, um sie herum standen Läufer und zwei Streckenposten. Es tat sich nichts. Hubert de Langeville hatte zu krampfen aufgehört, nun lag er ganz still da, der Puls, den Luc eben noch ertastet hatte, war nicht mehr zu spüren.

Es war derselbe *Renault Master* wie vorhin, der nach Minuten um die Ecke bog, und wieder sprang die Ärztin raus, in ihrer Hand der Defibrillator.

»Sie sind gekommen …«, rief Luc.

»Monsieur le Sous-Préfet war stabil, und ich habe über Funk gehört, wie es hier steht«, sagte die Frau erklärend und kniete sich neben Luc und Hubert nieder.

»Wieder Kammerflimmern«, rief sie, aufgeregter als vorhin, »gleiche Prozedur wie eben …«

Sie nahm Lucs Hand von Huberts Puls weg, öffnete eins seiner Augen und leuchtete mit einer kleinen Taschenlampe hinein. Dann hielt sie kurz inne. Senkte den Kopf. Und sprach erst kurz darauf wieder.

»Zu spät. Wir waren zu spät. Der Mann ist tot.«

Luc blickte zu Hubert, dann hinüber zu Anouk und Yacine. Beide hatten den Blick zu Boden gerichtet, die Anstrengung hatte sie gezeichnet, Anouks Shirt war komplett durchnässt, ihre Haare klebten an der Stirn. Yacine ließ die Hände hängen und atmete schwer.

Es war nicht zu fassen. Da lag dieser Mann und war nicht zurückzuholen. Luc nahm seine Hand und hielt sie, hier neben der Ärztin, Anouk und Yacine. Umringt von den Menschen, eine Frau hatte ihre Hand vor den Mund genommen im Schock, als sie die Worte der Ärztin vernommen hatte, ein Mann jammerte. Luc sah die ganze Szenerie um sich herum und hatte doch nur Augen für den alten Winzer, der mitten auf der Laufstrecke lag. Der Commissaire bekreuzigte sich und zeichnete das Kreuz auf die Stirn von Hubert de Langeville.

Dann stand er langsam auf.

»Hubert war gesund«, sagte er ganz leise, als sage er es nur zu sich.

»Wo bringen Sie den Präfekten jetzt hin?«, wandte sich Luc an die Ärztin.

»Ins *Centre Hôspitalier Universitaire* nach Bordeaux. Wir sollten sofort losfahren.«

»Dann möchte ich, dass Monsieur de Langeville im gleichen Krankenhaus obduziert wird. Möglichst noch heute.«

Die ältere Ärztin nickte und sagte:

»Wir versuchen das, Commissaire.«

Auch sie war sichtlich erschüttert, dass es für diesen Läufer auf dem bekanntesten Marathonparcours Frankreichs zu einem so schrecklichen Ende gekommen war.

»Doktor, warum sind Sie eigentlich die einzige Ambulanz mit einem Defibrillator auf einem Marathon? Wie kann das denn sein?«

Luc war völlig entgeistert, immer noch schaute er auf Hubert de Langeville, der vor ihm am Boden lag. Leblos.

Von hinten trat Anouk heran und griff Luc leicht an der Seite, als die Ärztin antwortete.

»Ich verstehe das auch nicht. Es gibt zwei Defis auf der Strecke. Aber einer musste im Zieleinlauf bleiben. Und wir wurden über Funk zu einem anderen Einsatz gerufen, weiter hinten an der Strecke, weit hinter Saint-Julien. Da sollte sich ein Läufer den Fuß verstaucht haben. Aber da war niemand. Und dann erst sind wir zum sous-préfet gerast. Ein Glück, das wir da schneller waren. Es war sehr knapp.«

»Hier aber waren wir zu spät«, sagte Anouk.

»Ich will eine absolute Nachrichtensperre. Niemand kommt mit einem Smartphone an den Tatort, nicht mal ein Gendarm. Ich will keine Bilder, ich will nicht, dass bekannt wird, wer der Tote ist. Keine Namen der Opfer, nicht der des Präfekten, nicht der des Winzers, auch nicht bei den Vernehmungen. Zeigt Fotos von gestern Abend vom Dinner herum, mit verschiedenen Leuten, Hubert und der Präfekt sollen auch darunter sein. Aber dann weiß keiner, um wen es uns genau geht.«

Luc sagte das zwar leise, damit es für die Schaulustigen um ihn herum nicht hörbar war, aber doch sehr deutlich. Dabei blickte er den Einsatzleiter der Gendarmerie ernst an. Der war gerade erst angekommen. Er griff sich mit der Hand an den Schirm seiner Mütze.

»Zu Befehl.«

Man merkte jedes Mal, dass die Gendarmerie immer noch ein Anhängsel der französischen Armee war.

»Und holen Sie einen Mannschaftswagen, mit dem Sie die Strecke im Umkreis von fünf Kilometern von hier abfahren können. Sammeln Sie jeden ein, der so aussieht, als hätte er das Rennen aus gesundheitlichen Gründen aufgeben müssen. Geben Sie keine Erklärungen ab. Bringen Sie die Läufer ins Krankenhaus von Bordeaux. Ich werde später dorthin kommen.«

Der Mann machte dieselbe Geste wie vorhin. Manchmal wünschte Luc, er wäre Gendarm. Keine großen Worte, nur schnelle Taten.

Luc überlegte, wieviele Kollegen ihm zur Verfügung standen. Das Ergebnis war alles andere als erfreulich: Etxeberria war nach seiner Schussverletzung im Wald von Brach noch immer in der Reha. Hugo hatte seinen Jahresurlaub in den September gelegt, solange die Kinder noch nicht in die Schule mussten. Er würde erst übermorgen wieder zu ihnen stoßen.

Und sie waren die einzige Einheit für Kapitalverbrechen weit und breit. Sollte er um Unterstützung in Nantes nachsuchen? Das war nicht seine Sache. Es würde schon gehen müssen. Irgendwie.

»Yacine, ich weiß, du bist nur für vier Tage hier, und du wolltest dich erholen, aber ich brauch …«

Sein Freund unterbrach ihn. »Mann, Luc, na klar. Meinst du, ich leg mich jetzt an den Strand? Die Läuferbefragung übernehme ich.«

Anouk schaute ihn nur kurz an und sagte:

»Und wir?«

»Wir müssen rauskriegen, was hier los war«, antwortete Luc, überlegte kurz und stieß dann hervor: »Die Bienen …«

»Die Bienen?«

»Erinnerst du dich, kurz bevor wir beim Präfekten ankamen? Seine Freunde, die auch als Bienen verkleidet waren? Und die alle entlang der Strecke saßen? Wir müssen dahin.«

Sie nickte.

»Yacine, du sicherst den Bereich hier, bis der Leichenwagen kommt. Wir dürfen keine Zeit verlieren.«

Anouk nahm den Helm, und Luc und sie stiegen wieder aufs Motorrad.

Luc raste zurück in Richtung Château Cordeillan. Die Trauer war in diesem Moment nur noch ein drückendes Gefühl ganz hinten in seinem Kopf, jetzt galt es zu ermitteln.

Seit der Reanimation des Unterpräfekten waren schon ungefähr zwanzig Minuten vergangen. Und trotzdem saßen die drei Läufer in den Bienenkostümen noch immer abseits der Strecke im Straßengraben im Schatten. Zwei von ihnen hatten wieder zu Atem gefunden, nur der dritte schnaufte immer noch, als Anouk und Luc von ihrem Motorrad abgestiegen waren.

»Wie geht es unserem Freund?«, fragte er atemlos.

»Er ist auf dem Weg ins Krankenhaus. Er ist stabil«, antwortete Anouk.

»Was ist bei Ihnen passiert? Warum ist Ihnen so unwohl?«

Der Jüngste von ihnen antwortete.

»Es ist die ganze Strecke über sehr gut gelaufen. Viel besser als letztes Jahr. Obwohl es heute so warm ist. Doch dann irgendwann war bei uns allen gleichzeitig die Luft raus. Es war, als hätte man uns den Stecker gezogen.«

Die anderen beiden Bienen nickten, und dabei wackelten die schwarzen Zipfel am Kopf auf und ab, die die Fühler darstellen sollten. Es war ein komisches Bild.

»Irgendwann ging es gar nicht mehr, ich war derart kurzatmig, dass ich aufhören musste. Und den beiden hier ging es genauso. Und dann ist der sous-préfet einfach zusammengebrochen, ein Stück weiter vorne. Er hat sich an die Brust gegriffen und, plumps, lag er da. Schrecklich. Und ich war so erschöpft, ich konnte nicht mal mehr zu ihm gehen, um ihm zu helfen.«

Er sah richtig verzweifelt aus.

»Sie haben auf der Strecke Rast gemacht, alle zusammen, richtig? Wir haben Sie gesehen, weiter oben am Château Lecœur-Saint-Julien?«

»Ja, das stimmt.«

»Es ist sehr wichtig, dass Sie sich genau erinnern«, beharrte Luc. »Was haben Sie dort zu sich genommen?«

Der junge Mann schaute auf.

»Meinen Sie«, fragte er ungläubig, »dass etwas schlecht war? Im Schlossgarten?«

»Bitte, versuchen Sie sich zu erinnern.«

Der Jüngere schaute zu seinen Mitläufern.

»Ihr hattet auch Bananen, oder?«

Die beiden nickten.

»Wir haben uns alle Bananen, Wasser und Wein genommen. Wir haben ein Selfie gemacht. Hier, vom Anstoßen, schauen Sie.«

Er holte sein Handy aus seiner Bienenhosentasche und zeigte Anouk das Bild, dann auch Luc.

Darauf waren alle Läufer zu sehen, als sie mit den kleinen Probiergläsern des Château Lecœur gemeinsam anstießen. Die Gläser waren mit dem leckeren Rotwein von Lucs Freund Richard gefüllt. Im Hintergrund war zu sehen, wie Hubert de Langeville seinerseits sein leeres Glas wieder auf den Tisch stellte. Er hatte also auch vom Wein getrunken. Eine wichtige Information.

»Wein, Bananen, Wasser. Gut. Und kurz darauf ging es Ihnen schlechter?«

»Ja, so war es.«

»Wir brauchen bitte das Foto. Können Sie es mir gleich auf mein Handy schicken?«

Luc gab ihm seine Nummer.

»Und wissen Sie etwas von einer Erkrankung des Unterpräfekten?«

»Wieso?«

»Weil wir hier reden können und Sie alle offenbar wieder wohlauf sind, während Ihr Freund in einer Ambulanz nach Bordeaux rast.«

Die drei schüttelten den Kopf.

»Er war kerngesund, glaube ich«, sagte der Jüngere wieder. »Er hat uns jedenfalls nichts anderes erzählt. Wir arbeiten alle in der Stadtverwaltung von Lesparre-en-Médoc. Der Unterpräfekt ist ja erst seit einem Jahr dort im Amt. Er kommt ursprünglich aus Nantes.«

Es war in Frankreich meistens so, dass die hohen Posten in der Präfektur nicht mit Alteingesessenen aus der Region besetzt wurden, sondern an politische Beamte aus dem ganzen Land vergeben wurden. Benahm man sich gut und hatte das richtige Parteibuch, landete man schnell als Präfekt in Nizza oder eben hier im Aquitaine; war man aber eher ein Rebell ohne die richtigen Beziehungen, musste man sich mit den Sch'tis im kalten Nordfrankreich herumschlagen.

»Wieso sind Sie denn vorhin weitergerast? Gab es noch jemanden, der Probleme hatte?«, wollte einer der älteren Männer wissen.

Luc nickte.

»Ja, es gab einen weiteren Zusammenbruch, weiter vorne im Feld.«

»Oh, mein Gott. Und wie geht's dem Läufer?«

»Er ist tot«, antwortete Anouk.

»Was?« Es kam fast gleichzeitig aus allen drei Kehlen.

»Aber, wie kann das sein? War das Essen verunreinigt? Die Bananen?«

»Wir wissen es noch nicht. Aber wir werden es herausfinden. Bitte bleiben Sie hier im Schatten sitzen. Wir werden Ihnen einen Wagen der Gendarmerie schicken. Wenn es für Sie in Ordnung ist, würden wir Sie nach Bordeaux bringen lassen, um Sie zu untersuchen. Wir müssen wissen, was hier passiert ist.«

Die drei erklärten sich sofort einverstanden und zogen sich wieder in den Schatten zurück. Bis vorhin hatten sie noch Urlaub gehabt, Luc, Yacine und Anouk. Und auf einmal waren sie mittendrin in einem neuen Fall. Diesmal mit politischer Beteiligung. Eh merde.

»Sollen wir den Marathon abbrechen lassen?«, fragte Anouk nach einem Blick auf die Uhr. Vier Stunden und 17 Minuten waren seit dem Start vergangen. Die ersten Profiläufer waren schon im Ziel, manch andere würden noch eine oder zwei Stunden brauchen. Sechseinhalb Stunden war das Maximum, danach wurde der Kurs wieder für den Verkehr freigegeben.

»Wir sollten den Lauf ganz normal weiterführen, dann wird niemand aufgeschreckt. Yacine und ein paar Gendarmen sollen stattdessen am Zieleinlauf die Läufer befragen. Ich will alles erfahren, was während des Laufs ungewöhnlich war.«

Anouk nickte.

»Und ich weiß, wo du jetzt hinfahren willst.«

»Ich weiß. Auf zum Château.«

Wieder einmal hatte Anouk genau das Gleiche gedacht wie Luc. Die Abwesenheit von mehreren Wochen hatte nichts geändert. Bei Ermittlungen waren sie wie zwei Rädchen, die genau ineinandergriffen. Es war bemerkenswert. Und es war besonders jetzt, wo sie so wenige Beamte waren, sehr wichtig, dass es genauso lief. Es gab viel herauszufinden.

Er drehte am Gashahn, und die Maschine machte einen Satz nach vorne auf die Départementale. Luc wendete und raste los, Richtung Saint-Julien.

Sie mussten die Probierstation von Richard schließen – und dann schauen, was dort vorgefallen war. Bei seinem alten Freund. Was für eine Katastrophe.

# Kapitel 9

Sie stiegen vom Motorrad. Wieder im Garten von Château Lecœur-Saint-Julien. Wie vor einer Stunde. Nur unter ganz anderen Umständen. Dabei sah hier alles so aus wie vorhin. Der Himmel war strahlend blau. Der Sandstein des Schlosses war majestätisch. Und immer noch rannten Läufer durch den Schlossgarten. Wie konnte das sein? Luc hatte doch vorhin über Funk Anweisungen gegeben, die Strecke des Marathons umzuleiten. Damit nicht noch mehr Läufer vergiftete Bananen aßen? Oder vergifteten Wein tranken? Luc wusste nicht, was es gewesen war, das zu Huberts Tod geführt hatte – und es machte ihn verrückt. Lag die Ursache überhaupt hier?

Er pfiff einen Streckenposten heran und zeigte seinen Polizeiausweis.

»Stellen Sie sich hundert Meter vor dem Château an die Strecke und weisen Sie die Läufer an, nicht in den Schlossgarten abzubiegen. Wer die Anweisung nicht befolgt, wird disqualifiziert.«

»Aber wenn wir die Strecke verändern, dann stimmt die Gesamtlänge des Marathons nicht mehr«, antwortete der junge Streckenposten sehr pflichtbewusst.

Das stimmte. Es war Luc trotzdem egal.

»Machen Sie bitte, was ich gesagt habe. Es wird morgen Wichtigeres in den Zeitungen geben, als einen gefälschten Marathonlauf. Ich schicke Ihnen gleich ein paar Gendarmen zu Hilfe, die die Strecke offiziell umleiten.«

Der junge Mann eilte davon.

»Luc. Was ist passiert? Ihr wart vorhin einfach verschwunden.«

»Richard. Ja, es ist in der Tat etwas Schlimmes passiert.«

Anouk nahm bereits den Probiertisch in Augenschein und roch an den leeren Gläsern, die von den Läufern zurückgelassen worden waren.

»Warum sperrt ihr denn den Einlauf da vorne. Luc?« Seine Stimme wurde drängender. »Was ist hier los?«

»Das frage ich mich auch, Richard. Es ist ein Läufer zu Tode gekommen, und ein weiterer ist fast gestorben. Der sous-préfet von Lesparre-Médoc. Nachdem beide hier bei dir Rast gemacht haben.«

Richard schaute ihn entgeistert an.

»Luc, was soll denn der Quatsch? Was meinst du damit?«

»Dass wir rausfinden müssen …«, doch Anouk unterbrach ihr Zwiegespräch.

»Monsieur Lecœur, wo sind die Flaschen, die Sie an die Läufer ausgeschenkt haben? Vorhin standen hier doch zwei Kisten, in denen die leeren Flaschen gesammelt wurden?«

Anouk hatte alles genau im Gedächtnis abgespeichert, obwohl es gar keinen Anlass dafür gegeben hatte. Beeindruckend.

»Wir …«, stammelte Richard, »ich … meine Frau hat die Kisten in den Schuppen holen lassen.«

»Um was damit zu tun?« Anouks Stimme war schneidend. »Wo sind sie?«

Richard zeigte in Richtung Nebengebäude.

»Dort in der Küche.«

»Kommst du mit, Luc?«

»Ja, noch einen Moment.«

Luc trat an die Kisten mit Bananen und wühlte darin herum.

»Hier ist nichts.«

Er schaute zu den Plastikfolien, in denen die kleinen Wasserflaschen der Marke *Source des Pins* aufbewahrt wurden. Schwierig, hier etwas hineinzutun. Er sah, dass die Flaschen links und rechts der Strecke herumlagen. Die Läufer warfen sie nach dem Trinken einfach weg oder nahmen sie mit auf die Route. Hier jemanden zu vergiften, wäre unplanbar gewesen. Reiner Zufall.

»Monsieur Lecœur, lassen Sie die drei leeren Weinflaschen dort stehen«, befahl Anouk, »wir nehmen sie nachher mit.«

Sie gingen die paar Schritte durch den Garten bis zu den Nebengebäuden des Schlosses. Hier war die Weinproduktionshalle untergebracht, nebenan standen die Fässer für die Zweitweine des Châteaus.

In der Hofküche fanden sie Christine Lecœur zusammen mit einer Angestellten am Spülbecken.

»Madame Lecœur«, sagte Anouk drängend, »was machen Sie denn da?«

»Christine …«, sagte Luc, »nicht.«

Sie sahen, wie die beiden dabei waren, die letzten Flaschen abzuspülen. Behutsam, um die Etiketten nicht zu beschädigen.

»Was meint ihr damit?«, fragte Christine Lecœur vorsichtig. »Wieso soll ich meine Flaschen nicht …«

»Sie vernichten Beweismaterial«, sagte Anouk und nahm ihr eine der Weinflaschen aus der Hand, die innen rot schimmerte. Sie war noch nicht mit dem Wasser in Kontakt gekommen.

»Ich spüle Flaschen«, antwortete die Hausherrin entgeistert. »Was fällt Ihnen ein?«

»Das ist in diesem Falle leider dasselbe«, sagte Luc und stellte sich zwischen Christine und Anouk. »Du, Christine, beruhige dich. Es sind zwei tragische Dinge geschehen. Ein Mann ist gestorben, und einer liegt im Krankenhaus. Und zwar kurz nachdem sie hier bei euch Wein getrunken haben. Wir müssen wissen, warum das passiert ist.«

Die Frau ließ ihr Geschirrhandtuch fallen und zitterte am ganzen Körper.

»Was ist passiert? Und wem?«

»Leider jemandem, den ihr kennt. Dürfen wir Sie bitten?«

Er wies die Hausangestellte an, den Raum zu verlassen. Erst als sie draußen war, sagte er:

»Hubert de Langeville ist tot. Womöglich wurde er vergiftet.«

»Was?«

Das Wort war ihr laut entglitten und warf Echos in der großen Küche. Sie war kreidebleich.

»Ja, es tut mir leid.«

»Madame Lecœur, mir tut es auch leid«, sagte Anouk, »und trotzdem komme ich nicht umhin, mich zu fragen, wie Sie dazu kommen, während des laufenden Marathons in aller Seelenruhe Dutzende Weinflaschen abzuwaschen.«

Alle drei schauten in diesem Moment zu einer Kiste hinter dem Spülbecken, in der sicher drei Dutzend leere und blitzblank geputzte und getrocknete Flaschen des 2013er *Château Lecœur-Saint-Julien* standen.

»Wir … ich«, stammelte Christine, »ich bereite alles für die Gäste vor, die zur Weinlese gebucht haben. Wir wollen eine wunderschöne neue Dekoration in der Eingangshalle aufbauen. Und ich konnte an der Verpflegungsstation nichts mehr tun. Also dachte ich …«

»Also dachten Sie, Sie machen mal alle Beweismittel zunichte?«

»Nun hören Sie mal, ich wusste doch nicht …«

»Ist schon gut, Christine, ist schon gut.« Luc versuchte, Ruhe zu bewahren.

»Wir nehmen die Flaschen mit, die noch nicht Ihre Sonderbehandlung erfahren haben«, sagte seine Partnerin, griff nach den beiden Flaschen und drehte sich um.

Luc konnte sich irren, aber er fand, dass Anouk äußerst angespannt war. Ganz anders als bei ihrer Begrüßung vorhin. Und sie schaute nicht nur Christine Lecœur fast schon wütend an, sie sah auch immer wieder mit einem zweifelnden Blick zu ihm, das sah er aus den Augenwinkeln. Merkwürdig war das.

»Christine, wir informieren dich, wenn wir mehr wissen«, sagte Luc und folgte seiner Kollegin. Die Frau seines besten Freundes sah ihnen nach, mit offenem Mund. Fassungslos.

Als sie draußen waren, vor dem Château, sagte Luc:

»Hey, was ist mit dir? Wir wissen doch noch gar nichts.«

»Fandest du das alles nicht sehr verdächtig?«

»Dass sie Flaschen spült?«

»Genau.« Sie funkelte ihn aus ihren braunen Augen wütend an.

»Nicht wirklich«, antwortete Luc, betont ruhig. Dabei brodelte es in ihm. Was war da los? Und was war hier los? Was war passiert auf diesem Marathon? An dieser Pausenstation? Er hatte doch quasi daneben gestanden. Hatte Richard …? Natürlich hatte er nicht.

»Gut, ich bringe die Flaschen zur Untersuchung nach Bordeaux. Das wird das Beste sein. Vielleicht haben wir schnell Ergebnisse.«

»Wird schwierig, jetzt am Wochenende. Aber du hast recht. Ich werde Yacine einsammeln. Dann sollten wir ins Krankenhaus fahren. Vielleicht treffen wir uns da?«

»Machen wir. Bis nachher, Luc.«

»Bis nachher, Anouk.«

Da war sie schon verschwunden. Luc hatte die Begrüßung vorhin deutlich schöner gefunden.

# Kapitel 10

Die Uhr des Zieleinlaufs zeigte 06:22:15. In knapp acht Minuten würde die Strecke geschlossen, wer länger bräuchte, würde disqualifiziert.

Aber es kamen nur noch wenige Läufer an. Gerade lief ein altes Ehepaar vorbei, das sich mild anlächelte und stolz Hand in Hand die Zielmarke passierte. Luc war gerührt.

Er hatte die Maschine an den Quais von Pauillac abgestellt und war hier herübergelaufen. Yacine sah er sofort. Sein Freund stand direkt hinter der Zielmarke und sah sich um. Er bemerkte Luc augenblicklich.

»Es ist nichts mehr los. Die Läufer, die jetzt ankommen, haben Hubert gar nicht gesehen. Sie waren von Anfang an zu langsam, um ihn bemerkt zu haben. Aber ich habe mit vielen Läufern gesprochen, die in Richards Château Rast gemacht haben. Allen geht es gut. Luc, das ist so schrecklich. Weißt du, normalerweise kennen wir ja die Opfer nicht. Wenn wir in Paris in irgend'nen Plattenbau fahren, oben in La Courneuve oder so. Aber mit dem saßen wir doch gestern Abend noch zusammen. Und dann liegt der da auf einmal vor uns. Ich komm damit echt nicht klar. Ich seh den immer noch da vor mir liegen.«

Luc nickte. Auch ihm machte der Anblick zu schaffen, auf der Fahrt hierher hatte er Hubert de Langeville immer wieder vor sich gesehen.

»Ich versteh dich«, sagte er. »Ich hab ihn sehr gemocht. Obwohl ich ihn ja gar nicht kannte. Aber es hat von Anfang an gepasst zwischen uns.«

»Ich habe vorhin mit Läufern gesprochen, die Menschen auf den Fotos wiedererkannt haben. Ich hab einfach auf irgendwelche Feiernden von gestern gezeigt. Und auf Hubert. Den haben einige heute beim Laufen gesehen und wiedererkannt. Immer wieder haben sie gesagt: Top in Form, der Mann, er habe sie überholt und so weiter.«

»Ein kerngesunder Läufer bricht einfach tot zusammen. Und ein zweiter Läufer, der nebendrein noch ein wichtiger politischer Akteur in der Region ist, bricht auch zusammen, überlebt aber. Nach was klingt das?«

»Nicht nach Zufall, würde ich sagen. Gift?«

»Kann sein.«

»Konntet ihr denn im Château irgendwas sicherstellen?«

Luc spürte, dass Yacine den richtigen Riecher hatte. Und er wusste gar nicht, ob ihm die Richtung gefiel, in die der ganze Fall steuerte.

»Anouk ist dran. Wir versuchen, an ein paar gesicherten Weinflaschen noch Spuren zu finden.«

»Kann dein Freund was damit zu tun haben?«

»Nein. Auf keinen Fall.«

Yacine blickte ihn argwöhnisch an.

»Ich frag hier noch weiter rum. Was ist dein Plan?«

»Ich fahre jetzt als Erstes ins Krankenhaus in Bordeaux, danach in die Zentrale. Kommst du nach? Du wirst es problemlos finden, es ist im Westen von Bordeaux. Halt mich bitte unbedingt auf dem Laufenden.«

»Gern, Alter. Und Luc?«

»Ja? Und nenn mich nicht so.«

»Die ist Zucker. Anouk, mein ich. Zucker. Salut, mein Alter.«

# Kapitel 11

Auf dem Flur der Notaufnahme des Krankenhauses von Bordeaux herrschte Chaos. Alle redeten durcheinander. Da niemand etwas Essenzielles wusste, sprießten die Spekulationen, und wer am lautesten schrie, wurde am ehesten verstanden.

Der Mannschaftswagen der Gendarmerie war voll mit Läufern gewesen, hatte Luc über Funk erfahren. Sie hatten von Saint-Julien bis kurz hinter Bages alle eingesammelt, die – aus welchen Gründen auch immer – aufgegeben hatten.

Jetzt saßen rund dreißig Frauen und Männer in den wildesten Kostümen auf dem Krankenhausflur. Sie hielten Wasserflaschen in den Händen, einigen stand immer noch der Schweiß auf der Stirn.

Als die verkleideten Bienen Luc sahen, gaben sie den anderen ein Zeichen. »Das ist er« sollte es wohl heißen. Alle Blicke wandten sich dem Commissaire zu.

»Monsieur le Commissaire, was ist los?«, rief der Erste.

»Warum halten Sie uns hier fest?«, kreischte eine Läuferin.

»Was ist mit uns? Ein Virus?«, schrie eine andere.

Mein Gott, die denken, sie spielen bei *Outbreak* mit, dachte Luc. »Beruhigen Sie sich«, sagte er laut. »Bitte. Ich werde erst einmal mit einem Arzt reden und Sie dann informieren. Da es Ihnen allen gut geht, gibt es keinen Grund anzunehmen, dass sich daran etwas ändern wird. Bitte warten Sie noch einen Moment.«

Er ging zum Bereitschaftszimmer der Ärzte und stieß auf einen jungen Notarzt, der mit allerlei Proben hantierte. Er beklebte sie gerade mit Zettelchen, auf denen Namen und Daten notiert waren.

»Commissaire Luc Verlain«, stellte Luc sich vor.

Der Mann sah ihn an und lächelte gequält.

»Na, da haben Sie uns ja was eingebrockt. Am heißesten Wochenende des Jahres. Ich dachte schon, all die Zusammenbrüche und die ausgelaugten Senioren wären Problem genug. Und dann fahren Sie uns mit einem Mannschaftswagen neue Kunden heran. Merci beaucoup.«

»Hab ich gern gemacht«, sagte Luc. »Es gab einen Toten und einen Mann, der im Koma liegt. Der sous-préfet. Sie wissen, was das heißt. Druck von ganz oben.«

Der Arzt nickte, jetzt schon wesentlich freundlicher. Jeder im öffentlichen Dienst in Frankreich wusste, was es bedeutete, wenn es Druck aus der Politik gab.

»Wir haben allen Läufern, die Sie uns gebracht haben, Blut und Urin abgenommen. Jetzt geht das alles ins Labor.«

Er wies auf die Proben, die er gerade beschriftete.

»Und dann wird es etwas dauern.«

»Stunden?«

»Eher zwei Tage, Commissaire. Wir wissen nicht, was wir zuerst machen sollen. Wir hatten acht tote Senioren in der letzten Woche. Allein im Département Gironde.«

Luc nickte. Die Hitzewelle war wirklich heftig dieses Jahr.

»Sagen Sie, gibt es ein Gift, das manche Menschen langsamer macht? Ihnen zum Beispiel die Kraft raubt bei einem Marathon? Und das für andere Menschen tödlich ist?«

Der junge Arzt überlegte.

»Schwer zu sagen. Ein Gift, das bei den einen wirkt und bei den anderen nicht – klingt eher ungewöhnlich. Es kommt darauf an, was die Opfer von den anderen Läufern unterscheidet. Gesundheitlich, meine ich. Wissen Sie von Vorerkrankungen?«

Luc schüttelte den Kopf.

»Bisher leider nicht. Ist denn ausgeschlossen, dass die gesunden Läufer noch Nachwirkungen erleiden? Ähnlich dem Präfekten?«

»Das glaube ich nicht. Wenn es bei den beiden uns bekannten Opfern so schnell gewirkt hat, kann es bei anderen nicht Stunden dauern, bis es schlimmer wird.«

»Gut, wenigstens etwas.«

»Ja. Sonst bleibt uns nur, abzuwarten. Und zu hoffen, dass das Gift oder das Medikament nachweisbar ist. Es kann nämlich auch sein, dass wir keine Spuren mehr davon finden. Unwahrscheinlich, aber nicht unmöglich.«

Daran hatte Luc auch schon gedacht. Das wäre die Katastrophe schlechthin. Der perfekte Mord.

»Vielen Dank. Melden Sie sich, wenn Sie etwas erfahren, ja?«

Der Arzt nickte.

»Ihnen viel Glück da draußen auf dem Flur. Ich lass mich da nicht mehr sehen.«

Luc lächelte und öffnete die Tür. Sofort überhäuften ihn die Läufer wieder mit Fragen. Doch Luc reagierte gelassen.

»Kommen Sie alle mit, wir gehen in die Cafeteria. Dann lade ich Sie alle auf ein Getränk ein und wir reden.«

Wie im Gänsemarsch folgten sie dem Commissaire durch die Gänge bis ins Bistro des Krankenhauses.

Nachdem alle mit Café, Wasser und Cola versorgt waren, wandte sich Luc an die Läufer. Ein »Psst« ging durch die Reihen.

»Ich danke Ihnen, dass Sie sich haben hierherbringen lassen. Sie wurden von den Ärzten hier untersucht. Wir sind auf der

Suche nach Spuren, ob Ihnen ein Gift oder ein Medikament verabreicht wurde.«

»Wo?«, rief eine Frau.

»Wir wissen bisher leider noch gar nichts. Wir wissen nur, dass es zwei Läufer auf der Strecke sehr schlimm erwischt hat. Ich darf Ihnen aber nichts weiter dazu sagen.«

»Kann uns auch noch etwas passieren? Was Schlimmes?«

»Die Ärzte schließen das beinahe aus. Aber natürlich: Wenn Sie zu Hause noch Dinge an sich bemerken, rufen Sie sofort die Ambulanz an. Und die Polizei. Wir kümmern uns dann. Und wenn wir die Ergebnisse der Untersuchungen haben, melden wir uns natürlich sofort. Eins noch: Ich möchte Sie bitten, nicht mit der Presse zu reden. Und auch sonst wenig über diesen aufregenden Marathon verlauten zu lassen. Wir brauchen Ruhe für unsere Ermittlungen. Ich danke Ihnen. Die Kollegen der Gendarmerie werden Sie in Gruppen nach Hause zu Ihren Lieben fahren.«

Allgemeines Geraune und Genicke. Dann ließen die Läufer Luc gehen. Er wollte sich noch ein Bild von dem Präfekten machen.

Er fuhr mit dem Lift in die dritte Etage. Dort befand sich die Intensivstation. Der verantwortliche Arzt wartete schon auf ihn. Eine Schwester führte ihn sogleich ins Zimmer des Unterpräfekten. Der Mann mit dem fein geschnittenen Gesicht lag in dem großen Bett, die Augen geschlossen, Schläuche in der Nase. Er atmete ganz friedlich mit Hilfe der Maschinen. Um ihn herum piepte es, die Bildschirme flackerten mit den verschiedenen Kurven, die das Leben dieses Mannes vermaßen.

»Bonjour, Monsieur le Commissaire. Das war sehr knapp.«

»Ja, das war es. Können Sie mir schon was sagen?«

»Er hatte akutes Kammerflimmern. Nach der Reanimation haben wir ihn ins Koma gelegt. Sein Herz muss sich stabilisieren. So können wir nicht behandeln, geschweige denn operieren. Er ist zu instabil.«

»Wird er es überstehen?«

»Es sieht derzeit nicht nach akuter Lebensgefahr aus. Aber er ist nicht mehr der Jüngste, es kann sich immer alles verschlechtern.«

»Wissen Sie etwas über Vorerkrankungen?«

»Wir haben seine Akten angefordert, aus seiner alten Heimat. Das wird ewig dauern. Er hat hier keine Familie, wir müssen auf die Informationen warten.«

»*Bon*. Wann werden Sie mir mehr sagen können?«

»Ich hoffe, in ein oder zwei Tagen. Beten Sie für ihn.«

»Das mache ich. Danke, Doktor.«

Ein letzter Blick auf den Unterpräfekten. Luc hatte immer noch keinerlei Anhaltspunkte, die ihn weiterbrachten. Überall waren nur Sackgassen. Er hasste das.

Luc trat hinaus aus dem Krankenhaus in das mildere Licht des frühen Abends. Er atmete einmal tief durch, doch er bekam wieder nur heiße, stickige Luft in seine Lungen. Er musste dringend ausruhen.

Was für ein Tag. Er hatte Anouk wiedergesehen. Eigentlich sollte das sein Höhepunkt sein an diesem Samstag. Doch dann kam alles anders.

Er schrieb ihr eine Nachricht.

»Morgen um zehn im Büro?«

Dann schrieb er Yacine.

»Komm in die Cabane. Warte dort auf dich. Bier steht kalt. Gruß, Luc.«

Dimanche – Sonntag

# ROUTE DES CHÂTEAUX

# Kapitel 12

Die Tür öffnete sich, und Anouk betrat das Büro. Sie lächelte ihn an, sanft und freundlich und hauchte ein »Guten Morgen« in den Raum. Dann sah sie sich um und ließ alles wirken. Den Geruch, den Blick aus dem Fenster hinüber in Richtung Kathedrale – und ihren Schreibtisch rechts neben der Tür.

Richtig, sie war wirklich lange nicht hier gewesen. Sie setzte sich an ihren Platz und trank einen Schluck Kaffee aus ihrem Pappbecher.

Anouk sah an diesem Sonntagvormittag hinreißend aus. Auch Yacine, der an Hugos Schreibtisch saß, registrierte das.

Ein lässiges beiges Shirt aus dünner Wolle, dazu eine helle Stoffhose. Flip-Flops. Es war kurz vor halb elf. Wieder war es heiß heute, so heiß wie gestern, und wahrscheinlich noch nicht ganz so heiß wie morgen.

»Wollen wir uns zusammensetzen?«, fragte Luc, nachdem er die eingegangenen Mails gelesen hatte.

Alle trafen sich am kleinen Konferenztisch. Die Schlagzeilen der Sonntagszeitungen drehten sich allesamt um die Hitzewelle und um die neue Zahl von Opfern im ganzen Land. Allerdings war es selbst an der Côte d'Azur nicht so schlimm wie hier im Aquitaine.

»Die Sonntagszeitungen haben nichts über den Fall. Und bei *France 2 Aquitaine* war es nur eine Kurzmeldung. Die Nachrichtensperre hat also funktioniert. Zumindest bislang«, begann Luc.

»Du warst gestern noch in der Spurensicherung«, sagte er zu Anouk, »irgendwas wegen der Flaschen?«

»Ich habe den Kollegen, der Bereitschaft hat, bezirzt. Mal sehen, vielleicht haben wir im Laufe des Tages ein Ergebnis. Aber es waren ja nur zwei von 28 Flaschen, die noch nicht gespült waren.«

»Hat die Läuferbefragung noch etwas ergeben?«

Yacine schüttelte den Kopf. Er sah müde aus. Es war gestern wieder spät geworden. Sie beide hatten zusammen vor der Hütte gegrillt und einige Bier getrunken, bei weitem nicht so viele wie zwei Tage zuvor. Dadurch konnten sie dieses Mal ganz normal im Bett schlafen statt am Strand. Seltsam, wie schnell sich die Dinge manchmal ändern konnten. Aus den sorglosen Spätsommertagen waren hektische Ermittlungstage geworden.

»Gar nichts. Ich hab noch halb Pauillac befragt, aber keiner wusste irgendwas. Es war alles nicht sehr aussagekräftig.«

»Schade. Ähnliches kann ich aber auch aus dem Krankenhaus berichten. Bislang gibt es kein einziges Ergebnis zu einem Gift oder einer Vorerkrankung. Der Unterpräfekt liegt immer noch im Koma, und die Obduktion von Hubert beginnt frühestens heute Nachmittag. Es ist zum Verrücktwerden.«

Luc trommelte mit den Fingern auf dem Tisch. Seine innere Unruhe musste irgendwie aus ihm raus.

»Was machen wir also? Wir können nicht hier abwarten.«

»Wir wissen ja gar nicht, wer getroffen werden sollte bei diesem möglichen Giftanschlag. Das sollten wir zuerst rauskriegen. Und wenn es der Politiker war, dann müsste doch auch der Staatsschutz mit ran. Was meint ihr?«

Luc schlug die Hände vorm Gesicht zusammen.

»Oh nein, nicht die DST.«

Die *Direction de la Surveillance du Territoire* war der Inlandsgeheimdienst, der auch bei Verbrechen an Politikern zuständig war. Eine zuweilen nur nervige, zuweilen aber auch gemeingefährliche Truppe. Hatten die erst ihre Finger im Spiel, waren Luc und seine Kollegen kaltgestellt. Und mussten am Ende noch die Kohlen aus dem Feuer holen. Luc hatte das oft genug erlebt.

»Darüber hab ich auch schon nachgedacht. Klar, wir müssen auch in diese Richtung ermitteln. Ich hab aber gestern bei all der Hektik nicht geschafft, euch noch etwas Wichtiges zu erzählen.«

Sofort hatte Luc die Aufmerksamkeit seiner Kollegen. Er umriss sein Gespräch mit Richard, die Geschichte mit dem möglichen Verkauf des Château de Langeville und Huberts kurzes Gespräch mit Luc am Vorabend des Marathons.

»Und du hast also gewusst, dass er dann doch verkaufen wollte und Richard aber nichts davon erzählt?«, fragte Yacine erstaunt.

Luc schaute seine beiden Kollegen an.

»Ja. Und ich weiß wirklich nicht mehr, ob das richtig war. Es hat sich in diesem Moment richtig angefühlt. Ich wollte keine Pferde scheu machen. Verdammt. Aber versteht ihr jetzt, dass ich glaube, dass Hubert das Ziel des Anschlags war?«

Anouk nickte und antwortete sehr leise:

»Dann setzt du aber deinen besten Freund ziemlich weit oben auf die Liste der Verdächtigen.«

»Ich weiß.«

Kurze Pause.

»Die Hauptfrage ist: Warum ist Hubert an dem möglichen Gift gestorben? Und niemand sonst? Ich muss nach Saint-Émilion. Ich muss mehr über ihn rausfinden. Es ist bald Mittag. Vielleicht hat es sich dort noch nicht rumgesprochen dank der Nachrichtensperre.«

»Gut«, erwiderte Anouk. »Dann kümmere ich mich trotzdem

um das Umfeld des Unterpräfekten. Bevor die DST das tut. Ich werde nach Lesparre fahren.«

In der kleinen Gemeinde ganz im Norden des Médoc war die Unterpräfektur, und dort wohnte der sous-préfet auch.

»Sehr gut. Und Yacine bleibt hier als Ansprechpartner für alle Untersuchungen. Okay? Sorry, wir haben wirklich nur uns drei.«

Doch Yacine klopfte Luc beruhigend auf die Schulter.

»Alles gut. Was soll ich denn bei dem Wetter sonst machen? Am Strand liegen etwa?«

Sie schauten aus dem Fenster in den strahlenden Sonnenschein und mussten grinsen.

# Kapitel 13

Lucs Blick war stur auf die Landstraße gerichtet. Sie hatten noch eine Weile im Büro zusammengesessen und gerätselt, was nun wirklich hinter diesen mysteriösen Vorfällen steckte. Am frühen Nachmittag konnte er endlich losfahren.

Eben war er von der *Rocade de Bordeaux,* der Ringautobahn um die Stadt, abgebogen, das Schild wies Richtung Libourne und Perigueux. Kurz hinter Libourne würde er auf eine bergige Landstraße Richtung Saint-Émilion abbiegen. Er hatte sich gegen seinen Jaguar entschieden und das Motorrad der *Police Municipale* genommen. So würde er inmitten der Touristenscharen deutlich schneller in die kleine Stadt kommen.

Das Funkgerät unter seinem Helm piepte. Diese moderne Technik. Sie erlaubte verständliche Gespräche auch jenseits der 140 Stundenkilometer.

»Luc Verlain hier, kommen.«

»Hier ist Anouk. Fährst du? Ich hör gar keinen Wind.«

»Ja, tolle Technik. Liegen endlich die Untersuchungsergebnisse der Bienen vor?«

»Du hattest von Anfang an recht. Da ist was im … äh, Bienenstock … Nun ja, ist ja auch nicht wirklich lustig.«

Er konnte selbst jetzt auf dem Motorrad hören, wie sie kurz auflachte, die Verkehrsschilder flogen vorbei, genau wie die Felder links und rechts der Straße. Er mochte diese Frau und ihr Lachen so sehr.

»Alle Bienen haben Metaboliten im Urin. Also irgendwelche Abbaustoffe einer Substanz. Wir wissen nur noch nicht, welcher. Aber ich würde wetten, es handelt sich um eine Substanz, die verhindert hat, dass jemand von ihnen den Marathon hat beenden können.«

»Wann wissen wir denn endlich, was es genau war?«

»Morgen, spätestens Dienstag. Es ist Urlaubszeit, auch in der Rechtsmedizin. Und es ist zum Verzweifeln, dass wir Huberts Tochter nicht erreichen. Sie würde doch wissen, wenn er unter irgendwas gelitten hat. Aber der Gendarm, der vor ihrem Hotel wartet, meldet, dass sie nicht dort ist. Nur ein Rezeptionist, der sie nicht erreicht. Weder gestern Abend noch heute.«

»So ein Mist. Wie geht es dem Unterpräfekten?«, fragte Luc.

»Er ist noch nicht wieder bei Bewusstsein. Wir haben aber keinerlei Hinweise auf eine Vorerkrankung. Wir müssen mit ihm selbst sprechen. Ich hoffe, er wacht heute noch auf.«

Luc passierte eben den Fluss Dore, einen der Quellflüsse der berühmten und malerischen Dordogne, hier bog er ab in Richtung Pomerol; die ersten Ausläufer dieses berühmten Weinbaugebiets waren zu sehen, das nächste würde Saint-Émilion sein, Huberts Heimat.

»Von den Weinflaschen können wir uns nichts mehr erhoffen?«

»Die waren tadellos sauber. Ich werde der Frau deines Freundes in Zukunft auch mein Geschirr bringen. Sie ist sehr gewissenhaft.«

Luc musste lachen.

»Das ist sie.«

»Und du findest das nicht verdächtig?«

»Ich verstehe, dass sie wieder Ordnung haben wollte.«

»Während des Marathons? Ach, na ja, schon gut. Wir werden ja sicher bald Ergebnisse haben. Alors, auf bald, Luc. Melde dich, wenn du etwas rauskriegst.«

»Merci. Und Anouk?«

»Ja?«

»Schön, dass du wieder da bist.«

Eine kleine Pause.

»Viel Glück dir, Luc.«

Ein Knacken, dann war die Leitung tot.

Luc beschleunigte, und die ersten Weinberge flogen vorbei. Wäre der Anlass schöner, wäre es ein perfekter Ausflug. Mit Anouk auf dem Rücksitz.

# Kapitel 14

Château de Langeville also. Luc folgte dem Wegweiser auf einem verbeulten und etwas angerosteten Schild mit einem Pfeil nach rechts. Er bog in die kleine Straße, an der links und rechts die Weinreben standen. Genau wie im Médoc waren die Trauben vollreif und bereit für die Ernte. Vielleicht schon in wenigen Tagen.

Bei der Hitze würden die Winzer darauf achten müssen, genau die richtige Balance zu finden: nahmen sie die Trauben zu früh ab, stahlen sie ihnen die ein oder zwei Tage Sonne, die entscheidend sein konnten. Die den Unterschied machten zwischen einem guten und einem außergewöhnlichen Wein. Warteten sie aber zu lange, konnte es sein, dass die Trauben der Hitze nicht mehr standhalten konnten und verbrannten. Oder dass es regnete und die Trauben verhagelt wurden oder gar schimmelten.

Wenn sie es aber genau richtig machten, dann würde die Sonne den Trauben den letzten Rest an Tiefe und Süße geben – und diese sensationelle Kraft, die die Weine aus der Region um Bordeaux von allen anderen Weinen der Welt unterschied. Dann würden die Flaschen zu Raritäten werden. Das Wetter in diesem Jahr war perfekt gewesen für einen großen Wein – vielleicht sogar für einen Jahrhundertjahrgang.

Doch Hubert de Langeville würde diesen Wein nicht mehr ernten können. Luc war traurig und wütend zugleich. Es war sehr selten, dass er das Opfer eines Mordes vor der Tat kennenlernte. Und Hubert hatte er nicht nur kennengelernt, der alte Winzer hatte den Commissaire auch von der ersten Minute an für sich eingenommen.

Luc ließ das Motorrad langsam ausrollen, durchs Tor und den Berg leicht hinauf bis zum Rondell vor das Château. Sogar innerhalb der Mauern befand sich ein kleines Feld mit Wein, dahinter erstreckte sich ein Garten, in dem das Château de Langeville stand. Es war eine alte Trutzburg, bei weitem nicht so grazil und einladend wie das Château Lecœur-Saint-Julien, das Schloss von Richard.

Es wirkte eher ein wenig heruntergekommen, die Wände waren lange nicht gereinigt worden, der Staub und die Patina der Jahrhunderte hatten sie fast schwarz gefärbt.

Beim Turmzimmer unter dem spitzen Dach hatte jemand das Fenster vernagelt.

Einige Nebengebäude waren offenbar länger nicht mehr genutzt worden, bei einem war sogar das Dach eingebrochen. Luc versuchte, das Bild dieses heruntergekommenen Châteaus mit seinen ersten Eindrücken vom Besitzer abzugleichen.

Hubert hatte auf ihn so gar nicht nachlässig gewirkt. Eher pedantisch und umsichtig – wie jemand, der sehr auf seinen Besitz achtet, erst recht, wenn es der jahrhundertealte Familienbesitz ist. Luc wusste noch nicht, wie es um die finanzielle Situation der Langevilles genau bestellt war. Er würde viel mehr darüber rausfinden müssen, vielleicht lag dort die Erklärung.

Der ganze Hof wirkte wie ausgestorben. Vor den noch intakten Nebengelassen standen keine Autos, die darauf hinwiesen, dass Arbeiter hier waren, die die Weinlese vorbereiteten. Luc fürchtete, dass sich der Tod des Winzers doch rumgesprochen hatte.

Der Commissaire nahm den Helm ab, ging auf das Haus zu und öffnete das Portal des Schlosses mit dem Schlüssel, den sie bei den Sachen des Toten gefunden hatten. Hubert hatte seine Wechselkleidung in seinem alten Peugeot aufbewahrt, der auf dem Sammelparkplatz für die Marathonläufer am Rande von Pauillac abgestellt war.

Luc betrat die Halle und wurde sofort von einer eindrücklichen Kühle empfangen. Die Fenster im Erdgeschoss waren wie die in den oberen Stockwerken nicht sehr groß. Außerdem waren die Läden der beiden Fenster zur Vorderseite angelehnt. Der Hausherr hatte seine Rückkehr und den Schutz vor der großen Hitze gut vorbereitet.

Luc atmete tief durch. Wenigstens für die Dauer der Durchsuchung würde er in der angenehmen Kühle verschnaufen können.

Er betrachtete das Foyer, die breite hölzerne Treppe, die nach oben führte, die wenigen Möbel. Genau in der Mitte der Halle stand eine dunkle Kommode, links an einer Flügeltür, die offenbar in den Salon führte, stand noch ein Schrank.

Luc ging zur Kommode: darauf lagen einige Papiere, und es standen zwei eingerahmte Fotos hier. Auf einem war Hubert zu sehen, in sehr viel jüngeren Jahren. Neben ihm stand eine ebenso junge und sehr hübsche Frau. Beide strahlten in die Kamera. Das war also das junge Glück des Ehepaares de Langeville. Nun waren beide nicht mehr am Leben. Luc musste schlucken.

Auf dem goldgerahmten Foto daneben war eine andere junge Frau zu sehen, das Bild hatte eine bessere Qualität und war offensichtlich noch nicht sehr alt. Die Frau schaute ins Objektiv, auch sie versuchte zu lächeln, aber es gelang ihr offenbar nicht so recht, der Zug um den Mund wirkte ein wenig verbissen, die Augen lachten nicht mit.

Das war wohl Huberts Tochter. Luc musste zugeben, dass sie

attraktiv war. Aber irgendwas stimmte mit diesem Foto nicht. Nun ja, er würde sie ohnehin bald kennenlernen müssen.

Alles hier war zweckmäßig und nüchtern – und Luc verstand: es war die Hand eines Witwers, die diese Einrichtung verantwortete. Hier fehlte eine Frau, die sich um Blumen kümmerte oder um schöne Details. Und Hubert de Langeville hatte mit seinem Wein sicher genug zu tun gehabt.

Besaß man keines der zehn führenden Châteaus in Frankreich, dann war der Weinbau kein Geschäft von Pomp, Prestige und Millioneneinnahmen, sondern harte Arbeit in der Landwirtschaft.

Der Commissaire fühlte, wie ihn die Atmosphäre in der Dunkelheit zu bedrücken begann. Er stieg die Treppe hinauf und besah sich das obere Stockwerk. Von einem schmalen Flur gingen drei Türen ab. Eine führte ins Schlafzimmer von Hubert, eine andere ins Badezimmer und die dritte in ein kleines Arbeitszimmer. Das Fenster des Büros führte hinaus in den Park, genau vor dem Fenster stand ein alter Sekretär aus dunklem Holz. Die Schreibfläche des Sekretärs war heruntergeklappt, in einer Ecke lagen einige Briefe und Notizen.

Luc überflog die Schreiben, die oben lagen: einige Bestellungen aus Restaurants in Paris und Reims, dazu zwei Rechnungen – für die Reparatur eines Traktors und für dreißig neue Holzfässer. Der Fässerfabrikant hatte handschriftlich hinzugefügt:

»*Cher Hubert,* ich weiß, es ist finanziell wieder etwas eng bei Euch. Es ist in Ordnung, wenn Du die Rechnung in drei Tranchen bezahlst. Ich werde Dich nicht mahnen. *Amicalement, Stephane.*«

Es lief also finanziell nicht wirklich gut im Château de Langeville. Das zeigte auch ein Blick auf den Kontoauszug der *Credit Agricole,* der unter den Rechnungen lag. Das Geschäftskonto des Schlosses wies einen Stand im Dispo auf, mehrere Zehntausend Euro hoch.

Darunter lag ein Grundriss, der Luc nichts sagte. Er war nicht beschriftet und zeigte ein Grundstück an einer Straße. Keine weiteren Angaben. Luc nahm das Blatt, faltete es und legte es beiseite.

Luc fand noch ein weiteres Schreiben, in einem Kuvert. Der Stempel auf der Briefmarke war genauso exotisch wie die Briefmarke selbst. »Postes Canada« stand da, die Briefmarke zierte ein Felsen im Meer, »Quebec« war zu lesen, daneben der Aufdruck »Air Mail«.

Luc entnahm das Schreiben, das offenbar ein offizielles Dokument war. Der Commissaire war noch nie in Übersee gewesen, es hatte sich einfach noch nicht ergeben. Luc haderte aber auch nicht damit. Das alte Europa ließ genug Raum für Genuss und Geschichte.

Jetzt las er den Brief aus Kanada ganz genau. Ein Notar. Französischsprachig. Er zeigte eine Erbschaft an. Ein Onkel von Hubert de Langeville war verstorben, in Montreal. Ein sehr alter Onkel. Ein sehr reicher Onkel.

Der Notar schrieb, es gäbe nur eine Verwandte in den Vereinigten Staaten, die würde die eine Hälfte erben. Und dann gäbe es noch Hubert de Langeville und diese Seite des Stammbaums. Das machte zwölf Millionen kanadische Dollar. Für Hubert. Luc überschlug die Summe. Das wären sicher beinahe zehn Millionen Euro. Einfach so.

Der Commissaire ließ das Schreiben sinken. Ein Wahnsinn.

Er besah sich die Summe erneut. Drehte und wendete das Papier. Und blickte auf das Datum des Briefs. Er war von Ende August. Zweieinhalb Wochen war das her. Zweieinhalb Wochen, in denen sich Huberts Leben einmal komplett geändert hatte. Seine Aussichten. Seine Möglichkeiten. Sein Ende. Luc rechnete in Gedanken nach. Der Auszahlungszeitraum war hier mit »in sieben Tagen« angegeben. Das Testament war also schon eröffnet und vollstreckt worden.

Der Zeitraum passte ungefähr zu Richards Geschichte. Vor

zwei Wochen hatte Hubert de Langeville seine Meinung zum Verkauf des Châteaus an Lucs Freund geändert. Und sich dann im letzten Moment noch einmal umentschieden.

Was war passiert in diesen Wochen? Was hatte Hubert mit dem Geld vorgehabt? All die finanziellen Schwierigkeiten, die Verbindlichkeiten, der drohende Verkauf. Und dann stellte mit einem Mal diese riesige Summe ein Ende aller Sorgen dar.

Er konnte sich nicht annähernd vorstellen, was in dem alten Mann vorgegangen sein musste, als er den Brief geöffnet hatte. Luc stammte aus einfachen Verhältnissen, dennoch waren sie nie arm gewesen, sein Vater und er. Die Austernzucht hatte immer so viel abgeworfen, dass es für sie beide gereicht hatte. Die Cabane in Carcans Plage gehörte ihnen, das Boot war abbezahlt gewesen, nur die Pacht für die Austernhütte in Gujan-Mestras musste jährlich bezahlt werden. Und in den Urlaub waren sie ohnehin nie gefahren, das Bassin d'Arcachon und der nahe Atlantik waren Urlaub im Alltag. Sein Vater wäre sowieso nie in ein Flugzeug gestiegen, um in einen *Club Med* zu fliegen. Genauso wenig wie Luc selbst. Also hatten sie immer genug zum Leben, ohne wirklich wohlhabend zu sein.

Deshalb war die Summe auf diesem Schreiben aus Kanada für Luc so unvorstellbar, fast unwirklich.

Er las das Schreiben noch mal. Demnach war die Verfügung bereits rechtskräftig geworden, jedenfalls nach französischem Recht, soweit Luc es richtig wusste. Das Geld hätte Hubert unwiderruflich zugestanden. Was passierte aber im Moment seines Todes? Und wem hatte er eventuell schon von der Erbschaft erzählt? Richard jedenfalls nicht, er hätte es Luc gegenüber erwähnt. Die Erbschaft hätte den Sinneswandel des alten Winzers erklärt.

Luc brauchte zum Nachdenken dringend eine Zigarette. Er faltete den Brief und steckte ihn ein. Dann verschloss er den Sekretär. Die Spurensicherung würde nachher kommen, die sollten sich alles ganz genau ansehen.

Er ging noch kurz ins Badezimmer und besah sich das kleine dunkle Bad, das sauber und ordentlich war. Alles stand an seinem Platz, keine Klamotten lagen in der Gegend rum.

Er öffnete den einzigen Schrank, einen großen Spiegelschrank. Links standen ein Nassrasierer und Rasiercreme mit einem Pinsel, ein Kamm lag da und ein günstiges Eau de Toilette aus dem *Carrefour.*

In der rechten Tür standen Medikamente. Luc staunte. Es waren viele für einen so gesunden Marathonläufer wie Hubert de Langeville. Mehrere Blister mit Tabletten, dazu zwei verschlossene Packungen. Auf allen stand: *Propafenon.* Er schaute auf die Wirkstoffe, aber sie waren ihm unbekannt. Keine Morphine oder andere Schmerzmittel, sondern lateinische Ausdrücke. Auf allen Packungen war der Stempel der örtlichen Apotheke aufgedruckt, der *Pharmacie de Saint-Émilion.* Er nahm die beiden verschlossenen Packungen und packte sie in einen Wäschebeutel, der auf dem Badewannenrand lag. Er wollte sie mitnehmen, um zu recherchieren, worunter Hubert gelitten hatte, um regelmäßig Medikamente einnehmen zu müssen. Er müsste den Arzt der Gemeinde erreichen.

Luc hatte bei dieser Hausdurchsuchung genug Rätsel aufbekommen, die er erst einmal lösen musste.

Er ging die Treppe hinab in den verdunkelten Salon und öffnete das Portal. Sofort schlug ihm die glühende Hitze entgegen wie eine Wüstenwand. Er hatte in der Kühle der alten Mauern den Backofen da draußen fast vergessen.

Vor der Tür entzündete er eine *Parisienne* und nahm einen tiefen Zug. Es war viel zu heiß zum Rauchen stellte er fest, nahm noch einen Zug und warf die Zigarette dann auf den Kies, um nachdenklich auf der Glut herumzutreten.

In diesem Schloss hatte der kluge und sympathische Hubert für seinen Wein gelebt. Es fühlte sich an, als sei er sehr einsam gewesen. Erst die Beinahe-Pleite des Weingutes und dann das Erbe. Und nun, kurze Zeit später, war Hubert de Langeville tot. Das konnte kein Zufall sein.

Luc stieg auf das Motorrad und fuhr kurz darauf vom Hof des Châteaus, um dann nach rechts auf die Départementale 244 einzubiegen.

Direkt neben dem Anwesen von Hubert de Langeville stand ein kleines Schloss, das ziemlich verlassen aussah. Die Fenster waren vernagelt, der Putz bröckelte. Aber noch merkwürdiger: Ringsum waren alle Reben voller Blätter und Trauben. Grün und dunkelrot. Doch hier war alles grau. Nur vereinzelt waren ein paar grüne Blätter zu sehen. Ansonsten waren die Hölzer, an denen eigentlich die Reben standen, leer. Das Gelände war groß, bestimmt zwei Hektar. Merkwürdig, eine Brache in dieser Gegend.

Gleich dahinter stand das Château Tritignant. Die Familie produzierte einen altehrwürdigen *Grand Cru Classé*, eine Klasse besser also als der Wein von de Langeville, und ebenso jahrhundertelang in Familienbesitz.

Der Weg war kurvig, viel kurviger noch als die Straßen durch die Weinfelder im Médoc. Zudem ging es rund um Saint-Émilion immer auf und ab, Berg hinauf, Berg hinunter, die Straßen waren eng und mit hohen Mauern eingefasst.

Hinter der nächsten Biegung erschloss sich Luc ein unglaubliches Panorama. Hinten sah er schon die Ausläufer der Stadt, doch vorher gab es steile sattgrüne Weinberge zu sehen. Auf der linken Seite stand der steinerne Koloss des Châteaus Angelus mit seinen Zinnen und dem Glockenspiel oberhalb des Portals, das dem Schloss seinen Namen gab. Daneben die Ausläufer der Weinkeller und die Produktionsanlagen. Angelus war nicht einfach ein Weinschloss – es war schlicht eine Legende.

Zusammen mit den Châteaus Ausone und Chevals Blancs waren es die einzigen Schlösser in Saint-Émilion, die ihren Wein einen *Premier Grand Cru Classé* nennen durften. Die Tropfen wurden weltweit gehandelt, selbst die normale Flaschengröße war nicht unter mehreren Hundert Euro zu bekommen. Seitdem eine Flasche 1982er *Angelus* von James Bond in einem Kinofilm getrunken wurde, hatte sich der Preis der Weine verzigfacht.

Châteaus wie Angelus, Cheval Blanc und Ausone hier in der Region oder das Château Margaux drüben im Médoc verdienten Millionen, hatten Hunderte Angestellte und wussten nicht, wohin mit ihrem Geld, weil ihre Flaschen immer schon kurz nach der Kelterung vorbestellt und damit ausverkauft waren. Und dann gab es die vielen kleinen Schlösser in Familienbesitz, die allein von ihrem Wein nicht überleben konnten. Die sich schon besondere Konzepte einfallen lassen, kleine Hotels im Schloss eröffnen oder Bioweine herstellen mussten, um irgendwie über die Runden zu kommen. Und alte Winzer wie Hubert de Langeville konnten oder wollten das nicht. Sie konnten nicht mehr mithalten in der globalisierten Welt und standen kurz davor, ihren jahrhundertealten Familienbesitz aufzugeben. So ging es Hunderten Schlössern in ganz Frankreich.

Es war keine gute Entwicklung, das spürte Luc, andererseits war es eine Entwicklung, die nicht aufzuhalten war. Und der Commissaire war niemand, der ständig mit der Globalisierung haderte. Er mied stattdessen einfach die Weine der großen Ketten und ließ sich in seinem Lieblingsweinladen *Le Repaire de Bacchus* in der Pariser Rue Saint-Dominique beraten. Der Besitzer François kannte die kleinen hart arbeitenden Weingüter und hatte immer eine Geschichte zu den roten und weißen Tropfen zu erzählen.

Luc erreichte Saint-Émilion und fürchtete sich beinahe ein wenig vor den Touristenmassen. Wenn er es richtig in Erinnerung hatte, war es hier im Sommer schlimmer als auf dem Pariser Pont des Arts. Die Menschenmassen schoben sich dann durch die alte Stadt. Denn Saint-Émilion hatte etwas vermocht, was sonst keinem Weinort im Aquitaine geglückt war: Die Stadtoberen hatten ihr ohnehin hübsches Städtchen vollends auf eine touristische Destination umgepolt.

Im Médoc sagten sie verächtlich, Saint-Émilion sei das *»Disneyland du Vin«* – ein Abenteuerpark für Weinliebhaber also. Allerdings schwang in diesen Worten neben sehr viel Abscheu auch jede Menge Neid mit.

Auch Luc musste zugeben: Saint-Émilion war wirklich malerisch. Wie es dort unten im Tal lag, umgeben von den Weinbergen. All die kleinen Häuschen aus Sandstein mit den schiefen Dächern, und die ganze kleine Stadt sammelte sich um den riesigen Glockenturm der alten Felsenkirche im Zentrum, genau am Marktplatz, und daneben die kleinen Gassen, die nach oben in die Oberstadt führten. Es gab Dutzende Weinläden, die die Tropfen der Region feilboten. Restaurants und Hotels. Und einen Parkplatz nur für Reisebusse.

Luc fuhr eben an diesem Parkplatz vorbei, der voll war mit Touristenbussen aus ganz Europa, und bog dann im ersten Kreisverkehr in Richtung *Centre Ville ab.* Sofort wurden die Straßen enger, und die ersten Häuser im unverkennbaren Stil Saint-Émilions standen in der kleinen Hauptstraße. Dort hinten erblickte Luc schon den Glockenturm, der die mittelalterliche Kleinstadt majestätisch überragte, direkt daneben die *Chapelle de la Trinité*, die Dreifaltigkeitskapelle.

Der gesamte Stadtkern war sehr gut erhalten, und die Stadt hatte viel Geld in die Hand genommen, um beinahe alle Gebäude aufwändig zu sanieren, ohne den mittelalterlichen Stil zu verlieren. Hässliche Neubaubaracken, wie in anderen Orten ringsum, suchte man hier vergebens. Die UNESCO hatte den Ort und das Weinanbaugebiet schon kurz vor der Jahrtausendwende zum

Weltkulturerbe erklärt. Luc hatte das stolze Schild, das von der Ernennung zeugte, bei der Einfahrt in die Stadt am Straßenrand gesehen.

Die Straße wurde noch enger und wand sich in Kurven den Berg hinauf, denn in Saint-Émilion gab es eine Ober- und eine Unterstadt. Oben auf dem Berg, wo gerade zwei Busse mit japanischen Touristen hielten, bockte auch Luc das Polizeimotorrad auf und ging ein paar Schritte. Er hatte auf der Fahrt kurz mit der Gendarmerie des Ortes über Funk gesprochen, die ihm sofort den Namen des Allgemeinmediziners im Ort genannt hatte, der alle alteingesessenen Bürger von Saint-Émilion behandelte. Bei Doktor Giraud wollte Luc seine Recherchen beginnen. Doch als er vor dem alten Gemäuer in der Rue de la Liberté ankam, sah er schon von weitem, dass das Arztschild mit einem weißen Zettel überklebt war.

*»Fermé pour le congé annuel«* – »geschlossen für die jährlichen Sommerferien« stand da, und Luc knurrte laut hörbar.

»So ein Mist«, murmelte er. Aber es war ja klar: Während in Paris Ende August alle Büros, Ärzte und Weinhändler aus dem Urlaub zurückgekommen waren, musste man hier *en plaine campagne* noch ein paar Wochen dranhängen. Unglaublich war das. Luc sah auf das Datum. Noch zwei Tage würde der Doktor weg sein. So lange konnte er nicht warten. Er würde seine Fragen woanders stellen müssen, dachte er und erinnerte sich an die Medikamentenpackungen, die im Wäschebeutel im Koffer des Motorrades lagen. Zu dem Arzt würde er auch in zwei Tagen noch gehen können. Aber wie konnte er etwas über Hubert und über Saint-Émilion erfahren? Den Dorfklatsch? Noch heute Abend? Luc hatte eine Idee. Er holte sein Handy hervor.

# Kapitel 15

Der junge Mann stieg aus seinem verbeulten schwarzen Renault Clio und gab Luc die Hand, als würden sie sich schon ewig kennen. Der Commissaire hatte nicht mal eine halbe Stunde seit dem Absenden der SMS warten müssen. Er hatte sich in den Schatten verzogen, unter das alte Stadttor, das mit Efeu berankt war. Die Hitze lag noch immer in den Gassen der kleinen Stadt wie ein Teppich.

Robert Dubois war offenbar zufällig ohnehin auf dem Weg hierher gewesen, er war Reporter im Regionalbüro der *Sud Ouest* in Libourne. Saint-Émilion gehörte also zu seinem Berichtsgebiet.

Luc hatte dem Journalisten nur eine knappe Zeile geschrieben: »Tausche Informationen über den Toten gegen Informationen über die Stadt. Treffe Sie am Place du marché. Luc Verlain.«

Er hatte gewusst, dass diese drei Sätze Wunder wirken würden. Im Fall der toten Caroline am Strand von Lacanau hatte er den Empfänger der Nachricht kennengelernt. Robert Dubois hatte sich damals als sehr intelligenter und korrekter Lokalreporter erwiesen. Luc hatte gehört, dass eben dieser Dubois hier in Saint-Émilion zu Hause war.

Und nun stand der junge Mann vor ihm – in der Uniform der Zeitungsjournalisten: Shirt, ausgeleierte Jeans, schlecht sitzendes Leinensakko, Turnschuhe. So, als wäre die Story wichtiger als die Klamotten. Wahrscheinlich stimmte das sogar. Sein Bart war länger nicht mehr rasiert worden, sein Lachen wirkte schelmisch.

»Commissaire Verlain, ich war kurz überrascht. Immerhin ist ja Sonntag. Was kann ich wissen, das Ihnen hilft?«

»Alles über diese zwei Quadratkilometer Land. Aber besser, wir besprechen das bei einem Drink?«

»Klingt gut.«

»Wo nehmen Sie Ihren Apéro?«

Der junge Mann winkte und sagte:

»Kommen Sie, es ist ganz nahe.«

Er ging los, Luc folgte und sie stiegen den schmalen und steilen Weg hinauf, folgten dem Geländer bis in die Oberstadt. Sie bogen in eine schmale Straße voller Restaurants und Weinläden, und standen dann vor dem bekanntesten Aussichtspunkt der kleinen Stadt. Genau neben dem Glockenturm der Felsenkirche, und hinter der kleinen Mauer vor ihnen fiel der Ausblick auf die alten Dächer von Saint-Émilion und kilometerweit hinein ins Land, auf die alten Höfe, die Châteaus und auf endlose Weinberge. Dazu das sanfte Abendlicht, die Sonne dort hinten über den Feldern, es war phänomenal.

Der Marktplatz lag direkt unter ihnen, und er sah aus wie in einem französischen Bilderbuch gemalt: zwei kleine Bars, ein Restaurant, hölzerne Stühle und Tische, cremefarbene Sonnenschirme, dazu drei Weinläden und eine Boutique, Fensterläden an den Häusern, Menschen tranken ihren Apéro. Lieblichkeit. Wunderschön.

Robert winkte ihn heran auf eine kleine Couch, die oben stand, es war der letzte freie Platz des Bistros.

»Kommen Sie, Commissaire. Hier ist der Wein ein bisschen teurer und das Essen ein bisschen schlechter als unten, aber der Ausblick ist es wert, oder?«

Luc nickte und nahm Platz – auf der Terrasse des *Le Bistro du Clocher*, des Bistros, das nach dem Glockenturm der Felsenkirche benannt war. Nebendran lag das Luxushotel *Hostellerie de Plaisance*, das aus fast allen Zimmern heraus denselben Blick bot, den Luc eben genossen hatte – die Nacht im Fünf-Sterne-Palast kostete dafür aber auch mal eben 500 Euro.

Die anderen Plätze waren fast ausnahmslos mit japanischen Touristen besetzt. Siehe da, es stimmte also doch, die Mär vom *Disneyland des Weines*.

»Bringen Sie uns bitte eine Flasche *Château Fonroque* von 2011«, bestellte Robert Dubois selbstsicher. »Und bis er trinkbereit ist, wie wäre es mit einem kleinen *Entre-deux-mers*?

Ein junger, kalter Weißwein und danach ein hochklassiger Rotwein aus Saint-Émilion – dieser Robert Dubois wusste zu leben. Wunderbar.

Im Nu waren die Weingläser da, mit dem fast gelben Weißwein, und die beiden Männer stießen an, den Blick immer noch auf das Stadtpanorama am Kirchturm gerichtet. Der *Entre-deux-mers*, also »Zwischen zwei Meeren«, war ganz jung und sehr fruchtig – genau das Richtige am Ende dieses heißen Tages. Das Anbaugebiet dieses Weines lag im Süden von Saint-Émilion, zwischen den Flüssen Garonne und Dordogne. Es waren einfache Rot- und Weißweine, die von dort stammten. Mengenmäßig war es eines der größten Weingebiete im Bordelais, doch von der Qualität und vom Flaschenpreis konnten sie weder mit den Crus im Médoc noch mit denen aus Saint-Émilion mithalten. Dennoch war dieser Tropfen ein perfekter Start in den Abend.

»Also, Monsieur le Commissaire, erzählen Sie mir, warum ich ein Abendessen mit meiner zukünftigen Freundin abgesagt habe, um hier mit Ihnen wie ein vertrautes Pärchen Weißwein zu trinken?«

Luc nahm den zweiten Schluck, er lächelte den Reporter an.

»Weil Sie auf eine Titelgeschichte hoffen.«

»Kann sein. Aber die bekomme ich doch von Ihnen nur, wenn ich was liefere. Sie sind doch – mit Verlaub – ein Fuchs.«

Es war Vorgeplänkel, die Aufwärmphase zwischen einem Commissaire und einem Journalisten. Sie brauchten das, um ihr Revier abzustecken, aber eigentlich wussten sie schon, dass sie einander vertrauten, sonst hätte Luc den jungen Mann sicher nicht hergebeten.

»Wie ich schon schrieb: Ich will alles über diese Stadt wissen, und dann kriegen Sie alles für eine runde Geschichte, die Sie ganz allein und exklusiv haben.«

»Und die Chancen für eine exklusive Geschichte stehen ja nicht schlecht, weil Sie eine Nachrichtensperre verhängt haben. Aber hier in der Stadt pfeifen es die Spatzen von den Dächern: Hubert de Langeville ist tot.«

Luc nickte.

»Und es ist alles sehr mysteriös«, begann er, »noch haben wir keine Untersuchungsergebnisse, aber ich bin mir sicher, dass wir es mit einer vorsätzlichen Vergiftung zu tun haben.«

»Die dem Unterpräfekten gelten sollte, aber jemand anderen traf?«

Robert Dubois rutschte unruhig in seinem Sessel hin und her, er war sehr gespannt. Der sous-préfet eines bekannten französischen Départements das Ziel eines Giftanschlags, das wäre eine Story.

»Im Vertrauen: Ich glaube, es war genau umgekehrt. Aber ich habe noch keinen einzigen Beweis.«

»Aber wer um alles in der Welt will einen friedlichen und freundlichen Winzer töten? Sie kennen Hubert de Langeville?«

»Das wäre zu viel gesagt. Habe ihn am Vorabend vom Marathon kennengelernt. Er war mehr als liebenswürdig«, antwortete Luc. »Keine Feinde?«

Bevor Robert antworten konnte, kam der Kellner mit einer Flasche und zwei Gläsern auf einem Tablett, daneben stand ein Teller mit allerhand *Charcuterie* und einigen Scheiben Käse mit einem Brotkorb.

Robert ließ sich einen Probeschluck eingießen und nickte zustimmend.

»Sehr gut, merci.«

Der Kellner goss beiden ein, stellte den Teller mit Schinken, einer Wildpastete und dem Käse auf den Tisch und ließ die beiden miteinander anstoßen.

»Auf Ihre Ermittlungen«, sagte Robert, und Luc nickte. Er kostete den Wein, der nach dem leichten Weißwein sehr schwer war. Er war erdig und dunkel, aber er passte zur Uhrzeit und zum heraufziehenden Abend. Die Luft war tatsächlich ein wenig abgekühlt, vielleicht nur um vier, fünf Grad, aber die 30 Grad fühlten sich nach der Tageshitze regelrecht frisch an.

Luc griff zu einer Scheibe Brot und aß sie zusammen mit dem luftgetrockneten Schinken. Er hatte großen Appetit und merkte, dass er heute noch beinahe nichts gegessen hatte.

»Keine Feinde«, antwortete Robert, nachdem sie einige Minuten getrunken und den ersten Hunger gestillt hatten. »Keine Feinde.« Er wiederholte es und wartete einige Momente. »Das hätte ich gesagt, vor einigen Wochen. Aber …«

»Nun kommen Sie. Was ist los?«

»Sie kennen ja diese Weinwelt, es ist ein einziger großer Zirkus, ein ewiges Hin und Her mit Gerüchten und Klatsch und Tratsch. Und ich möchte Sie nicht auf eine falsche Fährte setzen. Denn dass Hubert Feinde hatte, halte ich eigentlich für ganz und gar abwegig.«

»Raus damit. Bisher ist meine Fährte so trist, wie es nur eben möglich ist«, sagte Luc, der Huberts Erbschaft und Richards Offenbarungen über den geplanten Kauf von Château de Langeville vorerst für sich behalten wollte.

»Nun gut. Sie wissen, dass Hubert kurz vor der Pleite stand?«

»Ich habe davon gehört. Ist das nicht sehr ungewöhnlich? Die Region brummt doch total, wie kann denn da das Geld knapp werden?«

Robert schüttelte den Kopf.

»Wissen Sie, es ist gar nicht ungewöhnlich. Ich habe im letzten Jahr für eine lange Reportage darüber recherchiert. Hubert de Langeville wollte nicht mit mir sprechen, dafür war er zu diskret. Aber ihm ging es wie einigen kleinen Winzern hier in Saint-Émilion. Wenn sie ein *Premier Grand Cru Classé* sind, dann wissen sie am Ende des Jahres nicht, wohin mit ihrem Geld. Kein Wunder, wenn die Flasche da 600 Euro kostet. Und einigermaßen gut geht es wohl auch noch denen, die einen *Grand Cru Classé* herstellen. Da kostet die Flasche ab dreißig Euro aufwärts, es können aber auch mal fünfzig Euro sein. Damit lässt es sich leben. Wenn sie aber einen simplen *Vin de Saint-Émilion* herstellen, für sechs, sieben Euro die Flasche, dann wird es schnell eng. Denn die Kosten für Ernte und Abfüllung sind ja beinahe immer die Gleichen, sie brauchen Personal, Flaschen und so weiter. Aber die Einnahmen sind eben gering. Jedes Jahr aufs Neue bewerben sie sich darum, dass ihr Wein für ein Jahr höher klassifiziert wird. Und wenn es nicht klappt, dann knapsen sie weiter da unten rum.«

»Kann man es bei einem günstigen Wein nicht über die Masse ausgleichen?«

»Im Médoc schon. Da können Sie zukaufen. Wenn Sie denn einen Weinberg kriegen. Aber seitdem sogar Luxuskonzerne wie Chanel und Louis Vuitton mitmischen wollen, sind die Preise astronomisch geworden.«

»Die kaufen Weinschlösser auf?«

»Seit zwanzig Jahren wird das immer mehr. Und mittlerweile auch Betriebe für Champagner, Cognac und eben Rotwein. Die Pariser Konzerne machen mit ihrer Kohle hier den Markt kaputt. LVHM, der Konzern von Louis Vuitton, hat vor einigen Jahren sogar das Château d'Yquem gekauft.«

Luc kannte die weltberühmten Süßweine aus Sauternes, das Schloss galt als das bekannteste Weinchâteau der Welt.

»Hier in Saint-Émilion ist es ganz anders: Seit Jahrhunderten haben die meisten Winzer nur kleine Parzellen: rund zehn Hektar. Und aus zehn Hektar lassen sich eben nur eine bestimmte Anzahl Flaschen produzieren. 40000 ungefähr. Doch die Rebfläche zu vergrößern, ist wahnsinnig kompliziert. Denn es gibt nicht so oft Weinberge zuzukaufen. Und nun kommen die Gerüchte ins Spiel.«

»Gerüchte über Hubert de Langeville?«

»Genau.«

Robert Dubois goss ihnen beiden Wein nach, nahm sein Glas und lehnte sich zurück. Langsam kamen sie zum Kern der Geschichte, spürte Luc.

»Ja, es war ein unglaubliches Gerücht. Ich hab's aufgeschnappt im *Absolu*, das ist so eine Bar hier im Dorf. Klein, eng, da treffen sich abends, wenn die Touristen weg sind, die Macher des Ortes. Die, die sich auskennen.«

Robert Dubois erzählte fesselnd, aber langsam wollte Luc wissen, worum es ging.

»Sie erzählten sich, dass die *Crédit Agricole*, die größte Bank hier im Ort, sich für einen Käufer für das insolvente Château Bordas entschieden haben soll. Und dieser Käufer sollte Hubert de Langeville sein. Der direkte Nachbar.«

Luc dachte sofort an das zerfallene Schloss mit den Weinreben, die brachlagen. Des Rätsels Lösung.

»Es war genau so ein Fall, über den ich vorhin gesprochen habe. Die Inhaber des Château Bordas hatten sich übernommen, finanziell. Und so ist das Château zurückgefallen an die Bank, die es finanziert hatte. Vor zwei Monaten. Und nun hieß es, Hubert wolle das Schloss kaufen. Und alle rätselten, woher er das Geld dafür haben könnte. Immerhin ist Bordas bestimmt fünf Millionen wert.«

Luc wusste, woher Hubert das Geld hatte. Er schwieg aber erst mal.

»Das eigentlich Aufregende daran war aber, dass ein anderer Mann im Ort fest damit gerechnet hatte, Château Bordas kaufen zu können. Der Chef vom Château Tritignant nämlich. Sein Schloss liegt auf der anderen Seite von Bordas. Und der Mann hat richtig viel Kohle. Der hätte das Geld locker zahlen können. Und alle hier in Saint-Émilion wussten, dass er nach der Bordas-Pleite sofort alle Hebel in Bewegung gesetzt hatte, um zuzuschlagen. Sein Wein ist außerdem in der gleichen Klassifikation wie der des Château Bordas, ein *Grand Cru Classé.* Huberts Wein war aber nur ein *Vin de Saint-Émilion.* Hätte er sein Nachbaranwesen gekauft, hätte er sich damit deutlich verbessert und Monsieur Tritignant mächtig Konkurrenz machen können.«

»Und wie ist dieser Monsieur Tritignant so?«

»Ein Geschäftemacher. Aufbrausend. Mächtig. Sitzt in der *Conseil des Vins,* dem Rat der Winzer des Ortes. Hat also bei allem seine Finger im Spiel. Und er ist keiner, mit dem ich mich gerne anlegen würde.«

»Also auch keiner, dem Sie gerne Konkurrenz machen würden?«

»Nicht wirklich.«

»Wer entschied denn über den Verkauf?«

Robert nahm noch einen Schluck. Er lächelte süffisant.

»Ein Mann – wie soll ich sagen – von höchster moralischer Integrität. Sie werden ihn ja kennenlernen, wenn Sie ihn befragen: Guy Vauqiez. Er leitet die Filiale der *Crédit Agricole.* Die Bank hatte die Hypothek auf Château Bordas in ihren Büchern, in der Insolvenz ist ihr der Besitz zugefallen. Und somit konnte der Filialleiter entscheiden, an wen verkauft wird.«

»Und wie meinen Sie das mit der moralischen Integrität?«

»Wie ich es sage. Er lebt seit seiner Geburt hier. Junggeselle, Aktenmensch, arbeitet stets streng nach Vorschrift. Er kennt jeden Winzer. Er ist sterbenslangweilig.«

»Gut. Ich werde mit ihm reden. Hätte Hubert den Zuschlag bekommen, wäre dann sein gesamtes Anwesen höher klassifiziert worden? Als *Grand Cru Classé?*«, wollte Luc wissen, der bei den ganzen Appellationen und Klassifikationen im Bordelais mächtig durcheinanderkam. Er wollte den Wein eigentlich nur trinken, aber hier war es, als hätte jeder Bewohner nach der Geburt einige Semester Önologie studiert, um mitreden zu können.

»Im Médoc wäre das möglich. Dort ist die Klasse an den Besitz gekoppelt. Kauft ein *Premier-Cru*-Besitzer eine *Troisième-Cru*-Parzelle, dann wird die automatisch *Premier Cru.* So kann man seine Anbaufläche quasi unbegrenzt ausweiten. Hier in Saint-Émilion ist das anders. Die Klassifikation ist an die Parzelle gekoppelt. Sein eigener Wein wäre ein *Vin de Saint-Émilion geblieben,* sein neuer Besitz wäre aber ein *Grand Cru Classé.* So hätte er zwei verschiedene Qualitäten im Angebot gehabt und wäre frei von allen Problemen geworden. *Comme ça.* Aber ich konnte das nicht glauben. Woher hätte er sechs Millionen haben sollen.«

Luc hatte sich entschieden, dass es an der Zeit war, etwas preiszugeben.

»Ein Erbe vielleicht?«

Lundi – Montag

# GELD UND WEINE

# Kapitel 16

Wäre es nicht eine unruhige Nacht in seinem Hotelbett gewesen, eine Nacht voller rasender Träume von verkleideten Läufern und einem am Boden liegenden Mann, der immer wieder reanimiert wurde, dann hätte Luc diesen Morgen sehr genossen.

Er hatte im Schatten der majestätischen Felsenkirche auf dem *Place d'Église* einen Café getrunken. Die ersten Touristen schlenderten in die Weinläden, die Vögel hatten gesungen und einen weiteren heißen Tag angekündigt. Noch war es einigermaßen erträglich, es zog sogar ein kleines Lüftchen durch die Straßen.

Luc ging im Kopf die Ergebnisse des gestrigen Abends durch. Besser gesagt, der gestrigen Nacht.

Er hatte bei Robert Dubois den richtigen Riecher gehabt. Ein Alteingesessener aus dem Aquitaine mit guten Kontakten. Und er war kein Journalist, der nur krampfhaft und misstrauisch auf der Jagd nach der nächsten Geschichte war. Er verstand die Regeln des Gebens und Nehmens – und er vertraute Luc, dass der sein Wort hielt. Und sein Wort war: Erhielt er die Informationen über die Stadt, dann erhielt Robert die exklusive Geschichte über den Mord. Der Deal war mit einer weiteren Flasche *Château Fonroque* aus dem Jahr 2011 besiegelt worden.

Sie waren spannend gewesen, die Geschichten über Hubert und über Monsieur Tritignant. Und er hatte auch mehr über den Arzt erfahren, den er am Vortag hatte besuchen wollen. Giraud war Alkoholiker nach der Trennung von seiner Frau. Die war in die Vogesen geflohen, es hatte wohl häusliche Gewalt gegeben. Immer noch war der Arzt hinter ihr her, vielleicht war er gerade wieder in den Vogesen. Es gab auch außerhalb der Sommerferien manche Wochen, an denen die Praxis keinen Tag geöffnet war, hatte Robert erzählt.

Luc fügte im Kopf Giraud zur Liste der Verdächtigen hinzu.

Er hatte Robert gesagt, dass er gleich am nächsten Morgen in die *Pharmacie de Saint-Émilion* gehen wollte. Die Medikamentenpackungen sollten erste Antworten liefern. Robert hatte gelächelt, als hätte er ein Geheimnis. Luc hatte immer wieder nachgefragt, was denn sei mit dieser Apotheke. Aber der Journalist hatte nur gesagt: »Sie werden sehen. Sie gilt als eine der größten Sehenswürdigkeiten in der Stadt. Wie ich Sie einschätze, Luc, werden Sie diesem Urteil zustimmen.« Es war rätselhaft.

Zum Schluss hatten sie sich umarmt und einander ein baldiges Wiedersehen versprochen. Trotz des Altersunterschiedes von vielleicht fünfzehn Jahren war ihm Robert sehr sympathisch. Vielleicht könnte er ein Freund werden, hier im Aquitaine.

Luc schlenderte den steilen Weg hinauf, der vom Marktplatz zum steinernen Stadttor führte, das mit Efeu berankt war.

Die kleine *Pharmacie de Saint-Émilion* lag genau an der Ecke, an der die Rue de la Porte Brunet aus der Oberstadt herunter- und die Rue Guadet aus dem Tal und dem Zentrum heraufkam. Das grüne Kreuz leuchtete schon von weitem, gleich nebenan war das Restaurant *Lard et Bouchon*. Luc hatte von der Spezialität dieses *Restos* in einem alten Weinkeller gehört: mit *Foie gras* überbackene Entenbrust. Ein Ehepaar aus der Pariser Spitzengastronomie hatte den Laden vor ein paar Jahren als Dépendance eröffnet, später hatten sie sich ganz im Aquitaine zur Ruhe gesetzt.

Luc dachte darüber nach: Ganz so weit wollte er es nicht kommen lassen. Dafür war ihm Paris zu wichtig – auch wenn er im Moment noch nicht wusste, wann er zurückgehen würde, und was das für eine mögliche Zukunft mit Anouk bedeuten könnte.

Vor ihm öffnete sich die elektrische Schiebetür, und er trat ein. Links hinter einem Pult stand eine alte Apothekerin im weißen Kittel und mit weißem Haar. Sie beriet eine ebenso alte Kundin, deren betagter Terrier laut hörbar hechelte.

Luc ging an das andere Pult, die automatische Türglocke hatte sein Kommen angekündigt.

Hinter der Kasse öffnete sich eine Tür, und Luc musste schlucken, als er genauer hinsah.

Auch diese Frau trug einen weißen Kittel. Aber es war, als hätte sich in einem Moment alles in der verstaubten, leicht heruntergekommenen Apotheke verändert. Als wäre ein Weichzeichner aufs Bild gelegt worden.

Luc sah blonde lange Haare, seidig weich fielen sie ihr über die Schultern. Strahlende blaue Augen. Sehr große blaue Augen. Kleine Grübchen auf den perfekt geformten hohen Wangenknochen. Eine elegante Nase. Dazu hellrote, sanft geschwungene Lippen, ein leichtes Lächeln umspielte ihren Mund. Makellose Zähne in purem Weiß. Zwischen den beiden Schneidezähnen war eine klitzekleine Lücke. Als hätte Gott sagen wollen: Auch ein winziger Makel kann wunderschön sein. Zurückhaltendes Make-up. Dazu eine Figur zum Niederknien. Was Luc unter diesem Kittel jedenfalls erahnen konnte. Sie war sicher die schönste Frau in Saint-Émilion. Beinahe wie gemalt. Alle Männer würden sich nach ihr umdrehen. Ohne jeden Zweifel.

Diese Frau sah aus, als hätte ein Raumschiff sie hier abgeworfen, direkt in ihren Kittel, in diese Pharmacie, in diese kleine Stadt mitten im Nirgendwo.

Und jetzt wusste er auch, was Robert meinte. Mit der Sehenswürdigkeit von Saint-Émilion. Sie war gemeint.

Die Apothekerin stand immer noch da und lächelte Luc leicht an. Nicht aufdringlich. Nur ehrlich freundlich.

»Oui, Monsieur. Wie kann ich Ihnen helfen?«

Ihr Französisch war fast perfekt. Aber eben nur fast. Luc hörte einen ganz leichten Akzent, der sie nur noch attraktiver machte.

Er sah auf ihr Namensschild: »J. Georgieva« stand da.

»Mein Gott«, dachte er, »diese Frau ist einfach zu hübsch.«

Ihr Alter war schwer zu schätzen. Sie konnte Anfang zwanzig sein oder Anfang dreißig.

»Alors, bonjour Mademoiselle«, begann er und merkte selbst, dass seine Stimme belegt war. Gott, was war denn jetzt los? Luc riss sich zusammen.

»Ich bin Commissaire Verlain von der Brigade Criminelle in Bordeaux. Ich würde gerne mit Ihnen über einen Ihrer Kunden sprechen.«

Die junge Frau schaute immer noch sehr freundlich, wie sie da stand: grazil und anmutig und zugleich wirkte sie völlig normal und bescheiden, als sei sie sich ihrer Wirkung überhaupt nicht bewusst.

»D'accord, Monsieur le Commissaire«, sie hatte nicht mal nach seinem Ausweis gefragt, stattdessen rief sie nach hinten in den Raum: »Madame Battiste, würden Sie bitte einmal nach vorne kommen?«

Nun standen sie sich wieder stumm gegenüber, ihr Lächeln verschwand nicht.

Wenige Augenblicke später stapfte eine dralle resolute Frau Ende fünfzig in den Verkaufsraum, sie wirkte wie die Gouvernante der jungen Frau.

»Ja, Jacqueline, was gibt es denn?«

Ihre Stimme schwankte zwischen leichter Genervtheit und innerer Unruhe.

»Madame Battiste, das ist Monsieur … Verlain?«

Luc nickte und ergänzte sofort:

»Genau, merci, Mademoiselle. Commissaire Luc Verlain von der Polizei in Bordeaux. Ich habe eine Frage an Sie.«

»Wir sind eine Apotheke, wir sind wie Ärzte an die Schweigepflicht gebunden, deshalb werde ich Ihnen nicht viel sagen können. Kann ich mal Ihren Ausweis sehen?«

Luc reichte ihr den Ausweis der Pariser Mordkommission. Immer noch war er nicht dazu gekommen, sich einen neuen in Bordeaux ausstellen zu lassen. Ganz am Anfang im Aquitaine war ihm der Mord an dem jungen Mädchen dazwischengekommen, und nun war Sommer und die Dokumentenausgabe war immer noch geschlossen. Urlaubsbesetzung, hatte man ihm gesagt. Er solle Ende September wiederkommen. Typisch Aquitaine.

»Ich bin eigentlich Leiter der zweiten Pariser Mordkommission«, erklärte Luc, »aber ich bin für eine Weile an die Brigade Criminelle in Bordeaux ausgeliehen.«

»Gut, Monsieur le Commissaire, was gibt es denn?«, fragte die Frau. Offensichtlich war sie nach einem prüfendem Blick auf Lucs Ausweis zufrieden und viel zu neugierig, als dass sie länger hätte warten können. Friseure, Barbesitzer, Kioske, Apotheken – das waren die Neuigkeitenlieferanten in jedem Dorf. Und wenn sie die Neuigkeiten als Erste bekommen konnten, waren sie schon des Öfteren sehr hilfreich gewesen bei Lucs Ermittlungen. Egal, ob im zweiten Pariser Arrondissement oder hier *en pleine campagne*.

»Es geht um Hubert de Langeville. Er ist bei Ihnen Kunde, oder?«

Madame Battiste sah zu Jacqueline, die noch immer neben ihr stand, und dann wieder zu Luc:

»Ja, das ist unser langjähriger Stammkunde. Das immerhin kann ich Ihnen sagen. Aber warum fragen Sie?«

Hatte seine Nachrichtensperre also doch gefruchtet. Luc war fast ein wenig überrascht. Heutzutage, wo selbst Gendarmen ihre Handyfotos bei Facebook posteten, war die absolute Diskretion oft nur schwer durchzusetzen.

»Monsieur de Langeville ist gestorben. Vorgestern beim Marathon du Médoc. Die Untersuchungen laufen noch.«

Nun war die Nachricht offiziell. In zwei Stunden wäre jeder in Saint-Émilion informiert, dachte Luc, als er in das Gesicht von Madame Battiste schaute, die zwischen echter Betroffenheit und erhitzter Aufregung hin- und herschwankte.

»Stimmt das Gerücht also doch. Gestern in der Kirche wurde nur gemunkelt. Hubert de Langeville ist wirklich tot …«

Sie sprach seinen vollen Namen aus. Er war adelig. Auch wenn es verarmter Landadel war. Aber dem Titel *de* wurde in Frankreich immer noch Respekt entgegengebracht.

»Wie ist es denn geschehen? Er war doch außer dieser Sache, wegen der er immer hierherkam, sehr gut in Form. War es sein Herz?«

Madame Battiste hatte ihre Schweigepflicht längst vergessen.

»Jacqueline, Sie haben Monsieur de Langeville doch immer betreut, wissen Sie was von einer Schwäche?«

Die junge Frau hatte die Nachricht gefasst aufgenommen, sie hatte in den Raum gesehen, als würde sie nachdenken. Konzentriert, freundlich.

»Wir wissen von seiner chronischen Krankheit«, sagte sie, »und wir können Ihnen ja jetzt davon erzählen. Müssen wir sogar, oder? Aber eigentlich kann ich mir nicht vorstellen, dass er daran gestorben ist. Er war doch medikamentös gut eingestellt.«

Luc musste die Sache aufklären.

»Nein, es ist wohl ein Missverständnis. Monsieur de Langeville wurde vermutlich ermordet. Wir wissen noch nicht wie, aber er wurde vergiftet. Offenbar wurde das auch bei anderen Läufern versucht, aber dort hat es nicht geklappt. Nur er hat stark auf das Gift reagiert und war sofort tot. Wir wissen nicht, was es war. Und deshalb würde ich gerne wissen, was für ein chronisches Leiden das war, das Hubert de Langeville gequält hat.«

Die Augen von Madame Battiste waren mit jedem von Lucs Sätzen größer geworden. Die Frau würde ihren Laden noch sehr lange aufhaben heute, um auch jeden im Dorf zu informieren. Nun wirkte auch Jacqueline sehr betroffen.

»Er wurde ermordet?«, fragte sie. Luc nickte.

»Ja, leider gehen wir davon aus. Aber wie gesagt: Wir wissen noch gar nichts. Er kann auch ein zufälliges Opfer gewesen sein. Also«, langsam wurde Luc drängender, »was hatte er? Ich kann Doktor Giraud nicht fragen, er ist noch im Urlaub ...«

»Ja, das ist er. Er ist in den Vogesen, bei seiner Exfrau«, begann Madame Battiste, doch bevor sie die Geschichte über das Liebesleben des Dorfarztes beginnen konnte, fing sie Lucs Blick auf und hielt inne.

»Es ist so, Monsieur de Langeville hat«, dann brach sie wieder ab, »ach, Jacqueline, können Sie das bitte erklären? Ich bin gerade so aufgeregt, bitte, erklären Sie das, ich hol mir rasch ein Glas Wasser. Mir ist ganz schwindelig.«

Dann eilte sie nach hinten, Luc konnte sehen, wie sie sich beeilte. Sie brauchte offenkundig eine Erfrischung, aber sie wollte zugleich keine Sekunde des Gesprächs verpassen. Luc stellte sich vor, wie es wäre, hier eine Bemerkung über das amerikanische Erbe fallenzulassen. Fünf Minuten später, dachte er, und die ganze Kleinstadt wüsste Bescheid.

Er besann sich und schaute wieder die junge Apothekerin an. Unglaublich, wie schön sie war. Unglaublich, wie wenig sie hierher passte.

»Also, Mademoiselle. Was wissen Sie über Hubert de Langeville? Denn wir wissen gar nichts.«

Jacqueline Georgieva atmete einmal tief durch, so als wollte sie sich sortieren. Dann senkte sie ihre Stimme, sie wollte die Diskretion wahren, eben war ein weiterer Kunde hineingekommen.

»Es ist so: Monsieur de Langevilles Herz schlägt sehr unregelmäßig. Ich kenne mich da leider nicht so gut aus, deshalb kann ich nicht sagen, wie die Krankheit genau hieß. Es gibt dauerhaft Medikamente dagegen. Eben dieses Präparat.«

Sie zeigte auf die Schachtel *Propafenon* hinter ihr tief unten im Regal.

»Und Monsieur de Langeville war also nur bei Herrn Giraud in Behandlung? Oder hatte er noch einen anderen Arzt? Einen Kardiologen etwa? Wer stellte seine Rezepte aus?«

Madame Battiste war wieder zu ihnen geeilt, sie antwortete sofort:

»Das war immer Doktor Giraud. Diese Krankheit ist ja eigentlich ungefährlich. Deshalb reicht es, wenn ein Hausarzt die Medikamente verschreibt.«

Luc würde einen anderen Arzt um Rat bitten müssen.

»Dann danke ich Ihnen, Mesdames. Es könnte sein, dass ich noch einmal wiederkomme und die Rezepte von Monsieur de Langeville abhole. Die haben Sie doch aufbewahrt?«

»Natürlich«, sagte Madame Battiste eilfertig, »und Sie können natürlich auch kommen und uns Neuigkeiten erzählen. Wir sind immer hier. Immer. Die Pharmacie ist die Seele der Stadt. Und wir sind sehr gespannt. Wir bekommen gerne Besuch von einem attraktiven Polizisten.«

Er sah, wie Jacqueline über die Bemerkung ihrer Chefin grinsen musste, sie schien nicht peinlich berührt zu sein, offenbar kannte sie das schon.

Er verabschiedete sich, und als sich die Schiebetür der Pharmacie öffnete, schlug ihm die heiße Luft entgegen. Im gleichen Moment klingelte sein Telefon. Eine Handynummer.

»Monsieur le Commissaire«, sagte die Stimme drängend.

Luc erkannte den näselnden Singsang sofort.

»Monsieur le Préfet. Was kann ich für Sie tun?«

»Das haben Sie richtig erkannt, Commissaire, wie in Bordeaux die Reihenfolge ist. Dass Sie in meinen Diensten stehen. Dass Sie etwas für mich tun sollten.«

In Paris hätte Luc jetzt aufgelegt. Aber hier im Aquitaine war er darauf angewiesen, sich mit seinen Vorgesetzten gutzustellen. Schließlich wollte er sich um seinen kranken Vater kümmern und nicht andauernd Ärger heraufbeschwören. Der Tag würde schon kommen, wo er dem lausigen Präfekten die Faxen austreiben könnte.

»Ich frage mich, was Sie in Saint-Émilion machen. Es ist doch ganz klar, wer hier das Opfer sein sollte. Die wollten unseren Unterpräfekten vergiften. Er ist einer von acht Leuten, die betroffen waren. Und Sie ermitteln in eine ganz andere Richtung. Dabei ist es doch sonnenklar: das war ein Fall von politischem Terrorismus.«

Luc wusste nicht, ob er lachen oder weinen sollte. Er kannte politischen Terrorismus. Normalerweise hielt der sich nicht mit Vergiftungen auf Laufveranstaltungen auf.

»Monsieur le Préfet, bei allem Respekt: Der Unterpräfekt hat doch überlebt, oder?«

»Ganz knapp, Commissaire, ganz knapp. Er ist im Krankenhaus. Er wäre fast gestorben.«

Die Stimme des Präfekten war stocksteif. Der Commissaire blieb ruhig und bestimmt.

»Richtig. Er wäre fast gestorben. Das andere Opfer aber ist tatsächlich gestorben. In meinen Armen. Es ist ein sehr angesehener Winzer aus Saint-Émilion. Und der ganze Ort ist – wie soll ich sagen – unter Schock. Auch die Bürgermeisterin, die, wie ich höre, Mitglied Ihrer Partei ist. Meinen Sie wirklich, ich sollte hier abbrechen und mich ausschließlich um die Vergiftung Ihres geschätzten Unterpräfekten kümmern? Der in einer Woche wieder gesund und munter sein wird, wie die Ärzte sagen? Im Übrigen ermitteln wir in alle Richtungen. Und wenn wir wissen, was diese Vergiftungen ausgelöst hat, werden wir auch eingrenzen können, wen die Tat treffen sollte.«

Am anderen Ende der Leitung gab es eine kleine Pause.

»Gut. Machen Sie weiter. Aber unterrichten Sie mich. Ich werde die Bürgermeisterin anrufen und ihr versichern, dass wir uns um den Mord an diesem angesehenen Mitglied ihrer Gemeinde kümmern werden.«

»Den mutmaßlichen Mord, Monsieur le Préfet. Noch wissen wir gar nichts.«

»Dann finden Sie etwas heraus, Commissaire. Wir sind hier nicht in Paris. Hier herrscht noch Recht und Ordnung.«

Jetzt legte Luc doch auf.

# Kapitel 17

Die *Crédit Agricole* hatte sich die Filiale in Saint-Émilion etwas kosten lassen. Sie besetzte ein Eckhaus aus hellem Sandstein, genau auf der zentralen Einkaufsstraße, ein paar Schritte von der *Mairie* entfernt, dem schönen alten Rathaus der Stadt.

Ein herrschaftliches Eingangsportal empfing Luc, und er ging durch den Vorraum mit den Geldautomaten zum ersten Schalter, an dem eine kleine Frau ihn freundlich anlächelte.

»Monsieur?«

»Bonjour, Madame. Ich bin von der Police Nationale de Bordeaux. Kann ich mit Ihrem Filialleiter sprechen?«

»Ich schaue mal, ob Monsieur Vauquiez gerade frei ist.«

Sie griff zum Hörer und flüsterte etwas hinein. Eine kurze Antwort, dann sah sie wieder zu Luc.

»Kommen Sie.«

Sie führte ihn ein paar Schritte hinter den Schalter an einer kleinen Wand mit Glastüren entlang. Die letzte Tür öffnete sie, und Luc trat in einen fensterlosen Raum. Eine Deckenlampe mit Neonlicht beleuchtete ein kleines Männchen hinter einem übervollen Schreibtisch mit Aktenbergen. Die Gestalt trug einen grauen Anzug, der die gleiche Farbe hatte wie ihr Gesicht. Die graubraunen Haare waren akkurat geschnitten, nicht modisch, sondern praktisch. Darunter saßen riesige graubraune Augenbrauen. Solche Brauen hatte Luc noch nie gesehen. Sie sahen aus wie kleine Oberlippenbärte. Der Mann trug ein Hemd mit einem karierten Muster und eine Lesebrille mit goldenem Rand. Wie alt war er wohl? Schwer zu schätzen. Mitte vierzig vielleicht?

Seine Hände lagen ruhig auf dem Schreibtisch. Er sah auf, als Luc eintrat und erhob sich kurz, um ihm die Hand zu schütteln. Ein kurzer schlaffer Händedruck.

»Bonjour, Monsieur Guy Vauquiez?«

Luc reichte ihm seinen Ausweis und nahm Platz, während der Filialleiter ihn genau prüfte.

»Ich wurde aus Paris hierher versetzt, für einige Zeit, aus privaten Gründen«, sagte Luc, um Fragen vorzubeugen.

»Nun gut. Ich werde in der Präfektur nachfragen, ob das seine Richtigkeit hat. Ich nehme an, dass das folgende Gespräch ins Bankgeheimnis eingreifen wird?«

Die Stimme von Monsieur Vauquiez war hell und zart. Sie war in keiner Weise misstrauisch. Es war eine Feststellung.

»Das könnte sein«, antwortete Luc.

»Was kann ich für Sie tun?«

»Ich würde gerne erfahren, was es mit dem Verkauf von Château Bordas auf sich hat. Wie ich höre, liegt dieses Geschäft in Ihren Händen.«

Der Mann antwortete nicht sofort, sondern grub in seinen Aktenbergen mit den roten Deckblättern, die zu seiner Linken lagen.

»Château Bordas«, sagte er leise stöhnend, »lassen Sie mich nachsehen.«

»Ein Château, das zum Verkauf steht, hier in Saint-Émilion. Da müssen Sie nachschauen? Ist das denn ein Besitz unter vielen, den Sie in der Verwaltung haben?«, fragte Luc erstaunt.

Monsieur Vauquiez schaute ihn an. Aus kleinen listigen Augen. Seine borstigen Augenbrauen hoben und senkten sich dabei.

»Ich könnte Ihnen jetzt Halbwahrheiten aus meiner Erinnerung sagen – oder ich schaue genau nach und erzähle Ihnen die Tatsachen. Was ist Ihnen lieber?«

Die Stimme war nun gar nicht mehr so hell, sondern sehr selbstsicher. Sein Blick lag selbstbewusst auf dem Commissaire.

Luc antwortete nicht und wies mit der Hand auf die Akte. Der Mann versenkte sich wieder in die Lektüre und studierte sie minutenlang. Luc wartete ganz still. Dann legte der Banker die Akte weg und richtete sich auf.

»Gut. Château Bordas war ein Rückläufer aus einer Insolvenz. Wir hatten die Kreditsumme bezahlt, die jungen Winzer konnten sie nicht mehr bedienen, und dann ist uns das Schloss zugefallen. Wir sind auf der Suche nach einem Käufer. Es gibt einige Interessenten.«

Luc stutzte.

»Sie haben also noch keinen Käufer? Im Dorf erzählt man sich etwas anderes.«

»Aber wir sind hier in einer Bank und nicht auf dem Marktplatz. Ich sage Ihnen, es gab noch keinen Käufer. Es ist ein langwieriges Verfahren. Die Insolvenz war erst vor zwei Monaten. Wir müssen das Schloss anbieten, die Angebote der möglichen Käufer prüfen, das dauert.«

»Es geht das Gerücht, dass Hubert de Langeville das Château Bordas kaufen wollte.«

»Dazu kann ich nichts sagen.«

»Wegen des Bankgeheimnisses?«

»Sehen Sie? Da ist es, Commissaire. Das gute alte Bankgeheimnis.«

Guy Vauquiez lächelte süffisant. Vielleicht hatte sich Robert

Dubois in dem Banker getäuscht. Vielleicht war er gar kein Langweiler. Vielleicht hatte er sich nur gut getarnt.

»Nun, Monsieur Vauquiez, in diesem Falle wird Ihr Bankgeheimnis uns nicht dazwischenfunken. Monsieur de Langeville ist tot.«

Nun schaute der Banker nicht mehr süffisant. Er war überrascht. Und sah Luc lange und prüfend an.

»Was ist passiert?«, fragte er.

»Das untersuchen wir derzeit. Er ist während des Marathon du Médoc gestorben. Wir prüfen, ob es ein unnatürlicher Tod war.«

»Ein Mord?«

»Genau.«

»Sie wissen von dem Erbe?«

Luc war überrascht, dass der Banker sofort so geradlinig und offen war.

»Ja, ich habe den Testamentsbrief aus Kanada gesehen.«

»Ich dachte mir, dass Sie das wissen sollten. Es ist eine Menge Geld, das Monsieur de Langeville da geerbt hat. Vielleicht gibt das ja einen Hinweis auf seinen Tod.«

»Ist das Geld denn schon in Frankreich?«

»Ja, Monsieur de Langeville war seit Jahrzehnten ein angesehener Kunde unserer Bank. Das Geld ist vor drei Tagen von einem Notaranderkonto in Kanada bei uns eingegangen.«

Ein angesehener Kunde war Hubert sicher all die Jahre, dachte Luc. Er hatte ja immerzu üble Dispozinsen zahlen müssen.

Vauquiez fuhr fort:

»Sie kennen die Höhe des Erbes?«

»Etwas über acht Millionen Euro?«

»Der Kurs zum kanadischen Dollar ist gerade sehr gut. Ein Glück für Hubert …« Er stockte. »Nun ja, es wäre ein Glück gewesen. Es waren dadurch fast neuneinhalb Millionen Euro.«

Luc pfiff leise durch die Zähne.

»Und hatten Sie mit Hubert über die Verwendung des Geldes gesprochen? Wollte er es für das Château Bordas einsetzen?«

Guy Vauquiez überlegte kurz.

»Er war zweimal hier. Das erste Mal, um mit mir darüber zu sprechen, wie er mit einer so großen Summe umgehen müsse. Was jetzt passiere. Auch steuerlich. Einmal vor zwei Wochen kurz nachdem er von dem Erbe erfahren hatte. Und dann noch einmal vor … am Freitag.«

»Einen Tag vor dem Marathon? Und da hat er sein Interesse an Château Bordas angemeldet?«

»Nein, das hat er nicht getan. Er wollte seinen Kontoauszug haben mit der überwiesenen Summe. Und er bat um einen neuen Termin für eine weitergehende Beratung. Ich habe ihm einen Termin in dieser Woche gegeben. Lassen Sie mich nachschauen«, er blätterte in seinem Kalender, »ja, hier ist es. Dienstag, 16 Uhr.«

»Dann ging es gar nicht um Château Bordas? Das ist das, was die Leute in Saint-Émilion erzählen.«

»Sehen Sie, wir sind hier eben nicht ›die Leute‹. Ich bin ›die Bank‹. Und ich sage Ihnen, wie es war.«

»Wer ist denn dann an Château Bordas interessiert?«

»Und da wären wir dann wieder beim Bankgeheimnis.«

»Ach, kommen Sie. Ich ermittle in einem Mordfall.«

»Der aber nicht die Interessenten des Château Bordas berührt.«

»Wissen Sie das genau?«

»Beweisen Sie das Gegenteil. Sehen Sie, ich würde mich strafbar machen, und das habe ich nicht vor.«

Der Bankdirektor war eine harte Nuss.

»Monsieur Tritignant hat doch sicherlich das nötige Kleingeld für eine derartige Transaktion?«

»Ich müsste in seiner Akte nachschauen.«

Der Filialleiter schaute Luc unverwandt an.

»Das war ein Scherz, Commissaire. Natürlich werde ich nicht

nachschauen. Ich sag mal so: Monsieur Tritignant liegt mit seinem renommierten Château genau neben dem Besitz von Château Bordas. Es wäre nicht ungewöhnlich, wenn er interessiert wäre. Und nun wünsche ich Ihnen einen angenehmen Tag.«

»Ihnen auch, Monsieur Vauquiez. Und vielen Dank für Ihre ganz und gar legalen Informationen.«

Luc verließ die Bank und biss sich auf die Lippen. Hätte er nur Anouk dabeigehabt. Sie hätte diesem knochentrockenen Typen ein paar mehr Dinge entlocken können. Luc selber würde hier nur mit einem Gerichtsbeschluss mehr erfahren.

# Kapitel 18

Die Bürgermeisterin hatte es abgelehnt, sich mit ihm in der *Mairie* zu unterhalten, die malerisch in einem alten Sandsteinpalais in der Oberstadt von Saint-Émilion untergebracht war.

»Kommen Sie«, hatte Madame Lestrac gesagt, als sie aus ihrem Büro trat, nachdem Luc gemeldet worden war. »Es ist schon weit nach Mittag, wir sollten etwas essen.«

Und nun saßen sie im *L'Envers du Décor*, einem großen Restaurant, gerade einmal ein paar Schritte vom Rathaus entfernt und nahe dem Aussichtspunkt, wo Luc gestern mit Robert Dubois, dem Journalisten, gesessen hatte. Das war das Tolle an dieser Kleinstadt: Alles lag ganz dicht beieinander. Anders als in Paris, wo der Commissaire für jedes Date auf seinen Motorroller steigen musste. Eigentlich hatte er sich vor der Enge im Aquitaine gefürchtet. Nun begann er, genau das als Luxus zu betrachten.

Das Restaurant war ein Raum mit einer Bar und einem großen Separée im hinteren Teil, dort saß er nun mit der Bürgermeisterin. Die Tische waren aus den Platten von Weinkisten zusammengesetzt, deshalb konnte er die besten Châteaus direkt unter seinen Händen spüren, wenn er mit dem Finger die schwarze Schrift entlangfuhr.

»Merci, dass Sie so schnell Zeit hatten für eine Unterredung, und dann noch an so einem Ort«, sagte er, und die Bürgermeisterin lächelte ihn an.

Sie war sehr elegant, vielleicht Anfang fünfzig, trug ein dunkelblaues Kostüm mit einem Halstuch, und die blonden Haare waren adrett halblang geschnitten und sahen frisch toupiert aus. Sie roch nach teurem Parfum und teuren Crèmes. Eine Politikerin der Republicains, was denn auch sonst? Hier in der ländlichen *Gironde* wählten die Bauern und Winzer konservativ und erzkatholisch, das war doch klar.

»Natürlich, Monsieur le Commissaire. Wenn Sie schon nach Saint-Émilion kommen, dann wollen Sie doch so ein trauriges Thema nicht an einem schnöden Schreibtisch besprechen. Und dieses Restaurant hier«, sie beschrieb mit ihren Armen einen ausladenden Kreis, »dieses Restaurant ist wirklich das Beste, wenn Sie den Touristen aus dem Weg gehen wollen – und essen, was wir essen.«

Sie war sichtlich stolz auf dieses Restaurant – und auf ihre Stadt. Luc verstand sie.

In Paris würden sich Bürgermeister und Commissaire wohl nur sehr selten im selben Restaurant treffen. Er versuchte sich vorzustellen, wie die schicke Pariser Bürgermeisterin wohl im verrauchten Polizeistammlokal *Chez Hugo* mit den Spezialitäten aus der Auvergne aussehen würde. Es wollte ihm nicht gelingen.

Als der Wirt persönlich an den Tisch trat, bestellte die Bürgermeisterin nur eine *Plat direct,* das *Poulet fermier aux morilles,* Luc entschied sich für ein *Omelette aux cèpes.* Dazu orderte Madame le Maire noch eine Flasche *Château Tour Peyronneau* von 2011.

Zufrieden mit sich und ihrer Wahl lächelte sie Luc an. Schon Sekunden später kam der Wirt zurück, in seiner Hand eine Flasche des bestellten Weines, nur von 2012. Ein kurzes Kopfschütteln, eine Entschuldigung, dann kam der richtige Jahrgang.

Luc war erstaunt, in Paris hätte man einfach genickt und die andere Flasche genommen. Aber nicht hier im Mekka des Weinbaus. Hier wussten sie, welches Schloss in welchem Jahr gut gearbeitet hatte und welches eher Pech hatte mit Wind, Wetter und Ungeziefer.

»Alors, Monsieur le Commissaire«, begann die Bürgermeisterin, als Wein und das obligatorische Wasser eingegossen waren und die beiden angestoßen hatten. »Wie kann ich Ihnen helfen? Und was können Sie mir sagen über den Tod meines verdienten Bürgers de Langeville?«

Luc nahm einen Schluck von dem vorzüglichen Rotwein, ehe er antwortete.

»Wir wissen leider noch nicht sehr viel. Ich dachte, Sie können mir vielleicht helfen. Sie haben ja sicher gehört, dass auch der sous-préfet von Lesparre-Médoc betroffen ist, er hat aber Gott sei Dank überlebt. Hubert de Langeville hatte leider keine Chance. Die Hilfe kam für ihn zu spät. Kannten Sie ihn gut?«

Die Bürgermeisterin nickte und sah betroffen zu Boden. Der Tod eines ihrer Bürger ging ihr sehr nah.

»Oh ja. Er war ein … ein wirklich guter Mensch, ein ehrbarer Winzer. Leider hatte er oft Pech im Leben. Was so schade ist, weil er nur Glück verdient hatte.«

»Worin bestand denn sein Pech?«

»Ach, seine Frau ist sehr früh gestorben. Und seine Tochter ist ein ganz merkwürdiger Charakter«, sie räusperte sich. »Es ist doch in Ordnung, dass ich offen rede?«

»Das wäre mir eine große Hilfe.«

»Sie ist … Ich weiß auch nicht, sie ist ja seine Tochter, eigentlich müsste sie also genauso sein wie er. Doch sie hielt sich immer für etwas Besseres. Obwohl er ihr das ganze Leben finanziert hat, hat sie ihm immer nur die kalte Schulter gezeigt. Erst wollte sie ein Medizinstudium aufnehmen, schwupps, hat er es ihr bezahlt.

Dann hat sie es abgebrochen, ist nach Paris gezogen, schwupps, er hat die Miete bezahlt. Und dann kam sie wieder zurück, wollte ein kleines Hotel kaufen. Er hat für sie gebürgt. Schwupps, hat sie ein riesiges Château gekauft, in Le-Taillan-Médoc, glaube ich. Ganz nah bei Bordeaux. Und dann hat sie sich immer wieder Geld dafür geliehen. Doch Dankbarkeit? Gleich null. Mein Gott«, sie räusperte sich wieder und nahm noch einen Schluck, »jetzt habe ich aber sehr offen geredet.«

»Sie kannten die Familienverhältnisse sichtlich gut.«

»Wir haben ein paar mehr als 1900 Einwohner. Und ich regiere diese Stadt seit neun Jahren. Wenn hier jemand hustet, dann erfahre ich davon. Und Hubert mochte ich wirklich gerne, er war fünf Jahre mein Stadtrat für Weinbau. Die einzige große Leidenschaft, die ihm blieb.«

»Das habe ich auch gemerkt, er war wirklich ein erfahrener Winzer.«

»Obwohl er auch dabei nicht vom Glück verfolgt war. Er hatte sein kleines Château mit einem einfachen, aber ganz wunderbaren Wein. Große Preise können Sie damit nicht gewinnen, und reich werden Sie auch nicht. Aber er machte ihn sehr ordentlich. Und träumte doch von nichts anderem, als einmal in seinem Leben einen ganz großen Wein zu machen. Er erzählte ständig davon. Im Vertrauen. Allein, er hatte nicht das Geld dafür.«

»Sie wissen von der Erbschaft?«

»Ich habe so etwas läuten hören. Und bevor Sie mich danach fragen: Ich kenne auch die Gerüchte, dass Hubert Château Bordas kaufen wollte. Ich weiß aber nicht, in welchem Stadium diese Verhandlungen waren. Die Verantwortung dafür liegt allein bei Guy Vauquiez von der *Crédit Agricole*. Es ist so schade, was passiert ist, Hubert hätte seinen großen Wein so sehr verdient.«

»Lassen Sie uns trinken auf Hubert de Langeville«, sagte Luc und erhob sein Glas, die Bürgermeisterin tat es ihm nach. Sie stießen an, gerade als der Wirt um die Ecke bog. In seiner Hand zwei Teller.

Er stellte das Landhuhn vor der Bürgermeisterin ab. Es kam als zwei Keulen und eine Brust, die Haut war köstlich kross und Butter lief an den Seiten herab. In einem Extraglas befand sich die hellbraune sahnige Morchelsoße, dazu gab es ein butteriges Kartoffelpüree. Köstlich. Und Lucs Omelette ließ ihn fast die Augen schließen vor Glück, als er mit seiner Gabel ein Stück abteilte.

Das Ei war noch ganz saftig, und die großen Stücke von Steinpilzen waren erst kross angebraten und dann im Omelette verteilt. Sie stammten aus den Wäldern des Aquitaine, das stand in der Karte. Luc mahlte reichlich schwarzen Pfeffer darüber, dann nahm er den ersten Bissen. Was für ein Mahl. Einfach und doch so raffiniert, genau wie Luc es liebte.

# Kapitel 19

Er saß auf dem weißen Motorrad mit der Trikolore auf beiden Seiten und der kleinen Aufschrift *Police Municipale* und nahm die kurvige Straße durch die Weinberge. Es ging auf und ab, perfekt für die Maschine, auf der Luc saß. Er legte sich eng in die Kurven, die Knie tief, fast berührten sie die Straße.

Luc fuhr in Richtung Libourne, um dann weiter nach Bordeaux abzubiegen. Für 17 Uhr hatte er eine Lagebesprechung im Kommissariat einberufen. Das Essen mit der Bürgermeisterin hatte sich lange hingezogen, auch wenn er nicht viele neue Erkenntnisse gewonnen hatte. Dafür allerdings war das Dessert sehr lecker gewesen.

Kurz vor der Innenstadt von Bordeaux war Luc durch den kräftigen Fahrtwind auf der schnurgeraden Nationalstraße 189 wie in Trance, immer wieder drehten sich seine Gedanken um dieselben Fragen:

War es wirklich kein natürlicher Tod gewesen? War Hubert das Ziel gewesen, wenn es denn überhaupt Mord war? Wie hatten die Täter es angestellt? Und warum, um Gottes Willen, ging Richard nicht an sein Telefon?

Luc hatte es am Vorabend schon zweimal probiert, er hatte

auch Nachrichten hinterlassen. Und heute Morgen, als er vor dem Café in Saint-Émilion saß, noch einmal. Vergebens.

Das war merkwürdig: Einerseits, weil Richard doch Interesse haben müsste, dass der Todesfall eines befreundeten Winzers aufgeklärt wird. Andererseits, weil sie als alte Freunde ein ungeschriebenes Gesetz hatten: Wenn einer der beiden Redebedarf hatte, würde der andere sich melden. Welche Gründe konnte Richard haben, sein Verhalten plötzlich zu ändern?

# Kapitel 20

Was für ein Anblick: Dieses miefige Neubaubüro der Police Nationale in Bordeaux, das Luc gegen sein wunderschönes Gebäude am Pariser Quai des Orfèvres eingetauscht hatte. Und hier saß nun Yacine und hatte es sich richtig gemütlich gemacht: Lederjacke über dem Stuhl, Füße auf dem Schreibtisch, so tippte er auf seinem iPhone.

Luc hatte Yacines dicke E-Klasse schon vor dem Kommissariat stehen sehen, natürlich im absoluten Halteverbot. Ein Wunder, dass er ihn nicht auf den Straßenbahngleisen abgestellt hatte.

Und doch freute ihn der Anblick seines Freundes. Ein Stückchen Heimat in der Fremde.

»Yacine! Füße vom Tisch«, raunzte Luc ihn scherzhaft an. Yacine erschrak auch wirklich ein bisschen, nahm sofort seine Füße vom Tisch und stand auf, um Luc zu begrüßen.

Bei aller Großmäuligkeit des Algeriers: Vor seinem Pariser Vorgesetzten hatte er immer tiefen Respekt, selbst jetzt, wo sie längst Freunde waren – oder vielleicht gerade deshalb.

»Luc, wie war es in deinem Dorf?«

»Lass uns auf Anouk warten, dann besprechen wir alles.«

Luc wollte eigentlich ein Fenster aufreißen, besann sich dann aber und stellte die Klimaanlage auf die höchste Stufe.

In diesem Moment betrat sie das Büro. Lächelte. Und sah wieder unglaublich aus. Dabei trug sie ganz schlichte, sportliche Kleidung. So wie Luc sie kennengelernt hatte.

»Guten Abend, Messieurs dames«, erklang eine Stimme hinter ihr. Inspecteur Preud'homme musste durchatmen, er hatte offenbar die Treppen genommen von seinem Büro ganz oben im Gebäude, um zu ihnen herunterzulaufen.

Luc kannte den Chef der Polizei von Bordeaux schon eine Ewigkeit, Preud'homme war sein Ausbilder gewesen, damals, vor zwanzig Jahren. Und nun hatte er vor zwei Monaten die Stelle für Luc freigemacht, als er erfahren hatte, wie schlecht es um dessen Vater stand.

»Ein Glas Wasser, Inspecteur?«

Preud'homme nickte. Er atmete immer noch schwer. Er war weit über sechzig und dennoch jeden Morgen als Erster im Büro. Selbst im Sommer. Selbst bei dieser Hitze. Luc hatte ihm schon eingegossen und reichte ihm das Glas. Alle zusammen nahmen um den kleinen Konferenztisch Platz.

»Sie wissen«, begann Preud'homme, »ich neige nicht zu Sentimentalitäten oder – noch schlimmer – zu Übertreibungen. Ich verabscheue sie. Jede Leiche, die wir sehen, ist furchtbar und jeder Fall, den wir bearbeiten, ist gerade der schlimmste. Doch in diesem Fall, ja, in diesem Fall muss ich sagen, war ich ehrlich geschockt. Dieser Marathon, Sie alle wissen das, ist eine Institution hier im Médoc, ach was, im ganzen Aquitaine. Und dann stirbt ausgerechnet dort ein Winzer, und der Unterpräfekt, der alte Schlaufuchs, kriegt auch noch was ab. Also. Was haben wir?«

Luc war erstaunt. Preud'homme neigte wirklich nicht zu derlei Monologen.

»Die Todesursache ist immer noch unklar. Wir werden gleich

in die Pathologie fahren. Vielleicht wissen wir dann mehr. Was hat die Untersuchung der anderen Läufer ergeben?«

Luc blickte zu Anouk. Wieder ein Lächeln. Ein kurzer Blickkontakt. Dann erklärte sie, an Preud'homme gerichtet:

»Wir haben alle Läufer untersuchen lassen, auch den Unterpräfekten. Blut, Urin, alles. Monsieur le Sous-Préfet liegt noch im Koma. Keine Hinweise auf eine Vorerkrankung. Luc«, sie sah ihn an, »hat mir vorhin gesagt, dass Hubert eine Herzerkrankung hatte. Darauf prüfen wir jetzt auch den Unterpräfekten. Der Präfekt drängt darauf, dass wir den feigen Anschlag auf seinen Untergebenen gründlich untersuchen. Es sei ein Akt von politischem Terrorismus, hat er ins Telefon gebrüllt. Dich hat er auch angerufen, oder, Luc?«

Der Commissaire nickte und schnaubte.

»Ein Präfekt außer Rand und Band. So kennt man ihn, so liebt man ihn.«

Alle lächelten ironisch, Preud'homme eingeschlossen. Er hatte als Leiter der Police Nationale den meisten Kontakt zu den Amtsträgern im Aquitaine, er musste also auch am meisten unter deren Standesdünkel und Elitedenken leiden.

»Ich kam gerade etwas später, weil ich noch mit der Spurensicherung telefoniert habe«, sagte Anouk. »Die sind komplett überfordert. Nur zwei Kollegen haben fast dreißig Flaschen Wein und dreihundert Plastikflaschen mit Wasser, die die Gendarmerie dann doch noch eingesammelt hat. Also: bis wir von denen irgendetwas rauskriegen, kann es wohl dauern.«

»Und Sie, junger Mann«, er wandte sich an Yacine, »waren Sie erfolgreich bei Ihren Ermittlungen? In jedem Fall danke ich Ihnen, dass Sie Ihren Urlaub Urlaub haben sein lassen und uns unterstützen. Es ist eine Schande, dass wir so wenig Leute sind, aber Sie wissen es sicher aus Paris: die Sparmaßnahmen. Gut, dass Sie da sind.«

»Merci, Commandant«, antwortete Yacine, nicht ohne hörbaren Respekt, »es ist doch klar, dass ich helfe, wenn Not am Mann ist. Meine Ergebnisse der Läuferbefragungen hab ich dir, Luc, ja schon übermittelt: nichts Auffälliges. Hubert ist gerannt wie der Teufel. Der war fit. Ziemlich verdächtig, dass er einfach zusammenbricht. Dann war ich gestern Abend noch bei der Tochter von de Langeville. Wir hatten sie ja telefonisch nicht erreicht. Ein Gendarm war zwei Stunden vor mir da. Nichts. Darum bin ich persönlich hingefahren. Nach Le Taillan-Médoc. Da hat sie ein riesiges Schloss. Ein Hotel. War aber niemand da. Außer dem Portier und ein paar Touristen. Sie würde erst heute Abend wieder da sein, hieß es.«

»Da fahren wir morgen als Erstes hin, oder, Anouk?«, sagte Luc, dem Huberts Tochter nicht zum ersten Mal merkwürdig vorkam.

Anouk nickte.

»Und, Commissaire? Was sagt der Dorfklatsch in Saint-Émilion? Außer medizinischen Details?«

Preud'homme hatte offensichtlich echten Spaß daran, wieder Teil operativer Ermittlungen zu sein. Luc wartete nicht lange, sondern ließ gleich die Bombe platzen:

»Nun ja. Auf den ersten Blick schien es niemanden zu geben, der Hubert de Langeville nach dem Leben trachten könnte. Auf den zweiten Blick aber war er durchaus ein lohnenswertes Ziel für einen habgierigen Mörder. Er hat vor zwei Wochen neun Millionen Euro geerbt.«

»Er hat was?« Es war Yacine, der sich nicht hatte beherrschen können.

Luc berichtete kurz von dem Schreiben, das er gefunden hatte, von der Testamentseröffnung, und darüber, dass mit dieser Erbschaft alle finanziellen Probleme von Hubert erledigt waren.

»Heilige Scheiße«, grummelte Yacine und sprach damit aus, was die Kollegen dachten.

Alle waren erstaunt von dieser Wendung, selbst Preud'homme stand immer noch der Mund offen.

»Und es ist offensichtlich so, dass Hubert de Langeville das Geld investieren wollte. Er wollte eventuell ein Weinfeld samt Château kaufen, eine kleine, aber sehr feine Lage in Saint-Émilion. Sagt mir zumindest eine vertrauenswürdige Quelle. Damit hätte die Möglichkeit bestanden, dass Hubert in Zukunft zusätzlich zu seinem einfachen Wein auch noch einen *Grand Cru* produziert«, gab Luc sein gestern erlerntes Wissen weiter.

»Und damit wäre Hubert vom Pleitekandidaten zu einem echten Konkurrenten für viele andere Winzer geworden«, sagte Anouk.

»Ganz genau. Doch der Banker, der das Verkaufsobjekt in seinem Portfolio hat, bestreitet, dass Hubert interessiert war.«

»Hmm«, stöhnte Preud'homme, »das klingt ja alles hoch kompliziert.«

Im selben Moment klingelte das Telefon. Anouk war sofort an ihrem Schreibtisch.

»Das Labor«, sagte sie in Richtung Konferenztisch, als sie die Nummer erkannte, und hob ab.

»Filipetti?«

Sie hörte einige Minuten zu, dann legte sie auf.

»Die Weinflaschen waren sauber. Alle. In den beiden, die noch nicht gespült waren, war nur bester *Grand-Cru*-Wein, die anderen waren porentief reingewaschen. Jetzt nehmen sie sich die Wasserflaschen vor.«

»Eh, merde«, sagte Luc laut und doch nur zu sich selbst.

# Kapitel 21

Sie saßen in Lucs Jaguar XJ6. Schweigend. Luc dachte nach. Dann war es eine typische Äußerung von Yacine, die ihn zum Grinsen brachte:

»Schlafen wir heute wieder am Strand? Ist schließlich unser letzter Männerabend. Morgen Abend treffe ich die Schwedin. Und du deine Italofranzösin.«

Doch Luc nahm nicht die Ausfahrt des Kreisverkehrs in Richtung Carcans, sondern bog eine Ausfahrt später ab, in Richtung Soulac-sur-mer und Lesparre-Médoc.

»Klar. Aber vorher musst du noch was für mich tun. Kannst reichlich Überstunden einreichen in Paris, ich zeichne sie dir ab. Versprochen.«

Sie fuhren eine halbe Stunde gen Norden, bis Luc in Lesparre vor der *École Notre-Dame* hielt. Ein hübsches kleines Städtchen war das, eine schnuckligen Einkaufsstraße, die alten Backsteinhäuser – und Luc konnte das Meer förmlich riechen, so nahe lag die Mündung der Gironde in den Atlantik. Die alte Kirche thronte in der Stadtmitte. Von hier waren es ein paar Schritte zu Fuß, es musste möglichst unauffällig aussehen.

Es war zwar schon nach neun Uhr, aber immer noch waren

Menschen auf der Straße an diesem Sommerabend. Auf dem Weg in die zwei Bars des kleinen Weinortes im nördlichen Médoc.

Luc und Yacine aber mussten noch ein wenig warten auf ihr erstes Glas. Sie bogen in die Rue de Verdun ein, Luc schaute sich um. An einem kleinen Haus mit halb hohem roten Holzzaun stoppte er. Und betrachtete die Gegend.

»Was machen wir hier?«

»Du machst jetzt hier die Tür auf.«

»Hier?«

Luc versuchte zu flüstern, dafür fiel Yacines Antwort ziemlich laut aus. Er war wirklich überrascht.

»Ja, hier.«

»Wer wohnt denn hier?«

»Momentan niemand.«

»Und sonst?«

»Sonst wohnt hier der Unterpräfekt.«

»Du willst beim sous-préfet einbrechen? Wirklich?«

»Herrje, wir müssen das machen. Ich hab Schiss, dass ich was übersehen habe. Und Hubert gar nicht das eigentliche Opfer war. Sondern eben doch der Politiker.«

»Aber ...«, Yacine überlegte, wie er aus der Nummer rauskam, »ich hab doch gar nix mit.«

»Du gehst doch nie ohne dein Werkzeug aus dem Haus«, antwortete Luc und schob Yacine mit leichtem Druck durch die Gartentür. »Und nun los, wir wollen hier kein Kolloquium im Vorgarten abhalten. Du hast zwei Minuten.«

Er wies auf die Tür.

Yacine gab auf, natürlich war er abenteuerlustig genug, um bei einer Schnapsidee seines alten Chefs mitzumachen.

Er ging vor der roten Eingangstür auf die Knie und entnahm seiner Hosentasche ein kleines Lederetui. Luc stand unterdessen Schmiere.

Es dauerte keine dreißig Sekunden, und Yacine sagte:

»Los geht's.«

Die Tür sprang auf ohne ein einziges Geräusch. Nicht mal Öl fehlte am Scharnier. Wenn es lief, dann lief es.

Luc wusste selbst nicht recht, wonach sie suchen sollten.

Wenn sie in der Wohnung belastendes Material finden würden, dann müsste er die Ermittlungen noch mal in eine ganz andere Richtung lenken. Und vielleicht fanden sie ja medizinische Unterlagen über den Unterpräfekten. Auch das würde weiterhelfen.

Das Haus war nicht groß. Der Politiker war ja erst vor kurzem hierhergezogen, und er war Junggeselle. So sah es hier allerdings auch aus. Es gab kaum Möbel, und die, die hier standen, waren funktional, Luc würde sagen: hässlich.

Doch auch das war gut: So war weniger zu durchsuchen.

Nach einer halben Stunde waren sie fertig, mit dem ganzen Haus. Es bestand ja auch nur aus zwei Zimmern auf einer Etage.

Luc hatte das Wohn- und Arbeitszimmer durchgeschaut, Yacine das Schlafzimmer mit dem winzigen Kleiderschrank voller Anzüge und das Badezimmer auf der Suche nach ähnlichen Medikamenten wie denen bei Hubert.

Ergebnis: Fehlanzeige.

Es gab keine Medikamente, außer einer Packung Diätpulver. Der Ordner *Gesundheit* enthielt ausschließlich Zahnarztrechnungen. Und die Ordner mit politischen Notizen und Briefen waren sterbenslangweilig. Der Mann war blitzsauber, selbst sein Fahrtenbuch war nach erstem Durchsehen nicht frisiert. Beinahe bemerkenswert für einen Politiker. Für *Le Monde* wäre das wirklich eine Nachricht gewesen.

»Na, dann können wir jetzt einen trinken gehen.«

»Sehr gut. Mann, Luc. Wir sind bei einem politischen Beamten eingebrochen. Das kann mich meine Karriere kosten.«

»Welche Karriere?«

»Los, gehen wir.«

Sie schlossen die Tür wieder sorgfältig, verwischten die Einbruchsspuren und verschwanden, ohne dass jemand von ihnen Notiz nahm. Doch weitergebracht hatte Luc diese nicht ganz gesetzestreue Idee um keinen Zentimeter.

Mardi – Dienstag

# DÉJÀ-VU AM STRAND

# Kapitel 22

Der Ort Le Taillan-de-Médoc lag ganz nahe an Bordeaux, es waren die südlichen Ausläufer des Weinbaugebiets. Hier gab es nur noch ein paar kleinere Schlösser. Ansonsten bestand der reizlose Ort aus einem *Carrefour* und einem *Intermarché* und Teilen des Gewerbegebietes, das eigentlich noch zur angrenzenden Großstadt gehörte.

Deshalb kam das, was sich hinter dem elektrischen schmiedeeisernen Tor öffnete, für Luc gänzlich unerwartet.

Die Reifen des Jaguars trafen auf einen knirschenden Kiesweg, es ging um mehrere Ecken, vorbei an uralten Bäumen. Im Garten stand eine pinke Bank, mehrere Windspiele flatterten hängend an den Bäumen. Und dann stand es da, unübersehbar, ein riesiges Tudor-Château, rote Klinker auf grauem Stein, bodentiefe Fenster des Salons, darüber Balkone und obenauf eine riesige Dachterrasse mit roter Einfassung. Vor dem Schloss blühten immer noch die Hortensien in Rot, Pink, Blau, die Buchsbäume waren prall und rund und makellos geschnitten.

»Wo sind wir denn hier gelandet?«, fragte Luc seine Kollegin.

»Sieht aus wie die Britische Botschaft im Aquitaine«, entgegnete Anouk.

Rechts im Garten befand sich ein riesiger blauer Pool, auf den Liegestühlen aalte sich eine blasse Familie. Offenbar gehörte das BMW-Coupé mit britischem Kennzeichen dazu, urteilte Luc rasch, denn er hatte die rote Färbung auf den Schultern der Kinder entdeckt. An Hauttönen ließen sich in Frankreichs Sommer leicht die Nationalitäten der Urlauber ausmachen. Ganz hinten unter einem Sonnenschirm spielte eine Mutter mit ihrem Baby, der Vater schlief.

Das war kein einfaches *Chambre d'hôtes*, wie ihre Ermittlungen ergeben hatten, es war offensichtlich eine Luxusherberge für begüterte Touristen.

Niemand von den Urlaubern sah auf, als der blaue Jaguar-Oldtimer direkt vor dem Schloss parkte. Sie hielten die Insassen wahrscheinlich einfach für Neuankömmlinge.

Als sie ausstiegen, kam schon eine kleine blonde Frau die breite Empfangstreppe herunter, ihr Haar war gefärbt und kurz geschnitten. Sie trug eine blaue Designerbluse und enge Jeans. Sie sprach energisch und lächelte die Beamten an. Aber es war kein freundliches Lächeln, es war vielmehr geschäftsmäßiges Begrüßen, das einstudierte Lächeln einer professionellen Empfangsdame.

»Bienvenue au Château de Loup.«

Sie wartete kurz auf eine Reaktion und fügte dann hinzu.

»Ich bin die Tochter von Hubert de Langeville. Sie wollten mit mir sprechen, sagte mir das Kommissariat?«

Sie wollte die Angelegenheit offenbar schnell hinter sich bringen.

»Madame de Langeville, wir möchten Ihnen unser Beileid aussprechen für den Verlust Ihres Vaters.«

Die Frau nickte stumm, sie zeigte keinerlei Regung.

»Was kann ich für Sie tun?«

»Wollen wir hineingehen? Oder möchten Sie hier an der Pforte im Stehen sprechen?«

Sie wies stumm hinein, und die drei gingen durch das große Portal. Drinnen war es nicht mondän, die Eingangshalle war schlicht kitschig.

Ein riesiger goldener Kronleuchter hing an der Decke. Auf dem Boden standen drei Terrakottalöwen und eine große Vase mit künstlichen Blumen. An der Decke war ein großer gelber Fleck, offenbar ein Wasserschaden. Merkwürdig, in diesem Ambiente.

Sie führte sie weiter nach hinten ins Tudor-Schloss, mehreren Fluren schloss sich ein vollgestellter Frühstücksraum an, daneben ein riesiges Kaminzimmer. Beide Räume hatten einen umwerfenden Blick auf den Park hinterm Schloss.

Im Kaminzimmer wies sie auf ein großes Ledersofa im englischen Stil und nahm selber auf einem Sessel Platz. Luc berührte die Lehne, eine Staubwolke kam ihm entgegen.

»Sie wissen schon, was passiert ist?«

»Sein Herz«, antwortete sie knapp. »Das war es jedenfalls, was mir Ihr Kollege von der Police Municipale übermittelt hatte.«

»In der Tat«, sagte Luc, »er ist an einer Herzrhythmusstörung gestorben. Aber es kam nicht plötzlich. Unsere Ärzte untersuchen Ihren Vater noch. Aber es ist gut möglich, dass jemand nachgeholfen hat.«

Ihr Gesicht blieb ausdruckslos. Luc fand sie hübsch. Sie war sogar attraktiv. Aber irgendetwas war in ihrem Gesicht, das den Eindruck verzerrte: eine Teilnahmslosigkeit, eine Härte, eine Kälte.

»Sie meinen: Er wurde umgebracht? Das wäre doch gar nicht nötig gewesen. Er hat doch ohnehin etwas mit dem Herzen.«

»Davon haben wir gehört. Sagen Sie uns, was genau es für eine Erkrankung war.« Lucs Bitte klang mehr wie ein Befehl. Dass er in der Apotheke nicht mehr herausbekommen hatte, ärgerte ihn immer noch.

Sie zögerte keine Sekunde.

»Mein Vater litt am WPW-Syndrom.«

Der Anflug eines Lächelns in ihrem Gesicht.

»Woran?«

»Herrgott, da muss ich meine zwei Semester Medizinstudium nutzen, um Sie aufzuklären. Gibt es keine Rechtsmedizin mehr?«

Ihre Stimme war kalt und klar.

»Das wäre nett.«

»Er hatte von Geburt an eine elektrisch leitende Bahn mehr im Herzen als gesunde Menschen. Wir haben nur eine Bahn zwischen Herzvorhöfen und Herzkammern. Mein Vater hatte eine zweite Bahn. Und wenn die stimuliert wird, dann kann es zu großen Problemen kommen, auch zu Kammerflimmern. Hab ich das laienhaft genug erklärt?«

»Vielen Dank. Und trotzdem ist er Marathon gelaufen?«

»Das ist kein Problem. Er war medikamentös gut eingestellt, damit die Rhythmusstörungen nicht auftreten können.«

»Sie haben als Ärztin gearbeitet?«

»Nur zwei Semester Medizin habe ich studiert. Aber arbeiten als Ärztin? Nein. Zu anstrengend. Kein Wein, kein Krankenhaus. Das hier ist meine Welt.«

Sie zeigte in ihrem Salon herum.

»Also, Commissaire. Sie glauben, es wurde nachgeholfen?«

»Davon müssen wir ausgehen. Einige andere Läufer des Marathons hatten Vergiftungserscheinungen«, antwortete Anouk. »Und sie haben auf der Strecke an derselben Stelle Rast gemacht wie Ihr Vater.«

»Aber warum sollte ihm jemand nach dem Leben trachten? Hubert war doch mit niemandem über Kreuz.«

Sie nannte ihren Vater bei seinem Vornamen.

»Sie wissen von der Erbschaft?« Luc wollte nicht lange fackeln.

»Ja. Und Sie ja offenbar auch.«

»Hat er es Ihnen gesagt?«

»Er hat mir geschrieben.«

»Sie haben keinen direkten Kontakt gehabt?«

»Ich habe selten mit ihm gesprochen. Es gab keinen Anlass.«

»Das ist keine kleine Summe. Das wäre ein Anlass gewesen.«

»Ich hätte ihn noch getroffen in den nächsten Wochen.«

»Es wäre ein schönes Erbe geworden. Für Sie …«

Ihre Stimme wurde eisig.

»Wissen Sie, ich habe schon viele Krimis gelesen. Und da kommt immer der Punkt, an dem der Commissaire den Angehörigen mit solchen Fragen kommt und die dann mit angstgeweiteten Augen schluchzen: ›Sie verdächtigen mich?‹. Ich sage es mal lieber direkt: Lassen Sie solche Unverschämtheiten. Ich habe ein gut gehendes Hotel. Ich habe das Geld meines Vaters nicht nötig gehabt und werde es nicht nötig haben. Dass er gestorben ist, ist tragisch. Aber vielleicht bin ich einfach nicht der Typ, der sich jetzt die Augen ausweint.«

Es lief Luc kalt den Rücken herunter. Er spürte, wie Anouks Oberschenkel seinen leicht berührte. Ihr schien es genauso zu gehen.

»Gut, Madame«, begann Anouk, doch die Dame des Hauses unterbrach sie.

»Mademoiselle, Mademoiselle.«

»Auch das, Mademoiselle. Da Sie ja schon viele Krimis gelesen haben und wir Sie nicht mit Samthandschuhen anfassen müssen«, auch Anouks Ton war mittlerweile auf Arktis-Niveau, »wo waren Sie denn am Tag des Marathon du Médoc? Denn hier waren Sie ja nicht, nicht am Samstag, nicht am Sonntag.«

»Samstag ist bei mir großer Anreisetag. Also war ich hier. Zumindest bis zum Mittag. Zeugen? Die Gäste und die Bedienung des Frühstücks. Danach war ich auswärts, ausspannen am Meer, ich habe da eine kleine Hütte. Ich verabscheue Menschenaufläufe wie den Marathon.«

Luc hatte auf dem Parkplatz vorm Schloss nun wahrlich nicht viele Autos gesehen. War die Bude wirklich ausgebucht?

»Gut. Wir überprüfen das. Vielen Dank.«

»Danke Ihnen. Und viel Glück für Ihre Ermittlungen.«

Sie geleitete die beiden Polizisten zur Tür.

»Sagen Sie, leben Sie hier allein?«

»Nein. Ich bin vogelfrei und stark genug für diese große Aufgabe. Aber danke für Ihre Sorge«, sagte sie, und die Antwort troff vor Sarkasmus.

Sie blieb im Portal stehen, während Anouk und Luc in den Jaguar stiegen. Luc sah sie noch im Rückspiegel, als sich das elektrische Tor des Schlosses schon geöffnet hatte. Sie sah nachdenklich aus.

»Merkwürdig war sie, oder? Was meinst du?«, fragte Anouk.

»Wenigstens wissen wir jetzt von seiner Krankheit. Endlich. Lass uns das gleich ans Krankenhaus weitergeben. Vielleicht hilft es denen. Irgendwie wirkte das alles sehr vorbereitet, oder? Ist sie wirklich so kaltschnäuzig?«

»Ich fand es auch einstudiert. Und hast du den abgeplatzten Stuck gesehen? Irgendwie sah das Schloss auch nicht aus wie ein ›gut gehendes Hotel‹.« Sie imitierte dabei die aufgesetzte Stimmlage der Mademoiselle de Langeville.

»Sie hatte so einen netten Vater. Merkwürdig. Doch er hat sie offenbar trotzdem sehr geliebt.«

»So ist das wohl mit Kindern. Werden wir ja irgendwann auch erfahren, wie sich das anfühlt. Hoffentlich.«

Er sah sie erstaunt an, wieder war es so eine unerwartete Offenbarung. Anouk wollte also Kinder haben. Sagte es ihm einfach so. Und hatte dabei ihr Lächeln mit diesem leicht spöttischen Ausdruck um die Mundwinkel. Irgendwie war es noch nicht wieder so vertraut zwischen ihnen beiden. So vertraut wie vor Anouks Abreise nach Venedig. Heute Abend würde er endlich erfahren, warum. Er konnte es kaum erwarten.

# Kapitel 23

»Ich kann mich erinnern, wie wir hier das erste Mal auf den Schlosshof gefahren sind. In diesem Auto. Mann, was fand ich dich spannend«, sagte Anouk und musste lachen. »Weißt du noch?«

Klar wusste Luc das noch. Hier im Schlosshotel hatte ihr Hauptverdächtiger gewohnt, ein reicher Industriellensohn, der im Médoc Urlaub gemacht und sich in das Mädchen verliebt hatte, das wenige Tage später ermordet am Strand lag.

Es war auch das erste Mal nach Jahren, dass er Richard wiedergesehen hatte. Seinen besten Freund aus Schulzeiten. Nun einer der mächtigsten Winzer von Saint-Julien. Und ein Hotelbesitzer. Auch er. Doch sein Hotel machte wirklich den Anschein, gut zu laufen. Der Parkplatz war voll bis auf den letzten Platz. Luc parkte seinen Oldtimer also direkt vor dem Eingang. Es wurde Zeit für Antworten.

Kaum ausgestiegen, ging die Tür des Schlosses auf, und Richards Frau schoss heraus. Ein geblümtes Kleid, langes wehendes Haar, dunkelbraun und glatt, sie lächelte, als sie auf Luc zukam. Doch sie lächelte anders als sonst. Prüfend, vorsichtig.

»Ich habe euch ankommen sehen. Luc. Es ist gut, dass wir uns so schnell wiedersehen.«

»Hallo, Christine«, er konnte nicht anders, er musste sie anlächeln, Richards Frau, die er so lange kannte. Er war an dem Abend dabeigewesen, als Richard sie in einer Tanzbar in Lacanau-Océan angesprochen hatte, damals vor 25 Jahren. Sie waren füreinander die erste große Liebe gewesen. Zu der Zeit, als Luc seine erste große Liebe verloren hatte. Hélène. Ihr Motorradunfall auf der Straße nach Lacanau. Zu ihm. Der draußen auf dem Meer auf seinem Surfboard auf sie gewartet hatte.

Lucs und Richards erste große Lieben hätten nicht unterschiedlicher verlaufen können. Großes Glück hier, schreckliche Tragik dort.

Sie umarmten sich, und Luc drehte sich zu Anouk um.

»Ihr habt euch gestern in keinem guten Moment kennengelernt«, sagte Luc und wunderte sich im selben Moment über sich selbst, über seine Unsicherheit, seinen Willen, diese beiden Frauen zu versöhnen, die gestern heftig aneinandergeraten waren. »Das ist Anouk Filipetti, meine neue Partnerin.«

Anouk ging auf Christine zu und begrüßte sie freundlich, aber immer noch distanziert.

»Also: Was ist nun passiert mit Hubert?«, fragte Christine, offensichtlich wirklich in Aufregung.

»Wir wissen, dass er hier im Schloss Rast gemacht hat, zusammen mit anderen Läufern. Und dann ist er in Bages zusammengebrochen und gestorben. Und der Unterpräfekt«, Lucs Stimme wurde leiser, »ist ebenso zusammengebrochen. Er liegt im Koma. Dies ist nur für deine Ohren, für niemanden sonst.«

Christine nickte.

»Madame Lecœur«, sagte nun Anouk, etwas drängender, »es hat uns wirklich nicht geholfen, dass Sie mögliche Beweismittel beseitigt haben.«

Christine sah Anouk direkt an, immer noch einigermaßen freundlich.

»Ich war mir nicht im Klaren darüber, dass die Flaschen Beweismittel waren, wie Sie sagen, Mademoiselle. Woher hätte ich das auch wissen sollen?«

»Christine«, sagte Luc ruhig, »Hubert ist offenbar keines natürlichen Todes gestorben. Es gab einige Auffälligkeiten. Und wir haben Grund zu der Annahme, dass jemand nachgeholfen hat.«

Christines anfängliche Fröhlichkeit war schon seit einigen Momenten verschwunden, nun schaute sie nur noch bestürzt. Blass war sie geworden.

»Wie gut kannten Sie denn Monsieur de Langeville?«, fragte Anouk. »Waren Sie auch bei den Verhandlungen über den Verkauf seines Châteaus dabei?«

Christine nickte.

»Zweimal haben wir ein Abendessen gegeben für ihn. Einmal ganz zu Beginn der Verhandlungen und einmal, als das Geschäft fast unter Dach und Fach war. Er war beide Male …«, sie kramte in ihren Erinnerungen, »so freundlich, so lebensklug. Er erzählte sehr schöne Anekdoten aus Saint-Émilion und er liebte den Wein, genau wie mein Richard.«

»Und haben Sie geglaubt, dass er aus dem Geschäft noch mal aussteigen wollte?«

»Nein. Nie. Er war wirklich überzeugt davon, dass er an uns verkaufen wollte. Er hat mehrmals betont, wie glücklich er ist, sein Lebenswerk an Menschen zu übergeben, denen die Trauben und die Gegend hier so wichtig sind wie ihm. Und nicht irgendeinem seelenlosen Konzern aus Paris. Ich weiß wirklich nicht, was passiert sein muss, dass er seine Meinung geändert hat.«

»Hat dir denn Richard nichts davon erzählt? Nichts Konkretes?«

Christine schaute Luc an, die Frage hallte nach.

»Ich weiß nicht, er hat etwas angedeutet. Er wollte nicht weiter darüber reden. Nicht mal mit mir. Du hast ihn ja erlebt. Er war sehr still. So merkwürdig war das, ihn so traurig zu sehen.

Unseren lustigen Richard. War Hubert de Langeville zu Geld gekommen?«

»Christine, wir ermitteln das alles noch. Wir halten dich aber auf dem Laufenden, genau wie Richard.«

Luc spürte, wie ihm unwohl wurde, sein Magen krampfte sich zusammen. Er hatte als Einziger gewusst, dass Hubert de Langeville seine Meinung zum Verkauf des Châteaus ein weiteres Mal geändert hatte – zu Richards Gunsten. Aber er hatte es für sich behalten. War er mitschuldig an dem tragischen Tod des Mannes?

»Wo ist denn Ihr Mann?«

Christine machte eine Handbewegung nach hinten in die Weinfelder, die sich an der Rückseite des Châteaus anschlossen.

»Er sieht sich die Trauben an. Nicht mehr lange, und wir können ernten.«

Dabei lächelte Christine wieder, mit all der Herzlichkeit, die ihr so eigen war.

»Merci, Madame Lecœur. Wir gehen zu ihm.«

Anouk gab ihr die Hand, Luc umarmte sie kurz. Doch Christine hielt ihn fest und zog seinen Kopf zu ihrem Gesicht. Ein kurzer Moment, ein geflüsterter Satz. Dann ließ sie ihn los.

Die beiden Polizisten gingen in die angezeigte Richtung, umrundeten das Schloss und sahen nur noch Grün. Endlos. Die satten Farben der Weinfelder, dazwischen die schmalen Furchen, in denen es in ein paar Tagen von Erntehelfern nur so wimmeln würde, die in mühsamster Handarbeit jede einzelne Traube sammeln würden. Ganz vorsichtig, ganz sanft. Damit die kostbaren Früchte auch wirklich nicht beschädigt wurden. An den Rändern des Feldes wuchsen Mohnblumen in ihrem satten Rot. Die Sonne brannte auf das Médoc herunter und gab den Trauben noch mehr Kraft für einen wunderbaren Wein.

»Was hat sie dir ins Ohr geflüstert?«, fragte Anouk, und wieder war Luc, als hätte sich irgendetwas zwischen ihnen geändert. Ihr

Ton war nicht mehr so zwanglos, so vertraut, wie damals bei ihrer ersten Ermittlung. Er klang vielmehr ein wenig misstrauisch.

»Das kann ich nicht sagen. Es war ein Satz unter Freunden.«

Sie schaute ihn an, sagte aber nichts. Stattdessen sah sie in die Weinberge, als müsste sie nachdenken.

Sie gingen auf dem schmalen Weg in der Mitte von zwei Weinfeldern, hier würden in ein paar Tagen die Traktoren mit den Anhängern stehen.

»Dort ist er.«

Anouk zeigte auf eine gebückte Gestalt, die weiter vorne am Rande des Feldes an den Stöcken herumhantierte, die die Trauben hielten. Sie gingen auf ihn zu, gerade steckte sich Richard eine Beere in den Mund.

»Ah, Luc, Mademoiselle Filipetti, kommen Sie, kommen Sie. Probieren Sie auch eine. Bald ist es so weit.«

»Salut, Richard.«

Nach Lucs Begrüßung nickte Anouk dem Winzer nur zu. Auch Lucs Ton wurde ernster.

»Wir müssen mit dir reden.«

»Was gibt es?«

»Das weißt du. Und ich habe schon mehrfach versucht, dich anzurufen.«

»Ich weiß, Luc.« Er starrte seinen Freund unverwandt an. »Ich wollte nicht darüber reden.«

»Das ist aber Mist, Richard. Das hilft uns nicht. Was weißt du ?«

Es war Luc, der diese Frage stellte und sich im selben Moment ärgerte, weil sie reichlich naiv klang. Und es war Richard, der seinen Kopf hob und die Trauben in seiner Hand offenbar für einen Moment zu vergessen schien.

»Was soll ich wissen?«

Anouk mischte sich ein:

»Es besteht die Möglichkeit, dass irgendetwas an Ihren Probierständen verunreinigt war. Ihr Wasser, Ihr Wein, Ihre Banan…«

»So ein Quatsch«, fiel ihr Richard laut ins Wort. »Mademoiselle, mit Verlaub, das ist großer Unsinn. Ich bürge für meine Prod…«

Jetzt war es Luc, der Richard ins Wort fiel.

»Mach mal halblang, Richard. Wir machen unseren Job. Und was in der Tat merkwürdig ist: Es gab Vergiftungserscheinungen bei den acht Läufern, die allesamt eine halbe Stunde vorher bei dir im Garten verköstigt wurden. Mit Wein, Wasser und Bananen.«

»Luc, bist du übergeschnappt?«

Richards Stimme überschlug sich.

»Hier sind an diesem Tag fast dreitausend Läufer verpflegt worden. Ich habe – warte, ich rechne mal nach –, ich habe fast dreihundert Flaschen Wein rausgehauen. Umsonst. Als Geschenk für diesen Marathon. Und da soll ich was vergiftet haben? Um ausgerechnet Hubert zu treffen? Wie soll das denn gehen?«

»Sagen Sie es uns. Wir fragen es uns auch.«

Anouks Stimme war einen Hauch ins Schnippische abgerutscht.

»Mademoiselle. Sie kennen diese Gegend hier offenbar nicht. Ich habe einen guten Ruf. Und den soll ich aufs Spiel setzen, indem ich … Ja, was eigentlich, Arsen in meinen Wein mische? Haben Sie den Verstand verloren?«

Die letzten Worte schrie er.

»Richard«, Luc versuchte, seine Hand auf die Schulter seines Freundes zu legen, aber der schlug sie weg.

»Ihr könnt mir beide gestohlen bleiben. Wisst ihr? Das ist eine riesige Merde. Es sind 40 Grad, die Ernte liegt vor mir, dann gibt es diesen tragischen Todesfall. Und jetzt kommt ihr hierher und erzählt so einen Schwachsinn.«

»Monsieur Lecœur, Sie sollten sich jetzt beherrschen«, sagte Anouk und trat einen Schritt auf Richard zu. Sie stand direkt vor ihm, unter ihren Füßen einige Trauben, die mit einem platzenden Geräusch zerquetscht wurden.

»Wir wollen eine Liste aller Ihrer Freiwilligen. Und ich brauche eine Einkaufsliste. Der Bananen, des Wassers und eine Übersicht, welche Chargen an Wein an diesem Tag auf dem Tisch standen. Wir werden die Liste mit den Flaschen vergleichen. Und von Ihnen will ich wissen: Was für ein Gefühl hatten Sie an diesem Tag des Marathons? Als klar war, dass Sie das Château von Monsieur de Langeville wohl nicht würden kaufen können?«

Richards Schultern sanken herunter. Luc war erstaunt darüber, wie sich sein ältester Freund bis hierher aufgeführt hatte. Er war froh, dass Anouk ihn mit ihrer Kaltschnäuzigkeit ruhiggestellt hatte. Der Winzer spürte auch, dass die Tonlage jetzt deutlich amtlicher geworden war.

»Natürlich bekommen Sie all die Listen, Mademoiselle. Auch die Namen meiner Freiwilligen. Und was das Château de Langeville angeht: Ich lasse mich allgemein nicht von meinen Gefühlen leiten. Ich bin Geschäftsmann. Die Schlacht um sein Schloss hatte ich wohl verloren. Obwohl nun die Suche nach einem Käufer wieder losgehen dürfte, oder?«

»Werden Sie sich daran beteiligen?«

»Natürlich. An der Sachlage hat sich ja nichts geändert. Ich will Château Langeville kaufen. Damals und jetzt.«

»Ist Ihre Ausgangslage jetzt besser als zu der Zeit, als Hubert de Langeville noch lebte?«

»Sie wollen mich provozieren, Mademoiselle. Aber wenn Sie so wollen: ja. Das ist sie.«

»Richard? Ich weiß nicht, was mit dir los ist«, Luc versuchte, beiläufig zu klingen. Er würde Richard nachher noch mal anrufen, um zu sehen, was in seinem Freund vorging.

»Ich kann euch nicht helfen, Luc. Ich weiß nichts. Ihr kommt hierher und sagt, mein Wein war vergiftet. Und da soll ich dann sagen: Gut, hier, kommt und seht euch meinen Giftschrank an.«

»Also war Ihr Wein vergiftet?«

»Mademoiselle, Sie gehen mir auf die Nerven. Ist noch was? Ich würde jetzt gerne weiterarbeiten.«

Richard wandte sich wieder seinen Reben zu und ging in die Hocke.

»Halten Sie sich zu unserer Verfügung, Monsieur.«

»Schon gut, ich werde mich nicht absetzen. Wohin auch? Nach Pauillac?«

Anouk drehte sich um und ging langsam zurück Richtung Schloss. Luc sagte leise zu Richard:

»Ich rufe dich nachher an.«

Doch sein alter Freund antwortete nicht, er schaute konzentriert auf seine Weintrauben.

Erst als sie im Wagen saßen, zündete er sich eine Zigarette an. Der Schweiß stand auf seiner Stirn. Diese Hitze kostete ihn noch den letzten Nerv. Und nun auch noch der Felsbrocken, der zwischen Anouk und ihm stand. Und von dem er nicht mal wusste, wie er da hingekommen war. Jedenfalls fühlte sich alles ganz anders an als vor einigen Wochen.

Das mit Richard machte alles noch viel schlimmer. Luc wünschte sich in seine Cabane zurück. Und an seinen Strand. Mit Yacine und einigen Flaschen Bier. Oder mit Cecilia?

»Was für ein Idiot. Verzeih, Luc. Aber das ging ja wohl gar nicht.«

Anouk fluchte. Auch sie hatte sich eine Zigarette angesteckt und schnippte die Asche aus dem offenen Fenster.

»Du hast recht. Ich werde nachher noch mal privat versuchen, was ich aus ihm rauskriegen kann.«

»Ich mag dich, Luc, wirklich. Aber das hier ist nicht privat.

Und dein alter Freund versucht wirklich nicht, unverdächtig zu erscheinen.«

»Richard bringt niemanden um.«

Anouk antwortete nicht. Sie zog an ihrer Zigarette und schaute aus dem Seitenfenster, hinaus in die Weinfelder.

Als Luc den Wagen in der Einfahrt von Château Lecœur-Saint-Julien wendete, sah er, dass Christine ihre Abfahrt vom Küchenfenster aus beobachtete.

# Kapitel 24

Die Fahrt war weitgehend schweigend verlaufen. Unangenehm.

Als Luc es nicht mehr aushielt, nahm er sein Telefon und wählte über die Freisprecheinrichtung die Nummer des Krankenhauses. Er musste etwas tun. Der behandelnde Arzt des Unterpräfekten nahm sofort ab.

»Doktor, hier spricht Luc Verlain von der Police Nationale in Bordeaux. Wir wissen jetzt, welche Vorerkrankung das Todesopfer hatte – vielleicht hilft Ihnen das beim Unterpräfekten.«

Der Arzt war ganz Ohr.

»Es war das WPW-Syndrom. Huberts Tochter hat es uns erzählt.«

»WPW«, wiederholte er, und Luc konnte förmlich hören, wie es am anderen Ende im Kopf arbeitete.

»Sehr gut. Das macht Sinn. Das wäre ja der fast perfekte Mord …«

»Wie meinen Sie das?«

»Bei diesem Syndrom ist das Herz anders gestrickt als bei normalen Menschen. Und trotzdem sind die Menschen eigentlich kerngesund.«

»Also kann man damit Marathon laufen?«

»Absolut. Kein Problem.«

»Wir haben bei Hubert de Langeville *Propafenon* im Arzneimittelschrank gefunden.«

»Ja, eine klassische Medikation. Wenn das Herz manchmal zu schnell schlägt, und das tut es bei einer solchen chronischen Erkrankung, dann kann man damit entgegenwirken. Man kann es auch regelmäßig einnehmen, um sich besser einzustellen.«

»Und was meinten Sie mit ›fast perfekter Mord‹?«

»Na ja, perfekt wäre er gewesen, wenn wir jetzt nicht darüber sprechen würden. Aber nun wissen wir ja von seiner Vorerkrankung. Jetzt müssen wir nur noch das entsprechende Mittel finden. Es muss ein Medikament gewesen sein, sonst wären alle Läufer gleichermaßen betroffen.«

»Aber Sie haben noch keinen echten Verdacht, was es sein könnte?«

»Geben Sie uns ein paar Stunden. Nun können wir auch den Unterpräfekten besser behandeln, wenn es diesen Verdacht gibt. Vielleicht leidet er auch darunter. Wir wussten bisher nicht so recht, wonach wir suchen sollen.«

»Es tut mir leid, dass wir das nicht früher wussten. Aber Langevilles behandelnder Arzt ist immer noch im Urlaub.«

Luc dachte wieder an Giraud und nahm sich vor, dessen Alibi ganz genau zu überprüfen. Irgendetwas stimmte da nicht.

»Sobald ich was habe, melde ich mich bei Ihnen«, sagte der Arzt und legte auf.

# Kapitel 25

Luc schaute ungeduldig auf die Uhr. Er wollte unter die Dusche. Doch Yacine blockierte immer noch das kleine Badezimmer der Cabane. Seit einer Dreiviertelstunde.

Es wurde langsam knapp. Auch er war verabredet, aber so, wie er jetzt aussah, konnte er sich nicht mit Anouk treffen.

Als Yacine endlich die Tür des Badezimmers öffnete, konnte Luc kaum etwas erkennen bei all dem Dampf, der aus dem Raum kam. Dann trat Yacine heraus. Mannomann, hatte der sich zurechtgemacht.

Eine schwarze Hose, ein weißes Hemd, der oberste Knopf offen, dazu braune Lederschuhe. Nun gut, Yacine würde umkommen in der Hitze, die noch immer herrschte, aber immerhin sah er aus wie aus dem Ei gepellt.

»Geht das so?«, fragte er.

»Für eine Aktionärsversammlung: perfekt«, sagte Luc.

Yacine grinste.

»Ey Luc, mal im Ernst.«

Luc hob zur Bestätigung den rechten Daumen.

»Mec, die sah echt toll aus. Ich freu mich wirklich darauf, sie wiederzusehen.«

Yacine würde nach Pauillac fahren. Da hatte er am Vortag des Marathons eine schwedische Touristin kennengelernt. Heute würden sie den Abend zusammen verbringen. Sein letzter Abend vor der Abreise. Luc freute sich für ihn. Er schloss mit sich selbst eine Wette ab, dass Yacine später wohl nicht wieder in die Cabane kommen würde.

»Na dann, viel Spaß.«

»Und dir viel Spaß mit Anouk. Wann kommt sie?«

Luc warf erneut einen Blick auf die Uhr.

»Halbe Stunde. Los, raus, ich muss mich beeilen.«

Yacine griff sein Handy und den Autoschlüssel des Mercedes und schlug die Tür pfeifend zu.

Anouk würde tatsächlich erst in anderthalb Stunden hier sein, aber Luc wollte auch noch mal durchatmen nach diesem Tag. Sich innerlich vorbereiten auf das Date heute Abend, das er so lange ersehnt hatte.

Er griff nach seiner Zigarettenschachtel, ging zum Kühlschrank und nahm eine Flasche *1664* heraus. Dann setzte er sich mit der eiskalten Flasche auf die kleine Treppe vor der Cabane.

Endlich würde er erfahren, warum sie damals so plötzlich aufgebrochen war. Ob sie ihn vermisst hatte. Und er würde vielleicht herausfinden können, wie es zwischen ihnen beiden weitergehen würde.

Das war seine größte Hoffnung. Er nahm einen tiefen Schluck und sah die Düne hinauf Richtung Strand. Vielleicht würde der Abend ja wieder da enden, wo sie sich zum ersten Mal geküsst hatten.

# Kapitel 26

Er erkannte sie schon von weitem: der aufrechte Gang, die dunklen Haare im Atlantikwind, den Blick unverwandt auf ihn gerichtet. Anouk trug an diesem Abend ein schlichtes schwarzes Shirt und eine dunkelblaue Jeans. Ihre braunen Füße steckten in offenen Ballerinas. All das wirkte einfach übergeworfen, ohne lange nachzudenken. Und genau deshalb fand Luc es perfekt. Er fand sie perfekt.

Er hatte sie erwartet, seit fünf Minuten vor seiner Cabane.

Und nun war sie da.

Sie lächelte. Und doch war da eine Veränderung. Oder bildete er sich das nur ein?

Sie trat zu ihm und umarmte ihn, nur einen Moment, hielt ihm erst die rechte Wange hin, dann die linke, sie tauschten *les bises* aus.

»Wollen wir?«, fragte Luc. Heute Abend durfte er bestimmen, wo sie aßen, nachdem Anouk kurz nach ihrem Kennenlernen ihr Lieblingsrestaurant in Bordeaux ausgesucht hatte, das *La Mère Michel* am Place Canteloup.

Diesmal würde Luc Anouk in sein kulinarisches Wohnzimmer führen, hier in Carcans Plage genau hinter der Düne.

Sie spazierten den kurzen Weg durch Lucs ruhige Straße, dann auf die vollere Dorfstraße. Während sie schweigend nebeneinander hergingen, rasten Lucs Gedanken. Irgendetwas stimmte nicht. Was war los mit ihr?

Da war das Kennenlernen in der Abteilung, als er gerade aus Paris angekommen war. Der unbeschwerte Abend vor kaum zwei Monaten in Bordeaux. Ein *Diner* bei Kerzenschein. Dann dieser Samstagmorgen, nachdem sie den Fall gelöst hatten. Auf dem Markt von Carcans. Und später am Strand, keine zwei Minuten Fußweg von hier entfernt: Crémant mit Erdbeeren, Lucs kurzes Bad im Atlantik und dann der erste Kuss. Es folgten ein Spaziergang, lange Gespräche und am Abend die gute Gewissheit, es langsam angehen lassen zu wollen. Luc war selig eingeschlafen in seiner Cabane. Am nächsten Tag war Anouk weg.

Damals hatten sie kaum eine Minute geschwiegen. Heute aber war Anouk die Stille offenbar gar nicht unangenehm. Vor einem Moment hatte sie sich eine *Gauloises rouge* aus ihrer Schachtel geholt und angesteckt. Luc hatte sich gewundert, dass sie das ganz alleine getan hatte, und dann besann sie sich, griff wieder zu der Schachtel in ihrer Gesäßtasche und bot Luc eine Zigarette an. Er nahm sie, genauso wie das Feuerzeug, entzündete sie, und sie liefen die letzten Meter bis zum *La Plage.*

Das kleine Restaurant war wie viele Gebäude in dem kleinen Strandort fast gänzlich aus Holz, breite Fensterfronten mit bodentiefem Glas ließen Blicke auf die hohe Düne zu, auf dieses Ungetüm aus Sand. Auf der hölzernen Terrasse standen vier Tische, einen hatte Luc gestern reserviert.

Kaum waren sie beide in Sicht, kam schon Gaston aus dem Inneren des Restaurants geeilt, natürlich musste er sie hinter seinem Tresen erwartet haben. Seinen Lieblingsgast und eine geheimnisvolle Fremde. Schließlich hatte Luc für zwei reserviert – sonst aß er immer alleine hier.

»Bienvenue«, rief Gaston, »venez, venez«, und er machte eine tief ausladende Geste, fast eine Verbeugung, hin zur Terrasse. Luc war überrascht, eigentlich war der alte Mann mit dem Schnauzbart eher der spröde Typ, der nicht viele Worte machte. Auch Anouk musste lächeln über so viel Herzlichkeit.

Luc schob ihr den Stuhl zurecht, und sie nahm Platz. Sie hatten einen wunderschönen Tisch, genau an der Düne, die Sonne stand noch ein gutes Stück darüber, bald aber würde sie nicht mehr zu sehen sein, bevor sie eine Stunde später im Atlantik versank.

»Machen wir es genau umgekehrt wie vor zwei Monaten …«, sagte Anouk, auf einmal vergnügt, ihr Ton hatte sich zu vorhin gänzlich verändert. »Du bestellst, ich genieße.«

Luc musste kurz lachen, dann ergänzte Anouk:

»Wobei das falsch zu verstehen wäre. Ich meinte natürlich nicht, dass nur du das letzte Diner genossen hast, ach, egal …«

Jetzt wirkte sie fast unruhig, als sei sie sauer über ihren kleinen Versprecher, dann aber besann sie sich wieder und schaute hoch zur Sonne.

Luc musste nicht in die Karte schauen, er wusste ganz genau, was er wollte und sah ins Restaurant hinein. Schon schoss der Wirt mit einem Block heraus. Seit wann notierte sich Gaston die Bestellungen?

»Mon cher«, begann Luc, »wir starten mit zwei *Seize* vom Fass, danach bring uns bitte eine Flasche *Domaine du Tariquet*. Und dann nehmen wir als Vorspeise die *Langoustines à la plancha* und als Hauptspeise den *Turbot grillé*. Heute ist doch *Turbot*-Tag?«

Gaston nickte eifrig und sagte: »Ganz frisch reingekommen. *Très bon.*«

Er verschwand, um nur wenige Momente später mit dem Bier wiederzukommen. Er hatte gar nicht daran gedacht, kleine Gläser zu bringen, er brachte große, vor Kälte beschlagene Gläser. Pure Vorfreude.

Sie prosteten sich zu, und als beide den ersten Schluck genommen hatten, atmete Anouk einmal tief durch, dann noch einmal, dann machte sie mit der Hand eine wegwerfende Geste und begann:

»Ich würd dir jetzt gern erst mal 'ne halbe Stunde romantisch in die Augen schauen – aber ich weiß, dass du viele Fragen hast. Ist ja klar, nach unserem Tag am Strand. Und du hast das Recht auf Antworten. Ich habe mich beinahe gefürchtet, dass wir gleich am ersten Abend alles besprechen müssen. Aber dann fiel dieser Mann um auf der Marathonstrecke, und, ganz ehrlich: fast war ich froh, dass wir erst mal beruflich reden konnten, dass ich dich beobachten konnte, wieder in Aktion erleben. Es scheint alles so lange her.«

Sie hatte begonnen, ohne Luft zu holen, nun setzte sie ab, nahm wieder einen tiefen Schluck aus dem Glas. Luc wagte nicht, sie zu unterbrechen, zu gespannt war er auf das, was nun folgte.

»Am Sonntag nach unserem Tag am Strand hatte ich einen schönen Vormittag. Wie hätte es auch anders sein können nach dem wunderschönen Tag mit dir? Und dann sah ich nach dem zweiten Espresso in der Altstadt auf mein Telefon. Ich hatte sechs verpasste Anrufe aus Italien – ich sehe die Zahl immer noch vor mir: sechs verpasste Anrufe, das vergesse ich nie –, mein Handy war auf lautlos gestellt. Mein Vater hatte angerufen, vom Festnetz, von seinem Handy. Ich rief sofort zurück. Da sagte er mir«, ihre Stimme wurde leiser, rauer, sie machte eine kurze Pause, »er sagte mir, dass meine Mutter einen Schlaganfall gehabt hatte oder einen Hirnschlag, er wusste es nicht so genau, mitten auf der alten Holzbrücke *Ponte dell'Academia*, als sie gerade von *San Polo* hinübergehen wollte nach *San Marco*. Mitten in Venedig. Das Medizinboot war rasend schnell gekommen, aber es sah alles gar nicht gut aus. Ich bin sofort mit dem Taxi zum Flughafen gerast, habe den ersten Flug nach Charles de Gaulle genommen, und

Gott sei Dank ging sofort ein Flieger weiter nach Mailand, von dort habe ich ein Taxi genommen und bin die zweieinhalb Stunden bis Venedig gerast. Gott sei Dank, ich war nicht zu spät. Ich war bei ihr am Krankenbett und konnte ihre Hand halten, kurz bevor sie starb.«

Luc sah sie an, er betrachtete sie, sprachlos, griff dann mit seiner Hand nach ihrer, nur kurz legte er seine Hand auf ihre, sie ließ ihn gewähren, dann setzte er sich aufrecht:

»Das tut mir so leid. So unendlich leid.«

Sie nickte und griff wieder nach ihrem Glas.

»Das war wirklich furchtbar. Sie da so zu sehen. An den Maschinen, auf dieser alten Station im Ospedale Giovani e Paolo. Mein Vater hatte schon zwei Herzinfarkte, er war immer der, um den ich mir Sorgen gemacht habe. Meine Mutter dagegen ist in Venedig kilometerweit treppauf-, treppab gelaufen, ohne zu verschnaufen. Sie war so fit. Und dann so eine *Merde.*«

Sie schluckte wieder, atmete tief durch, aber sie weinte nicht. Als hätte sie seine Gedanken erraten, sagte sie:

»Ich habe tagelang nur geweint, ich fürchte, ich habe gar keine Tränen mehr. Wir waren uns sehr nah.«

Sie machte noch eine Pause, dann sagte sie:

»Und immer wieder dachte ich – und verzeih diesen Gedanken –, es ist Ironie des Schicksals: Er kommt, dieser unglaublich tolle Mann, dieser Commissaire Luc, er kommt, um seinen todkranken Vater zu begleiten, und meine Mutter stirbt. Was für ein dummer Gedanke, aber ich musste ihn immer wieder denken und habe mir gesagt: Ich erzähle ihn dir, wenn ich wieder hier bin.«

Luc nahm einen Schluck von seinem Bier, er wollte diesen Moment, das stille Einverständnis. Nur unterbrochen von Tellerklappern. Gaston kam, auf seinem Tablett dampfte es, die Rauchnoten roch Luc bis zum Tisch.

Er wollte gerade fragen, ob es Anouk schon recht sei, jetzt etwas zu essen, so kurz nach dieser Offenbarung, aber er sah ihren erwartungsvollen Blick. Sie musste großen Hunger haben nach diesem Tag, und ihm ging es genauso.

»Mademoiselle, Monsieur …«, begann Gaston, »hier sind die *Langoustines à la plancha*, den Wein bringe ich sofort.«

Er stellte die Teller vor sie beide, sie waren perfekt angerichtet. In der Mitte lagen vier große roséfarbene Langusten, auf den Körpern zeugten dunkelbraune Streifen von wunderbaren Röstaromen, die Lucs Nase kitzelten. Darüber hatte die Köchin, Gastons Frau Eveline, eine Vinaigrette mit Koriander, Limette und Stücken von Ingwer gegeben, daneben ein kleines Schälchen mit Aioli. Es sah wunderbar aus, und es roch genauso.

Er sah zu, wie Anouk sich hungrig auf ihre erste Languste stürzte, im selben Moment brachte Gaston die Flasche mit dem weiß-goldenen Etikett, einen Weinkühler und zwei schlichte Wassergläser.

Luc mochte es, Weißwein aus diesen Gläsern zu trinken. Und Gaston wusste das. So wurde das wunderbare Getränk unprätentiös, es eignete sich zum Durstlöschen wie zum Genießen gleichermaßen.

Gaston schenkte ein, dann brach auch Luc die erste Languste auf, entnahm der Schale das weiße zarte Fleisch und probierte den ersten Bissen pur. Sofort legte sich der Geschmack des Meeres auf seine Zunge, diese eigentümliche Mischung aus herbem Salzwasser und perfekter Raffinesse: diese Frucht, die monatelang im Meer geschwommen war, deren Körper dadurch fest war und geschmeidig. Und nun förmlich auf der Zunge zerging. Dann der nächste Bissen mit der Vinaigrette. Auf einmal kamen die Aromen dazu: die säuerliche Limette, die Schärfe vom Ingwer und dieses Seifig-Aromatische vom Koriander. Und alles vermischte sich mit dem Öl und dem Geschmack des Atlantiks. Es war himmlisch. Der Weißwein passte perfekt dazu, er kam aus der Gascogne, anderthalb Stunden landeinwärts hinter Mont-de-Marsan. Er war sehr mineralisch und trotzdem fruchtig, schmeckte nach Aprikosen und nach Quitten.

Anouk fand es offensichtlich phantastisch, sie war ganz in ihr Essen versunken.

»Ich habe mich die ganze Zeit in Venedig so auf den Strand hier gefreut. Und auf ein Essen wie dieses«, sagte Anouk, wieder so, als hätte sie Lucs Gedanken erraten.

»Es war eine furchtbare Zeit. Sehr intensiv. Die Vorbereitung der Beisetzung, diese italienischen Aushänge im ganzen Stadtgebiet mit dem Namen meiner Mutter, die Beerdigung, die Gespräche danach, die ganze Zeit diese ernsten und traurigen Mienen. Es war für uns alle so überraschend gekommen. Der arme Philippe. Mein Bruder …«, sagte sie und schaute Luc erklärend an. Sie hatte ihm erst kurz vor ihrer Abfahrt nach Venedig von ihrem Bruder Philippe Filipetti erzählt. Die Kollegen im Aquitaine hatten immer vermutet, dass an manchen Wochenenden Anouks reicher Freund aus Paris zu Besuch kam. Sie hatten es Luc gegenüber so behauptet, schlicht, weil sie es selber glaubten.

»Für ihn war es besonders schlimm. Er hing so sehr an unserer Mutter.«

Auf der Düne kam plötzlich Wind auf, der die kleinen Sandkörner in Böen über die Terrasse fegte. Die Luft war immer noch wunderbar warm, selbst jetzt, wo es auf halb neun Uhr abends zuging.

Anouk öffnete die Schale der letzten Languste, genau wie Luc in diesem Moment.

Wir genießen zusammen. In stummem Einverständnis, formulierte der Commissaire für sich im Kopf.

»Wollen wir gleich nach der Vorspeise auf die Düne gehen? Ich möchte so gern das Meer sehen. Ich dachte ja, ich hätte nach den letzten Wochen einen ruhigen Start und Zeit zum Schwimmen, und nun fällt dieser Mann einfach um.«

»Sehr gern«, sagte Luc, aß mit Genuss noch eine halbe Scheibe von dem frischen mehlbestäubten Baguette und gab Gaston ein Zeichen, dass sie in zwanzig Minuten wieder hier wären.

Das Restaurant war nun gut besucht, und sie bahnten sich ihren Weg von der Terrasse die paar Meter bis zum Strandübergang, der sie über die Düne führte.

Anouk wartete nicht, bis sie oben waren. Offenbar hatte sie noch etwas anderes im Sinn, als nur das Meer sehen zu wollen.

»Weißt du, diese Zeit, da in Venedig, zwischen diesen alten Palazzi und den Kanälen, mitten in dieser Trauer, diese Zeit verging rasend schnell und gleichzeitig schlich sie nur so in ihrer Intensität. Und, Luc …«, sie machte eine Pause, weil sie nun den Scheitelpunkt der Düne erreicht hatten und sich vor ihnen wie auf Kommando der Atlantische Ozean ausbreitete. Die Wellen schlugen in schöner Regelmäßigkeit an Land, die weißen Schaumkronen tanzten auf den Wellenspitzen, die etwas weiter nördlich von hier an Lucs Lieblingssandbank brachen. Dort tummelten sich die Surfer. Sie liefen ein Stück hinunter Richtung Wasserkante.

»Was für ein Anblick«, sagte Anouk und strich sich wieder ihre Haare zurück hinter die Ohren. Diese Geste war neu, befand Luc, er hatte sie vor ihrer Abfahrt noch nie an ihr gesehen, heute Abend hatte sie es schon mehrfach getan, es wirkte beiläufig und doch ein wenig nervös. Diesmal wandte sie sich dann aber Luc zu, nicht nur das, sie hielt im Gehen inne und drehte sich zu ihm, als wollte sie ihn im nächsten Moment berühren. Das aber geschah nicht.

»Du, Luc, warst die ganze Zeit in meinem Kopf. Die ganzen zwei Monate. Nach diesem einen Tag hier am Strand. Es war sehr merkwürdig. Und ich habe überlegt, wie ich es anspreche. Es ist nämlich vorher noch etwas anderes passiert. Kurz vor der schrecklichen Nachricht. Das erzähle ich dir vielleicht später. Und dann überschlugen sich in Venedig die Dinge. Und zur Beerdigung kam dann auch noch …«, sie stockte, aber nur kurz, wieder das Spiel mit den Haaren, sie ist wirklich nervös, dachte Luc. Dann fuhr sie fort, gerade erreichten sie den Fuß der Düne und steuerten auf das Meer zu, »mein Exfreund. Meine Jugendliebe, seit der Schule waren wir zusammen. Ein Italiener, Venezianer, ganz typisch, gutes Haus, viel Geld, dafür nicht viel zu tun. Wir hatten eine sehr schöne Zeit, fast zehn Jahre waren wir zusammen.«

Sie erzählte das ganz unbefangen, fast so, als erzähle sie es nur einem guten Freund. Luc verspürte aber einen deutlichen Stich.

»Und nun stand er wieder vor mir, bei der Trauerfeier. Wir hatten uns fast sechs Jahre nicht gesehen. Ich war in Frankreich, er in Venedig. Er hatte immer wieder versucht, Kontakt aufzunehmen, aber wozu? Doch nun, in dieser schwierigen Situation hatte er mich soweit«, sagte sie, und Luc stockte der Atem. Was war denn mit ihm los, Herrgott? Er war doch nun wirklich nicht der eifersüchtige Charakter.

»Er lud mich ein für den Tag nach der Trauerfeier, und wir fuhren mit seinem Boot auf eine kleine Insel, *Ca' Smerghetto*, draußen in der Lagune. Er hatte richtig aufgefahren, privater Koch, ein Tisch, Kerzen, Champagner, gar nicht mal so schlechte Pasta, es war toll. Er gestand mir, dass er nicht hatte aufhören können, an mich zu denken. Dass seine Familie sich wünsche, dass wir wieder zusammen wären. Und dass auch er sich nur das wünsche. Ich hörte ihm genau zu. Und dachte in jeder Minute an einen manchmal cholerischen, zumeist aber phantastischen Pariser Commissaire. Das war verrückt.«

In Luc war es, als löse sich ein Stein und falle ihm vom Herzen. So erleichtert war er. Er schaute auf die Wellen, die vor ihnen auf den Strand einschlugen, sah die Brandung, und dann wandte er sich wieder Anouk zu.

»Und dann habe ich mich am Abend zurückfahren lassen, mich verabschiedet und bin nach weiteren vier Wochen bei meiner Familie hierher zurückgekommen. Aber ich wollte und konnte dir nicht schreiben oder mit dir telefonieren. Was hätte es gebracht? Ich konnte das alles nicht in Worte fassen, ohne dich zu sehen.«

Und dann nahm sie seine Hand, erst die rechte, dann die linke, als sie sich ihm wieder zuwandte, und dann ließ sie die rechte wieder los und griff nach seinem Kopf, und Luc ging noch näher auf sie zu, und in einer einzigen fließenden Bewegung trafen sich er und sie in der Mitte, ihre Köpfe kamen näher und näher, Luc schloss seine Augen, und dann trafen ihre Lippen aufeinander, und sie küssten sich nach zwei Monaten genau an der Stelle, an der sie sich zum ersten Mal geküsst hatten. Anouk war stürmischer als beim ersten Kuss, ihre Lippen waren ein bisschen fester, sie roch noch ein bisschen fremder als damals, nachdem sie ja tagelang zusammen im selben Auto gefahren waren. Jetzt hatte er ihren Geruch nur noch in seiner Erinnerung gespürt, die ganzen Wochen, und dann langsam tauchte die Erinnerung an diesen Geruch wieder auf, und der venezianische Geruch der letzten Wochen kam dazu und vermischte sich in diesem Kuss, der nicht enden wollte.

Nach Minuten öffnete Luc wieder seine Augen, da öffnete auch Anouk die ihren, und sie sah ihn an, mit einer Sanftheit und Melancholie.

»Genau danach habe ich mich gesehnt.«

Und Luc, der nun wirklich nicht der Meister großer Worte war, besonders wenn es um Anouk ging, sagte:

»Ich habe dich vermisst. Sehr sogar.«

»Lass uns raufgehen.«

Sie gingen zurück, Hand in Hand nun und stiegen wieder die Düne hinauf.

»Und das Surfen musst du mir auch mal beibringen, möglichst vorm Winter«, sagte sie, und mit einem Stich erschien Cecilia vor Lucs geistigem Auge. Die Surflehrerin. Seine Affäre der letzten Wochen.

Als sie das Restaurant erreichten, lächelnd und wortlos, immer noch schwer atmend sowohl von der langen Dünenüberquerung als auch von der Erregung des Kusses, kam ihnen schon Gaston entgegen, fast lief er, der feine alte Mann:

»Mais, Luc, allez, vite … Der *Turbot*, nun komm schon, den kann man nicht warmhalten. Du hattest gesagt zwanzig Minuten. Jetzt ist fast eine Dreiviertelstunde rum.«

Luc sah auf seine Uhr. In der Tat. Aber sie hatten eine gute Entschuldigung. Er schaute Anouk an, die grinste zurück.

»*Nous sommes là, excuse-nous, mon cher*«, sagte Luc, und sie nahmen Platz, als Gaston schon mit den beiden Tellern wiederkam.

Den Brotkorb hatte er schon aufgefüllt, eine neue Flasche vom *Tariquet* stand auch bereit. Und dann der Atlantik-Steinbutt: Er wurde serviert, nachdem er erst im Rohr gebacken und dann als Filet noch kurz auf der Haut gebraten wurde. Die Röstaromen zogen sich über den dunkel schimmernden Fisch. Doch Gastons Frau reichte das nicht: Sie drapierte die Filets auf einer Scheibe Ziegenkäse, der unter der Wärme des Fisches dahinschmolz. Um die Protagonisten des Essens floss eine cremige Sauce mit Tomaten, Zucchini, Paprika, Sahne und reichlich Butter, kleine Stücke der Gemüse waren mit einigen Kräutern in der Sauce gekocht worden. Es roch himmlisch. Der Duft des frischen Fisches verschmolz mit dem kräftigen Käse, und die Gemüse bildeten eine Allianz der Herbstfarben auf dem weißen Teller. Eveline war eine Zauberin am Herd.

Luc nahm ein kleines Stück und schmeckte sofort, warum der Steinbutt »König der Meere« genannt wurde: das Fleisch war kräftig und nussig, es war zart und nicht so sehnig wie etwa das des

Seeteufels. Dafür kamen die Aromen des Meeres hier besonders gut durch, die Köchin musste ein wirklich großes Exemplar auf dem Markt gekauft haben.

Luc goss ihnen beiden Wein nach.

»Und dann ist da noch das andere. Ich habe überlegt, ob ich es dir überhaupt erzählen soll, weil es wirklich unheimlich war. Aber wie du eben am Strand gesehen hast, habe ich mich entschieden: dafür, dass ich dir vertrauen will und auch versuche, mich auf dich einzulassen«, begann Anouk.

Luc setzte sich auf. Jetzt würde es die dritte Offenbarung des Abends geben.

»Ich war wirklich hin- und hergerissen. Weil ich dich noch nicht richtig kenne. Wie auch? Nach so kurzer Zeit. Deshalb war es heute Nachmittag auch so merkwürdig. Als du gesagt hast, du willst alles mit Richard privat klären. Da dachte ich: Was ist er für ein Bulle? Kann ich ihm vertrauen? Der, der mir die Karte geschrieben hat, scheint dich zu kennen. Ich war mir so unsicher. Aber du siehst, ich hab meine Zweifel Zweifel sein lassen …«

Luc sah auf, er vergaß für einen Moment den körnigen Ziegenkäse, der sich so gut mit dem Fisch und der cremigen Sauce vertrug.

»Was ist passiert, Anouk?«

Sie senkte den Blick, als hätte sie das nun Folgende zigfach im Kopf durchgespielt, durcherzählt, durchdacht.

»Es war an dem Morgen nach unserem Kuss. Ich war bester Laune. Und bin auf dem Weg runter in die Altstadt noch an meinem Briefkasten vorbei. Da lag eine Ansichtskarte. Und ich dachte: ›Toll, wer schreibt mir? Ein alter Freund? Meine beste Freundin?‹ Ich las den Text. Es waren fein gezeichnete Buchstaben, mit einem Füllfederhalter geschrieben: ›Chère Anouk. Halten Sie sich fern von Luc Verlain. Er ist ein Lügner und Betrüger. Und er vernichtet Menschen. Er ist gefährlich. Sie sollten sich wirklich nicht weiter mit ihm einlassen. Es wird Ihnen nicht gut bekommen. Un ami.‹ Ich kann diese Zeilen auswendig. Es war ganz schrecklich. Weil dieser ›Freund‹ wusste, wo ich wohne. Weil er wusste, dass ich mich schon auf dich eingelassen hatte. Weil er ziemlich viel wusste. Unheimlich, oder? Und ich konnte mir absolut nicht vorstellen, was er meinte. Ich habe mich dann in Venedig entschieden, dir zu vertrauen. Hast du eine Ahnung, was das bedeutet?«

Luc hatte sprachlos zugehört, ihm war plötzlich der Appetit vergangen.

»Woher kam die Karte?«, fragte er kurz.

»Sie kam aus San Sebastián, dieser Stadt im Baskenland. Sie zeigte die beiden Sicheln der Altstadtstrände, dazu die kleine Insel im Atlantik. Wunderschön.«

Als er das hörte, fiel Luc etwas ein, was er längst verdrängt hatte.

»Hör zu: Am Morgen nachdem wir den Fall gelöst hatten, kurz bevor ich dich in Carcans traf, auf dem Marktplatz, lag unter meiner Tür durchgeschoben auch eine Karte aus San Sebastián. Jemand gratulierte mir zum gelösten Fall. Und hieß mich willkommen im Aquitaine. Ich krieg den genauen Wortlaut nicht mehr zusammen. Es war sehr merkwürdig, weil zu diesem Zeitpunkt niemand hatte wissen können, dass wir den Fall gelöst hatten. Aber die Karte war am Vortag abgestempelt, in Bayonne, so erinnere ich mich. In Frankreich zwar, aber ganz nahe bei San Sebastián.«

Anouk hatte ihm zugehört, überlegte:

»Wer könnte es sein? Wer will dir was Böses? Und wer ist so gut informiert? Und zwar über dich und uns.«

Luc überlegte. So fieberhaft, dass der *Turbot* in den Hintergrund rückte.

»Im Aquitaine habe ich keine Feinde. Ich war zu lange weg. Doch im Gefängnis von Paris und auf der Île de France, da hassen mich Dutzende Menschen. Doch ob die so was draufhaben? Das klingt schon sehr merkwürdig, das alles.«

»Es ist ja auch nichts passiert«, sagte Anouk. »Vielleicht war das nur ein verrückter Spinner. Wollen wir vor dem Dessert noch mal an den Strand?«

Anouk musste nur fragen, ob er mit ihr an den Strand wollte, und schon waren wiederum die Gedanken an San Sebastián vergessen.

»Klar. Ich rufe Gaston.«

Luc bat ihn, mit dem Dessert zu warten. Der alte Wirt runzelte nur die Stirn, das kannte er ja schon. Dann stiegen sie Hand in Hand noch einmal die Düne hinauf. Die Sonne war im Begriff, unterzugehen, noch drei, vielleicht vier Minuten hatten sie das blutrote Licht dort hinten am Horizont. Es war, als brenne der Himmel. Und heute Abend schien es, als brenne er nur für sie.

Mercredi – Mittwoch

# ALTE FREUNDE, NEUE FEINDE

# Kapitel 27

Er hatte recht behalten. Yacine war nicht mehr aufgetaucht. Am nächsten Morgen gegen acht aber hörte Luc erst ein gut gelauntes Pfeifen, dann wurde wild gegen die Tür gehämmert. Offensichtlich war Yacine ziemlich gut gelaunt.

»Hey, Luc. Wach?«

Ja, Luc war schon wach. Er war kurz nach sieben aufgestanden, hatte auf einen ersten Café im *Galipo* vorbeigeschaut, danach war er auf die Düne gestiegen. Wellen schauen. Und den Abend Revue passieren lassen. Was für ein Abend. Er hatte geträumt, wie es wohl werden würde, wenn sie sich wiedersehen. Doch dass es auf der einen Seite derart spannend und auf der anderen Seite so vertraut werden würde, hätte er nicht erwartet.

Sie hatten sich an seiner Tür verabschiedet, Anouk hatte ein Taxi zurück nach Bordeaux genommen. Sie hatten es gemeinsam entschieden. Auch wenn sie es anders gewollt hätten. Sie hatten darüber gesprochen, die Nacht miteinander zu verbringen. Doch dann entschieden, noch zu warten. Es war ein kurzes Gespräch gewesen. Die Rückkehr Anouks war erst so kurze Zeit her, alles war in Bewegung, ihre Trauer, der Mord, die Ermittlungen. Sie wollten Zeit. Eine gute Lösung, sagte der verliebte

Teil Lucs. Eine verdammt harte Lösung, sagte der männliche Teil Lucs.

Yacine hatte wahrscheinlich nicht lange gefackelt, aber wie Luc seinen Kollegen kannte, würde er es gleich erfahren.

»Na, mec? Hast du dir ein Hotel in Pauillac genommen, um nicht zuzugeben, dass sie sich nach dem ersten Kuss abserviert hat?«

Yacine grinste.

»Hättest du wohl gerne, Luc. Nein, stattdessen werde ich meine Versetzung beantragen. Zur Polizei in Stockholm.«

Eine kurze Pause, dann Grinsen.

»Linnea is echt klasse. Wir wollen uns wiedersehen. Sie wird mich schon in einer Woche in Paris besuchen. Sie reist mit dem Rucksack durch Europa. Und die Nacht war echt … der Wahnsinn!«

»Sehr gut, mon cher.«

Luc freute sich wirklich. Yacine war nicht gerne allein. Er mochte Frauen. Und er trug sie wirklich auf Händen, wenn er verliebt war. Dann war vom nordafrikanischen Machogehabe nicht mehr viel übrig.

»Und wie lief es bei dir? Hast du sie schon nach Hause geschickt?«

»Wir hatten einen tollen Abend, und dann ist Anouk nach Hause gefahren. Wie sich das für zwei anständige Katholiken gehört.«

»Inschallah«, gab Yacine zurück. »Sehr brav. So kenn ich dich ja gar nicht.«

Luc gab ganz kurz wieder, was Anouk in Venedig erlebt hatte, ließ aber den ehemaligen Geliebten aus, genauso wie die Ansichtskarte aus Spanien. Yacine hörte interessiert zu. Dann sah Luc auf die Uhr.

»Wann musst du eigentlich los?«

»Ich gehe noch zur Boulangerie, und dann fahre ich. Luc, sag ehrlich, ist es okay, wenn ich dich allein lasse? Mitten in dem Fall?«

Luc legte seinem Freund die Hand auf die Schulter.

»Ich bin dir dankbar, dass du hier warst, als der Mord passiert ist. Da hätten wir ohne dich richtig Probleme gekriegt. Aber nun sind die Dinge geordnet. Klar, du musst zurück. Ich hätte auch gerne weiter mit dir ermittelt. Aber Anouk ist ja da, und Hugo kommt irgendwann jetzt aus dem Urlaub zurück. Also, alles gut. Hau ab.«

»Merci, mon vieux.«

»Du sollst das nicht sagen.«

»Is ja gut.«

Sie fielen sich um den Hals.

»Merci für alles. Für das Bier, den übelsten Kater meines Lebens und meine erste Mordermittlung außerhalb der Île de France. Wenn du nicht weiterkommst, meld dich. Aber wie ich dich kenne, wird es schon werden.«

»Das hoffe ich.«

»Und viel Glück mit der Kleinen. Mach bei der ja nicht den *Luc*. Die hat mehr drauf als deine Pariser Ladys. Das solltest du nicht versauen.«

»Danke, Papa«, gab Luc zurück.

Aber Yacine hatte recht. Anouk war anders als seine Eroberungen in der Hauptstadt. Das hatte er längst selbst gespürt. Er wusste nur nicht, wie er mit dieser Erkenntnis umgehen sollte.

Er sah, wie Yacine seine Nike-Sporttasche ins Auto lud und dann das kleine Stück bis zur Boulangerie fuhr. Der Mercedes röhrte noch, als Yacine längst winkend um die Ecke gefahren war. Was für eine Karre, was für ein Typ. Wie gerne er diesen Jungen mochte.

Er machte sich fertig fürs Büro. Immer noch waren nur Anouk und er da, um zu ermitteln. Er stieg in Anouks Wagen, den sie hatte stehen lassen und den er zurück nach Bordeaux bringen würde. Es würde ein langer und harter Tag werden.

Im Auto ging er immer wieder den Abend durch. Unglaublich. Anouk. Ihr Kuss. Ihre Nähe. Und dann diese Geschichte. Ihre tote Mutter. Der Exfreund. Venedig.

Er wählte über die Freisprecheinrichtung eine im Handy eingespeicherte Nummer. Es dauerte nur einen ganz kurzen Moment, bis die sehr vertraute Stimme antwortete.

»Oui, Verlain?«

»Salut, Papa.«

»Mon fils, mein Sohn. Salut.«

»Du bist aber schnell am Handy …«

»Nun, ich sitze auf meinem Balkon und schaue aufs Meer. Die Behandlungen beginnen erst in einer halben Stunde. Heute Morgen ganz früh war ich schon draußen spazieren.«

»Wie geht es dir?«

»Gute Luft hier. Aber sie passen sehr auf, dass ich nicht rauche. Und meinen kleinen Calvados-Vorrat haben sie auch entdeckt. Zut, alors.«

Luc musste schmunzeln.

»Du Armer. Ich meinte: Wie geht es dir gesundheitlich?«

»Es ist alles in Ordnung. Ich habe keine großen Schmerzen. Und sie machen wirklich gute Sachen mit mir. Ein wenig Sport, ein wenig Massage. Ich fühle mich, als wollen sie mich zurück auf die Beine bringen.«

Luc war erleichtert. Die Ärzte und Schwestern schienen sich wirklich gut um seinen Vater zu kümmern.

»Sobald du wieder hier bist, fahren wir auf den Bassin, ja?«

»Na, aber hallo. Und ich will Austern aus dem Aquitaine essen. Hier haben sie nur die bretonischen. Und du weißt, die mag ich nicht. Erst recht nicht ohne Calvados. Woran arbeitest du gerade?«

Luc umriss in kurzen Worten seinen Fall. Den Mord an Hubert. Den Mordversuch am Unterpräfekten. Und alles, was rund um den Marathon geschehen war. Sein Vater hörte lange zu, dann sagte er:

»Etwas bedrückt dich doch. Was ist los, Luc?«

Sein Vater, Alain, hatte immer das richtige Gefühl.

»Richard«, sagte Luc. »Es könnte sein, dass er …«

»Dass Richard was?«

»Dass er auf die Liste der Verdächtigen gehört.«

»Beim Mord an einem Winzer aus Saint-Émilion?«

»Er wollte das Schloss des Winzers kaufen. Und ich habe so im Gefühl, dass es ihm nicht gut geht. Dass mit seinem eigenen Château irgendwas ganz und gar nicht stimmt.«

Der alte Mann räusperte sich.

»Ich kenne Richards Vater und seinen Großvater. Das Château ist seit Jahrhunderten im Familienbesitz. Eine wirklich alteingesessene Familie. Das kann nicht sein. Unmöglich.«

»Ich zweifle auch daran. Genau wie du. Du weißt, wie lange ich Richard kenne. Unsere alten Spielenachmittage in der Schule, du hast mich immer hingefahren. Weißt du noch?«

Sein Vater lachte.

»Ja, ich erinnere mich. Luc, sprich mit ihm darüber. Mit Richard. Über deinen Verdacht. Ihr seid Freunde. Es wird sich klären.«

»Er will nicht, er blockt mich ab. Er ist regelrecht aggressiv.«

»Zu dir? Herrje, Luc …«

»Besonders meiner Kollegin gegenüber. Und ich habe das Gefühl, ich komme überhaupt nicht an ihn ran.«

»Wenn er sich dir gegenüber so verhält, mein lieber Luc, dann muss etwas Großes dahinterstecken. Eine echte Krise. Nur dann verändert sich ein alter Freund so fundamental. Eine Krise mit Christine? Oder Geldnot?«

»Daran hab ich auch schon gedacht. Aber wie kann ich ihn

zum Reden bringen? Weiter behutsam, oder muss ich meinen Freund hart anfassen?«

Der alte Herr überlegte am anderen Ende der Leitung.

»Wenn er sich so sehr verändert, dann solltest auch du abweichen von dem, wie er dich kennt – dann wirst du vielleicht durchdringen. Tut mir leid, Luc, ich weiß, wie schwer dir das fallen muss.«

»Merci, Papa.«

»Junge, hör auf dein Bauchgefühl. Damit liegst du immer richtig.«

»Ich danke dir. Wenn der Fall aufgeklärt ist, komme ich sofort nach La Baule.«

»Auf bald, mon cher.«

# Kapitel 28

»Hugo. Du bist schon heute wieder da. Wie toll …«

Es war kein Gerede. Luc war wirklich froh, dass sie jetzt immerhin zu dritt waren. Er hatte versäumt, auf dem Urlaubsplan nachzusehen, wann Hugo Pannetier endlich wiederkam. Und deshalb hatte er vorhin auch überlegt, Yacine ernsthaft zu fragen, ob er seinen Urlaub verlängern könne.

Aber nun war Hugo zurück. Der junge Mann mit dem gutmütigen Gesicht war aus dem Aquitaine, er lebte mit seiner Frau und den zwei kleinen Kindern draußen in Bègles. Doch der Eindruck täuschte: Der Mann war früher in einer Eliteeinheit der Bereitschaftspolizei CRS gewesen, und wenn es darauf ankam, konnte man sich auf ihn verlassen.

»Merci, Chef. Ja, bin auch froh. Drei Wochen nur mit den Kindern sind eine lange Zeit.«

»Wie war der Urlaub?«

»Wir waren erst bei der Familie meiner Frau in Lyon und dann anderthalb Wochen am Strand von Hourtin.«

Natürlich kannte Luc das kleine Stranddörfchen nördlich von Carcans Plage. Es lag genau vierzig Minuten Fahrtzeit von Hugos Zuhause entfernt. So waren sie eben, die Leute im Aquitaine. Sie blieben am liebsten in der Heimat. Aber wer konnte es ihnen bei den Stränden, der Luft und dem Wetter auch verdenken.

»Verdammt heiß immer noch«, sagte Hugo, der auch nicht der Mann großer Worte war.

»In der Tat. Und verdammt viel los.«

Luc setzte den jungen Assistenten über den Fall ins Bild. Dann ging die Tür auf und Anouk kam herein. Luc sah sofort auf, und ihre Blicke trafen sich. Sie lächelte kurz, dann ging sie zu ihrem Platz, stellte ihre Tasche ab und kam zurück.

»Hugo«, sie umarmte ihren Kollegen. »Du bist wieder da.«

Auch er freute sich sichtlich, Anouk wiederzusehen. Die beiden verstanden sich blendend.

»Luc …«, sagte sie zur Begrüßung, dann gaben sie sich die drei *bises*, sie verweilte dabei eine Sekunde länger an seiner Wange, als es üblich war. Er roch ihren Duft, und der Morgen war gerettet.

»Ich habe als erste Amtshandlung Kaffee gekocht«, sagte Hugo und goss drei Tassen mit dem von ihm sehr geschätzten, für Luc aber ungenießbaren *Café l'américaine* ein. Braune Plörre, die nur eins war: heiß. Dafür zumindest hatte Luc Hugos Abwesenheit genutzt. Er hatte ein kleines Café gefunden, nicht weit vom Kommissariat. Mit echtem Café.

»Merci«, sagte er, dann nahmen die drei Beamten am Konferenztisch Platz. Preud'homme würde heute offensichtlich nicht dazukommen.

»Bei dem Fall lernen wir alle noch was fürs späte Medizinstudium«, bemerkte Anouk und erklärte Hugo in aller Kürze die Details von Huberts Herzerkrankung. Sie hatte gestern alles darüber gelesen. Unabhängig von Lucs Besuch im Krankenhaus. Offenbar nach ihrer Heimkehr vom Diner. Der Commissaire war beeindruckt.

»Und so war dieses Mittel – was auch immer es war – für alle anderen Läufer kein Problem, für Hubert aber war es tödlich.

Und es wäre vielleicht auch für den Unterpräfekten tödlich gewesen, aber der Defibrillator hat ihn gerettet«, schloss sie.

»Wow«, Hugo war sichtlich erstaunt. »Ich wusste nicht, dass es so was gibt. Und sind wir denn schon weiter mit dem Medikament?«, fragte er.

»Wir fahren als Erstes in die Klinik, inzwischen müssten sie die Antwort haben«, antwortete Anouk.

»Und wir müssen den Arzt von Hubert auftreiben.« Eben war es Luc wieder eingefallen. »Der Typ ist auf jeden Fall auch auf der Liste der Verdächtigen. Angeblich ist er in den Vogesen, bei seiner Exfrau. Er behandelt ganz Saint-Émilion. Ist aber ausgerechnet nach diesem Mord nicht zu erreichen. Können wir die Kommissariate in Épinal und Neufchâteau anfragen, damit die nach ihm fahnden? Ich will alles wissen über Huberts Krankengeschichte.«

»Da klemm ich mich hinter«, sagte Hugo.

Was war Luc froh, dass der Mann wieder da war. Er dachte mit, murrte nicht, wenn es mal in die Überstunden ging und hatte schlicht Spaß an seiner Arbeit, was wirklich sehr wohltuend war.

»Merci, Hugo.«

»Aber wer hat denn nun wirklich ein Interesse daran, dass Hubert de Langeville nicht mehr unter uns weilt?«

Die Frage kam von Hugo, aber sie ließ sowohl Anouk als auch Luc erst mal ratlos zurück. Es war Anouk, die nach einer Pause antwortete.

»Viele Menschen. Der Reihe nach: seine Tochter. Du hast es ja gerade schon gesagt. Heute fahren wir zu einem Winzer, dem Chef des Château Tritignant. Luc hat herausgefunden, dass auch er hinter dem Weinberg her war, den Hubert kaufen wollte. Also ist er verdächtig. Der Doktor aus Saint-Émilion steht für Luc mit auf der Liste. Kein klares Motiv. Aber was nicht ist, kann ja noch werden. Wen haben wir noch? Tut mir leid, Luc. Aber dein Freund Richard, der gehört für mich auch dazu.«

Sie brach ab, und die Stille im Raum war fast greifbar. Dann sagte Luc sehr leise:

»Er steht auf der Liste. Und es gibt keinen Grund, ihn zu streichen.«

»Gut«, unterbrach Hugo die angespannte Stimmung, »dann suche ich den Arzt in den Vogesen. Und versuche, mehr über das Alibi von Mademoiselle de Langeville herauszukriegen – und über ihren Hintergrund.«

»Super. Merci. Und wir fahren zuerst ins Krankenhaus, d'accord?«

Anouk nickte und stand auf.

Im Hinausgehen sagte sie leise zu Luc:

»Und vorher gehen wir einen richtigen Café trinken, oder? Ich muss den Geschmack von Hugos Plörre loswerden.«

# Kapitel 29

Vor der Notaufnahme standen wieder mehrere Ambulanzfahrzeuge, und es kam, gerade als sie den Jaguar abstellten, noch eines mit Blaulicht und Sirene angerast. Die Sanitäter rollten eine Trage aus, darauf lag ein alter Mann, der über einen Tropf Flüssigkeit in die Vene geleitet bekam . Die Hitze. Immer noch die Hitze.

Sie gingen die langen Gänge entlang, der Commissaire roch wieder diesen Krankenhausgeruch, den er so verabscheute. Den er immer mied, wenn es möglich war. Doch dieser Fall hatte ihn nun schon deutlich zu oft hierhergeführt.

Sein Telefon klingelte, und er erkannte die Nummer der Präfektur in Bordeaux. Auf ein Gespräch über den Unterpräfekten und den vermeintlichen Mordanschlag auf ihn hatte Luc nun wirklich keine Lust. Er wartete, bis das Klingeln verstummt war.

Der junge Arzt war wieder da, auch heute Nachmittag. Er strich sich mit der Hand über die Stirn, Erschöpfung lag in seinen Augen.

»Einmal ein neues Gesundheitssystem bitte«, sagte er und zeigte mit dem Finger auf die Klimaanlage, die offensichtlich aus war.

»Heute Morgen hat sie ihren Geist aufgegeben. Im ganzen Haus. Wir lüften jetzt mit Ventilatoren. Großartig.«

Luc wurde wütend, als der Mann so sprach. Die Grande Nation prahlte mit militärischer Stärke, kaufte U-Boote und Rafale-Jets und marschierte mal hier und mal dort ein. Doch der Staat war chronisch blank, die Arbeitslosigkeit stieg, die Steuereinnahmen sanken – und die staatlichen Institutionen, Schulen, Krankenhäuser und Polizeistationen verkamen. Dafür wuchsen die Überstunden. Ausbaden mussten es die Leute vor Ort, so wie dieser Krankenhausarzt, der auch nicht eben fürstlich entlohnt wurde.

»Aber wenigstens haben Sie dem sous-préfet geholfen, mit Ihrem Tipp zum WPW-Syndrom. Jetzt wissen wir, wie wir ihn behandeln müssen.«

»Wie kam es denn, dass es über die Vorerkrankung des Unterpräfekten keine Daten gab?«

»Es wird immer wahrscheinlicher, dass er nicht wusste, worunter er litt. Das ist bei WPW sehr häufig der Fall. Die Menschen denken, sie hätten nur ein bisschen Herzklopfen, machen Atemübungen und das kann dann schon helfen. Und wenn sie trainiert sind oder Marathon laufen, dann tritt das auch seltener auf, die schlimmen Auswirkungen. Bei Hubert de Langeville war es anders, das haben wir jetzt bei der Obduktion herausgefunden. Er wusste schon lange davon. Und er hätte es auch operieren lassen können, eine sogenannte Verödung, damit haben die meisten Patienten Erfolg. Bei Hubert aber lag die zusätzliche Leitungsbahn im Herzen genau neben einem wichtigen Bündel Nerven zwischen Herzvorhöfen und Herzkammer. Würden diese bei der Verödung beschädigt, dann hätte Hubert sein Leben lang einen Herzschrittmacher gebraucht. Er wollte das wohl nicht machen lassen, denke ich. Aber wir haben keine Unterlagen darüber, die muss sein Arzt haben.«

»Sehr interessant. Und den Unterpräfekten können Sie jetzt entsprechend behandeln?«

»Ja, er wird wohl heute aufwachen, dann können wir mit ihm

über einen möglichen Eingriff sprechen. Wenigstens eine Sorge weniger. Aber …«, er zeigte mit der Hand über den Flur, wo immer mehr Betten mit alten Leuten standen, »ich habe noch genug andere Sorgen.«

»Das tut uns sehr leid, Monsieur«, sagte Anouk, »und dann kommen wir auch noch andauernd und stellen Fragen. Haben Sie etwas herausbekommen über das Mittel, das verabreicht wurde?«

»Wenn Sie kommen, Mademoiselle, dann ist das schon mein Lichtblick«, sagte der Mediziner und lächelte schwach. »Aber ja, ich habe endlich etwas für Sie. Tut mir leid, dass es so lange gedauert hat. Es war kein Gift. Wie ich es mir schon gedacht hatte. Es war ein Medikament.«

Er holte eine Packung aus einer Schublade.

»Dieses hier.«

Luc las *Verapamil*. Der Arzt fuhr fort.

»Jeder der Läufer hatte Metaboliten dieses Medikaments in seinem Urin. Sehr viel *Verapamil*. Auch der Unterpräfekt.«

»Und was ist das für ein Medikament?«

»Wir benutzen es sehr häufig, es ist eigentlich unentbehrlich. Gegen viele Formen von Herzkrankheiten, bei Bluthochdruck und so weiter. Doch für Patienten mit WPW ist es lebensgefährlich. Oder sogar tödlich, wie bei Hubert.«

»Und wie kann man es verabreichen?«

»Am einfachsten in Flüssigkeit. Bei der vorliegenden Situation und bei allem, was Sie haben untersuchen lassen, würde ich tippen, dass das Mittel im Wein verabreicht wurde. Es lässt sich dann einfach auflösen, die Farbe verdeckt die Flockung, und der starke Weingeschmack überlagert alles andere. Nur schade, dass das Mittel in den Flaschen nicht mehr nachweisbar war. Es muss eine enorm hohe Dosis gewesen sein.«

»Glauben Sie, dass nur ein Profi das hinkriegt?«

»Ach, dank des Internets kann das mittlerweile jeder rausfinden. Wenn er denn wusste, dass das Opfer – oder besser: beide Opfer das WPW-Syndrom haben. Ein großer Zufall, dass beide die gleiche Krankheit hatten. Schließlich ist nur etwa jeder tausendste Mensch betroffen.«

»Es könnte also auch jemand gewesen sein, der nur kurz Medizin studiert hat«, sagte Luc. Anouk sah ihn an. Sie wusste sofort, wen er meinte.

»Dank Doktor Google muss das nicht mal sein. Es gibt die Informationen zur Krankheit auf jeder Seite, auf der Leute sich selbst therapieren«, sagte der Arzt. »Macht mein Geschäft nicht leichter.«

»Haben Sie vielen Dank, Doktor.«

Sie verließen die Station und traten hinaus vors Krankenhaus.

»Das Mittel war im Wein. Es wäre der perfekte Mord gewesen«, sagte Anouk, immer noch staunend über die neuen Erkenntnisse.

»Beinahe jedenfalls.«

# Kapitel 30

»Luc, schau mal.«

Anouk zeigte mit ihrem Arm auf eine Menschenansammlung, die vor dem Portal des Château Tritignant standen. Die Gruppe wartete im Schatten des Schlosses, das ganz anders aussah als das von Richard. Es war moderner, viel massiver, Second-Empire-Stil. Viel Stein, wenig Spielereien.

Anouk und Luc parkten auf dem überfüllten Besucherparkplatz, stiegen aus und gingen auf die Gruppe zu.

»Wollen wir?«, fragte Luc und zwinkerte.

»Klar«, sagte Anouk. Sie hatten sich wieder blind verstanden.

In diesem Moment trat ein gut aussehender junger Mann aus der Lobby und stand auf der obersten Stufe der Treppe.

»Bienvenue zu unserer heutigen Führung mit anschließender Verkostung. Ich sehe, wir haben einige Besucher aus … Japan und China«, sagte er und wechselte dabei mühelos in ein perfekt klingendes Englisch. »Amerikaner?«

Niemand meldete sich.

»Und Deutsche? Sind auch Deutsche hier?«

Zwei Arme hoben sich beinahe schüchtern, ein Ehepaar in identischen dunkelblauen Poloshirts.

»Alors, sehr gut. Dann gehen wir mal hinein, da wird es sofort kühler.«

Die kleine Gruppe bewegte sich durch die breite Eingangstür.

»Folgen Sie mir.« Er führte sie die Treppe hinunter. »Die Finanzen regeln wir nachher. Sie wissen: Die Führung kostet 15 Euro mit einer Weinverkostung. Wenn Sie einen unserer wunderbaren Tropfen erwerben, erlassen wir Ihnen den Eintritt. Sie können natürlich auch fünf Kisten kaufen.«

Er lachte ein helles Verkäuferlachen.

Über eine breite Wendeltreppe gelangten sie in das Untergeschoss des Schlosses. Es war kalt. Noch zwei Türen, dann standen sie im Weinkeller.

Zwei Reihen von Fässern standen auf Schienen auf dem Boden, darüber die steinerne Decke, zwei Kronleuchter erhellten das rötlich schimmernde Ambiente.

»Ich bin Jean Tritignant, der Sohn des Schlossherrn. Wir stehen kurz vor der Ernte des Jahrgangs 2015. Sie haben die Trauben ja wahrscheinlich schon gesehen, in voller Pracht. Es kann nicht mehr lange dauern.«

Er zeigte auf die Fässer.

»In diesem wunderbaren Holz lagern unsere Raritäten aus den Jahren 2013 und 2014. 18 Monate lang im Barrique, also im Eichenfass. Das gibt dann zusammen mit der hervorragenden Qualität unserer Trauben den Geschmack unseres *Grand Cru Classé de Saint-Émilion*. Der ideale Wein für ein Abendessen – oder noch besser: für einen romantischen Abend zu zweit für so ein bezauberndes Paar, oder?«

Jetzt erst, als Jean Tritignants Blick ihn traf, verstand Luc: Der Winzersohn meinte Anouk und ihn. Da spürte er schon, wie sie nach seiner Hand griff. Dann schmiegte sie sich an ihn. Und Luc, ganz im Sinne der heimlichen Ermittlung, lächelte sie verliebt an.

»Sehen Sie? Der Wein macht die Liebenden noch verliebter«,

fuhr der junge Tritignant fort, die Blicke der anderen Schlossbesucher wandten sich wieder von den beiden ab.

Anouk aber hielt seine Hand weiter fest, und er spürte, wie ihre Finger seine Finger streichelten.

Jean Tritignant erklärte ihnen noch einiges über die Lagerung, dann ging es hinauf zu den riesigen Bottichen, die auf die Trauben aus diesem Jahr warteten.

»Hier wird es in wenigen Wochen schon schnurren und blubbern. Dann haben wir in wochenlanger Handarbeit die Trauben draußen auf dem Feld gelesen und hier drinnen sortiert und gemaischt. Und dann gehen sie in diesen Fässern in den Gärungsprozess über.«

Er zeigte auf die riesigen Bottiche, die metallisch und glänzend waren.

»Erst nach einigen Tagen geht die Cuvée, also die Weinmischung, in die Barrique. Jeder Jahrgang kriegt neue Fässer. 700 Euro das Stück.«

Die Touristen staunten ehrfürchtig.

»Die Sonne draußen, glauben Sie mir, auch wenn Sie jetzt schwitzen – wenn Sie diesen Wein bezahlen müssen, dann werden Sie noch mehr schwitzen. 2015 – das wird ein unglaublicher Jahrgang.«

Die Gruppe lachte.

»Und nun wollen wir nicht mehr sprechen, sondern probieren.«

Er führte sie in ein schummriges Nebengebäude, dort war eine lange Tafel aufgebaut, ein alter Tisch, darauf stand ein großer silberner Kerzenleuchter, drei Kerzen brannten und beleuchteten mit ihrem milden Licht die zehn Gläser, die bereitstanden.

Jean Tritignant öffnete die erste Flasche:

»*Le Comtesse de Tritignant*. Aus dem Jahr 2013. Unser Zweitwein.«

Die Frau aus Deutschland meldete sich und fragte in einem umständlichen, aber immerhin vorhandenen Französisch:

»Zweitwein? Was bedeutet das?«

»Madame, eine sehr gute Frage: Wir Winzer hier in Saint-Émilion verwenden natürlich generell nur sehr gute Trauben. Und vinifizieren sie zur Vollendung. Doch nach einigen Monaten in diesem Vorgang sortieren wir noch mal: Wir probieren uns durch die verschiedenen Zusammensetzungen – und legen dann fest, welche Cuvée der Erstwein sein soll. Also unser Wunderwerk. Das wir gleich probieren werden. Ist das getan, dann nehmen wir die anderen Mengen, die übriggeblieben sind. Die sind natürlich immer noch von hervorragender Qualität, wie Sie nun probieren werden.«

Er goss in die bereitstehenden Gläser, die Kerzen flackerten, die Stimmung wurde lockerer.

Luc nahm eine Nase von seinem Glas und dann den ersten Schluck. Es war ein schöner leichter Wein, mit einer ausgewogenen Fruchtnote, die noch nicht wirklich definierbar war. Luc schmeckte, dass er wirklich noch sehr jung war. Der Abgang war kurz und sanft. Es wäre ein schöner Rotwein für den Beginn eines Abends. Vor dem Essen, um sich die Geschmacksnerven für die kommenden Genüsse offenzuhalten.

»Und nun der Höhepunkt des heutigen Tages: die Probe des *Château de Tritignant 2012*. Ein wunderbarer Jahrgang und unser erster Wein. Ich kann Ihnen verraten, einer der besten Weine von Saint-Émilion. Gegen uns sehen in guten Jahren selbst *Ausone* und *Cheval Blanc* alt aus.«

Luc musste lächeln. Der junge Mann war ein echtes Marketinggenie. Er war anmaßend, ohne dass er allzu überheblich gewirkt hätte. Vielleicht war er aber auch wirklich derart von seinem Produkt überzeugt.

Er goss ihnen allen einen Schluck ein.

Luc nahm das neue Glas und führte es wieder an seine Nase. Es war ein vollkommen anderes Erlebnis. Er roch schon im ersten Moment die Tiefe. Und die Erde. Der Geruch erfüllte sofort seinen Kopf. Dann der erste Schluck. Unglaublich, dass dieser Wein noch so jung war. Gerade mal drei Jahre. Und schon jetzt war er so voll, so tief. Er schmeckte dunkle Beeren, war das Johannisbeere? Er bewegte den Wein in seinem Mund, ließ ihn dann sanft hinabgleiten. Im Abgang lagen Nüsse. Und Lakritz. Es war der perfekte Wein für einen sehr langen Abend. Für ein Essen wäre er zu aromatisch, vielleicht würde er ein gegrilltes Steak mit seinen Röstnoten angemessen begleiten. Aber nach einem Essen, auf Lucs Couch, Anouk im Arm, dafür wäre er perfekt.

»Und? Was sagen Sie?« Der junge Mann guckte herausfordernd. Er hatte selbst keinen Schluck angerührt.

Die Chinesen und die Japaner nickten zustimmend. Sie hatten die ganze Zeit über kein Wort gesprochen, keine Frage gestellt. Sondern immer einfach nur genickt. Die Frau aus Deutschland murmelte immer wieder leise »Wunderbar ...« vor sich hin, und ihr Mann nickte dazu im Takt. Er hatte sein Glas als Einziger in einem Zug ausgetrunken.

»Sehr gut. Dachte ich es mir doch. Messieurs, dames, dann erlauben Sie mir, dass ich nun zum Kassentisch trete. Dahinter sehen Sie die vielen aufgebauten Kisten, die ich Ihnen mit großer Freude ins Auto lade. Also, greifen Sie zu.«

Das deutsche Paar war zuerst am Tisch, und jetzt erst konnten Anouk und Luc sehen, wie gut das Marketingtalent des jungen Mannes zog. Die beiden kauften zwei Kisten, einmal den Zweitwein und eine Kiste vom *Chateau de Tritignant*. Sie zahlten über 700 Euro. Wahnsinn!

»Und? Haben Sie auch etwas Leckeres entdeckt, das Sie mitnehmen möchten? Ansonsten müsste ich Sie um die jeweils 15 Euro Eintritt bitten.«

Nun sprach der junge Mann Anouk direkt an. Er musterte sie eine Spur zu lange. Und lächelte dann breit.

»Wir würden sehr gerne«, sagte Anouk, »aber leider sind wir dienstlich hier.«

Sie nahm im selben Moment ihr Portemonnaie aus der Tasche und zeigte ihren Ausweis.

»Anouk Filipetti, Commissariat de Bordeaux. Mein Kollege Luc Verlain.«

Der junge Mann war nur kurz überrascht, räusperte sich, dann lächelte er sofort wieder, sagte etwas zu laut zu der Reiseleiterin, die ein paar Meter entfernt stand:

»Camille, ich komme gleich wieder. Halt die Gruppe hin, ich verkaufe denen gleich alles, was sie wollen. Muss kurz rüber ins Schloss.«

Dann wies er den Weg.

»Kommen Sie. Um was geht es?«

»Wir würden gerne mit Ihrem Vater sprechen. Es hat einen Mord gegeben. Ihr Nachbar, Monsieur de Langeville …«

»Oh ja, ich habe schon davon gehört. Und da haben Sie sich gedacht, Sie machen hier mal eine Führung mit?«

»Ach, wir haben gar nichts gedacht. Wir sind nur aus Versehen hier hineingeraten und wollten Ihre Ausführungen nicht unterbrechen, Monsieur«, sagte Anouk.

Darauf konnte der junge Tritignant nichts entgegnen. Immer noch schaffte er es nicht, die junge Polizistin böse anzuschauen. Sie gefiel ihm, ohne Zweifel.

»Nun gut. Dann stelle ich Ihnen mal meinen Vater vor.«

Sie waren wieder im herrschaftlichen Teil des Schlosses angekommen und gingen eine steinerne Treppe hinauf, die Stufen waren mit einem roten Teppich bedeckt. Ansonsten war es von einer Schlichtheit und Kühle, wie sie sehr reiche Menschen pflegten, die nicht mit ihrem Besitz protzen mussten.

Der junge Mann führte sie über die Galerie, von der wie bei Hubert de Langeville die Zimmer abgingen. Die mittlere Tür war verschlossen. Er klopfte. In seinem eigenen Haus.

»Oui?« Eine zarte Frauenstimme.

»Maman, c'est moi.«

»Was ist?« Jetzt eine dröhnende Männerstimme.

Jean Tritignant öffnete vorsichtig die Tür, seine offene Art hatte er offenbar im Verkaufsraum gelassen.

»Excuse-moi«, sagte er, als er einige Schritte in den Raum gemacht hatte. »Hier sind zwei Polizisten, die dich sprechen möchten.«

»Herein mit ihnen.« Wieder die dröhnende Stimme.

Anouk und Luc betraten den Raum. Auf dieser Seite des Schlosses, nach hinten zu den Weinfeldern, waren die Fensterläden geöffnet, es war warm im Raum, und dort vorm Fenster an einem langen Tisch saß ein Paar. Eine ganz kleine Frau, die aussah wie ein Vögelchen, mit fast weißem Haar und fein geschnittenen Gesichtszügen, die freundlich zu ihnen heraufschaute.

Einige Meter entfernt auf der anderen Seite der Tafel saß ein Mann. Alles an ihm war riesig, sein monströser Kopf war kahl, sein Bauch war ausladend, die Hände richtige Pranken.

Vor ihnen auf dem Tisch standen Teetassen, eine Kanne aus feinem Porzellan, Madame Tritignant hatte bis eben in *Madame Figaro* geblättert, die sie nun beiseite gelegt hatte. Monsieur Tritignant hielt die Wirtschaftszeitung *Les Échos* noch in der Hand.

»Alors, wer sind Sie?«, dröhnte der Mann, bewegte sich aber nicht auf seinem Stuhl. Bevor Luc antworten konnte, mischte sich Jean Tritignant noch mal ein, fast beflissen:

»Papa, die Polizisten sind aus Bordeaux. Sie waren bei der Führung dabei, ohne sich auszuweisen.«

Jetzt schnellte der Mann von seinem Stuhl hoch und bewegte

sich geradezu in rasender Geschwindigkeit durch den großen Raum auf die drei zu.

»Sie haben was?«, fragte er, und seine Stimme war noch lauter geworden, »Sie schleichen sich hier rein? Ohne Durchsuchungsbefehl? Was soll das sein? Undercover-Ermittlungen?«

Die Frau schaute ihren polternden Mann an, regungslos, interessiert.

»Monsieur Tritignant«, begann Luc, »wir wollten eigentlich direkt zu Ihnen kommen, aber wir sind in die Gruppe hineingeraten, und dann wollten wir …«

»Sie wollten was?«, unterbrach ihn der Winzer, »zeigen Sie mir Ihren Ausweis. Sie auch, Madame«, fuhr er Anouk an. Die trat einen Schritt auf ihn zu.

»Monsieur, Sie sollten sich jetzt beruhigen«, gab sie zurück, nahm ihren Ausweis und hielt ihn ihm unter die Nase. »Unser Ankommen hier war etwas unglücklich, aber nun wollen wir doch unsere Arbeit machen – und in Ihrem Interesse sollten Sie uns daran nicht hindern.«

Ihre Rede machte keinen großen Eindruck, er blieb dicht vor ihnen stehen.

»Das ist noch nicht ausgestanden«, sagte er, »aber gut. Darüber rede ich noch mit dem Präfekten.«

Luc kannte diese unmissverständlichen Drohungen der Eliten. Immer, wenn irgendwas nicht in ihrem Sinne lief, riefen sie wahlweise den Präfekten, den Abgeordneten der Nationalversammlung oder den Senator an. Für Luc hieß das jedes Mal: aufgeregte Telefonate mit irgendwelchen Politiknasen, endlose Berichte und unnötigen Ärger. Nun gut, dafür hatten sie bei der Führung aber auch etwas über das Schloss erfahren – und der Wein war wirklich gut gewesen. Er hatte schon für weniger Nutzen Ärger bekommen.

»Sehr gut, Monsieur Tritignant. Wollen wir uns setzen? Oder

möchten Sie alles im Stehen besprechen? Es könnte etwas dauern.«

Keine Antwort, nur ein Verweis auf die beiden Stühle, die an den Längsseiten der Tafel standen. Seinem Sohn gab er ein unmissverständliches Zeichen, er solle verschwinden. Luc hörte nicht einmal ein Quietschen, so leise schloss Jean Tritignant die Tür.

»Mögen Sie Café? Tee?« Die ersten Worte von Madame Tritignant, seitdem sie hier waren. Sie sah viel älter aus, als sie vermutlich war. Ihre Haut war faltig, doch ihre Augen schauten sehr wach und jung zu den beiden Polizisten. Luc schätzte sie und ihren Mann auf Mitte fünfzig.

»Gerne. Einen Café, Madame.«

»Für mich auch. Merci.«

Madame Tritignant stand auf und ging in die Küche, die neben dem Esszimmer lag. Sie hörten klappernde Tassen.

»Also: Was wollen Sie in meinem Haus?«

»Wir würden mit Ihnen gern über den Tod von Hubert de Langeville sprechen.«

Natürlich war Monsieur Tritignant nicht überrascht. Wahrscheinlich wusste mittlerweile jedes Kleinkind in Saint-Émilion Bescheid.

»Was soll ich Ihnen darüber sagen?« Der Winzer hielt sich nicht mit Förmlichkeiten wie Mitleid oder Anteilnahme auf.

»Vielleicht sagen Sie uns, in welcher Beziehung Sie zu ihm standen?«

»Er war mein Nachbar.«

Luc atmete einmal tief durch. Das könnte hier wirklich lange dauern. Und unangenehm werden.

»Und in welcher Beziehung standen Sie zu Ihrem Nachbarn? Haben Sie einmal die Woche zusammen Sauternes am Gartenzaun getrunken? Oder haben Sie sich gegenseitig die Bäume abgeschnitten?«

Anouk war Gold wert. Sie hatte ein unfassbares Gespür für Situationen, und in ihrem Ton, selbst wenn er forsch oder herablassend war, lag immer ein wenig Verbindlichkeit, die es selbst Grobianen wie Monsieur Tritignant schwer machte, böse zu sein.

»Meinen Sie, Mademoiselle, dass ich Zeit habe, um einen Nachbarschaftsstreit zu unterhalten? Wir haben hier eines der bedeutendsten Weingüter der Region. Ich arbeite von früh bis spät. Ich kümmere mich recht wenig um meine Umwelt. Hubert war mein Nachbar, dazwischen liegen aber einige Hektar Weinfelder. Also: Er war da. Mehr nicht.«

»Aber Sie haben miteinander gesprochen?«

»Wir saßen zusammen im *Conseil des Vins*, ich bin dort festes Mitglied. Hubert war nur ab und zu da. Da haben wir uns natürlich ausgetauscht. Aber er war ja eine ganz andere Gewichtsklasse. Er produzierte einen simplen *Cru Principal*, wir haben hier einen *Grand Cru Classé*. Da gab es nicht viele Schnittmengen.«

»Haben Sie eine Idee, wer Hubert hätte umbringen wollen? Hatte er Feinde, über die man im Dorf sprach?«

Madame Tritignant brachte wunderschöne alte Tassen und Untertassen herein, stellte sie vor Anouk und Luc und goss aus einer ebenso schönen Kanne ein. Der Kaffee duftete köstlich.

»Keine Ahnung, ob Hubert Feinde hatte. Woher soll ich so etwas wissen?«

»Hubert de Langeville war ein sehr feiner Mann«, sagte seine Frau plötzlich und bestimmt. »Ich kann mir nicht vorstellen, dass jemand ihm etwas Böses wollte. Er war immer sehr freundlich. Zu allen hier in der Gemeinde. Und sein Weingut ist eines der ältesten hier. Er hat die Tradition hochgehalten. Er war sehr ehrbar.«

Sie nickte, wie um ihren Worten Ausdruck zu verleihen. Ihr Mann grummelte.

»Merci, Madame.« Luc überlegte, ob sie Hubert vielleicht netter fand als ihren Gatten, so freundlich hatte sie über ihn geredet. Er fand, es war Zeit für einen Frontalangriff.

»Monsieur, wir haben gehört, dass Sie versucht haben, einen Weinberg zu kaufen, den auch Hubert de Langeville kaufen wollte. Château Bordas, gleich nebenan. Und dass es ganz so aussah, als würde er den Zuschlag bekommen.«

Dieses Mal sprang er nicht auf. Dafür schlug er völlig ohne Vorwarnung mit seiner Hand auf den Tisch. So sehr, dass Lucs Kaffeetasse auf dem Tisch abhob und sich einige Spritzer Kaffee über die weiße Tischdecke verteilten.

»Wer hat Ihnen das gesagt?«, rief er und schaute abwechselnd Luc und Anouk wütend an. Sein Gesicht war blutrot, er schnaubte.

Luc rückte die Tasse auf seiner Untertasse wieder zurecht. Er war ganz ruhig.

»Wir machen unsere Arbeit. Würden Sie meine Frage beantworten?«

»Es war ganz und gar nicht ausgemacht, dass Hubert den Zuschlag bekommen würde. Es war ein offenes Rennen. Und bei meiner Liquidität werden Sie verstehen, dass es nicht sehr eng ausgehen würde, dieses Rennen. Ich weiß nicht, wer in dieser verdammten Gemeinde immer so wilde Geschichten erfindet.«

»Es sah ganz danach aus, als habe Hubert de Langeville den Zuschlag schon erhalten.«

»Das ist Quatsch«, schrie der Winzer. »Totaler Quatsch. Fragen Sie meinen Bankberater. Guy Vauquiez arbeitet für uns seit Jahrzehnten. Er hätte mich nie übergangen. Er macht, was ich ihm sage.«

»Na, dann wäre es ja kein ganz so offenes Rennen gewesen, wie Sie sagen. Dann hätte er doch Ihnen dieses Gelände verkauft?«

Keine Antwort mehr, Monsieur Tritignant zerknüllte mit der Hand die Titelseite von *Les Échos*.

»Nun gut, lassen wir das. Wo waren Sie am Samstag tagsüber, Monsieur Tritignant?«

»Ich war am Morgen auf meinen Feldern. Und danach in Bordeaux. Ich musste meine Großkunden abklappern. Für die Bestellungen des 2014er Weines. Meinen Sie ernsthaft, ich würde meine Zeit verschwenden, indem ich hier irgendwelche Winzer umbringe. Und dann solche kleinen Krauter wie Hubert? Dann würde ich mir die Chefs der richtig großen Häuser aussuchen. Die sind eine Konkurrenz für mich, aber doch nicht der alte Hubert.«

Jetzt musste Monsieur Tritignant lachen. Ein lautes, dröhnendes Lachen, das durch den sonst mucksmäuschenstillen Raum hallte. Es war ein ganz und gar unangenehmer Moment.

Und dann geschah etwas Merkwürdiges. Madame Tritignant schnalzte einmal mit der Zunge. Und schaute ihren Ehemann dabei durchdringend an. Nicht einmal böse. Nur mit festem starren Blick.

Das Lachen verstummte augenblicklich. Monsieur Tritignant blickte zu Boden, als suche er seine Füße. Die er bei seinem Bauchumfang natürlich nicht finden würde.

»Gut, Monsieur. Wir werden das überprüfen. Haben Sie vielen Dank für den Café, Madame. Einen schönen Tag«, sagte Anouk, dann erhoben sie sich.

»Wir finden hinaus«, sagte Luc. Monsieur Tritignant hatte aber ohnehin keine Anstalten gemacht, aufzustehen.

Auf der Treppe sagte Anouk leise:

»Was für ein Typ. Und was für eine nette Frau.«

»Ja, das war wirklich unglaublich. Obwohl ich mir nicht sicher war, wer hier von beiden die Hosen anhatte. Wenn keine Gäste da sind.«

»Da könntest du recht haben. Wie sie ihm zum Schluss sofort zum Schweigen gebracht hat. Verrückt war das.«

»Dennoch war er ganz und gar unangenehm. Und er war wütend auf Hubert. Wie abfällig er über ihn gesprochen hat. Ich denke, es war ganz und gar nicht ausgemacht, dass er das Weinfeld zugesprochen bekommen hätte.«

»Erst recht nicht mit Huberts neuem Reichtum.«

»Richtig. Ich finde, Monsieur Tritignant würde viel besser zu Huberts Tochter passen. Die beiden haben viel gemeinsam.«

»Wären die beiden verheiratet, würde es vielleicht bald einen *Grand Cru Château Höllenschlund* geben. Was für eine Vorstellung.«

# Kapitel 31

Anouk legte auf.

»Mein lieber Luc«, sagte sie. »Du kannst aufatmen, was Richard angeht. Für deine – nun ja – Freundin in spe rückt jemand anderes auf der Liste der Verdächtigen ganz nach oben.«

Sie grinste, er schaute sie an.

Seine Freundin in spe – hatte sie das wirklich gesagt? Sein Herz raste. Aber ja, so süß und breit lächelnd war das wohl eine sehr persönliche Ansage.

»Was meinst du damit?«, fragte er, und seine etwas unbeholfene Art verriet seine Aufgeregtheit.

»Huberts Tochter. Es ist alles sehr merkwürdig. Vor uns spielt sie die Unantastbare. Aber Hugo hat mal recherchiert. Offenbar ist der Gerichtsvollzieher Dauergast bei ihr. Die Geschäfte laufen schlecht. Die Kontoabfrage sah mau aus. Und zudem – Trommelwirbel – hat sie kein Alibi. Sie war nicht da. Er hat einen Gendarmen dort zum Hotel geschickt. Zu den Gästen des Wochenendes. Die haben den Check-in nicht mit Mademoiselle de Langeville gemacht. Der Rezeptionist hatte auch frei, sie hatte ihn wohl weggeschickt, damit er ihr Alibi nicht zunichte macht. Die Gäste standen vor einem leeren Empfang. Sie hatte den Neuankömmlingen einen Zettel geschrieben: Die Zimmerschlüssel stecken in den Zimmern.«

»Wer sagt's denn«, rief Luc und klopfte aufs Lenkrad. »Wir müssen sie observieren. Ich will alles über sie rauskriegen. Die Frau mit dem Medizinstudium. Aber wir haben keine Leute. Wie sollen wir das machen?«

Anouk wartete und dachte nach.

»Wir müssen uns aufteilen. Einzelobservation.«

Luc war betrübt. Das hätte schön werden können: stundenlang neben Anouk im Auto. Aber es fehlten ihm die Kollegen, die ermitteln konnten.

»Gut. Dann schicken wir Hugo als erste Wache zum Hotel. Und ich löse ihn nachher ab. Bleibst du noch in Saint-Émilion?«

»Ja, ich will noch ein bisschen rumschnüffeln.«

Er betrachtete sie, während sie das Telefon nahm, um Hugo anzurufen. Seine Kollegin. Und seine Freundin? Keine Ahnung. Auf jeden Fall waren sie beide bester Stimmung. Endlich wieder.

# Kapitel 32

Um dieses brache Stück Land hier mit den unbewirtschafteten Weinreben drehte sich der ganze Fall. Luc spürte das.

Er stand auf dem Gelände von Château Bordas, eingezwängt zwischen Château de Langeville und Château Tritignant.

Das Schloss selbst war klein; es war gar kein richtiges Schloss, eher ein Herrenhaus, dem anzusehen war, dass es die besten Zeiten lange hinter sich hatte. Die Farbe der geschlossenen Fensterläden war abgeblättert, der Putz bröckelte und die Schrift über der Eingangstür *Château Bordas – Vins exceptionnels – Grand Crus* war durch Wind und Regen verwaschen.

Luc ging die Reben entlang, an denen die Trauben wuchsen. Auch sie waren tiefrot und hätten bald geerntet werden können.

Da sich aber niemand um sie kümmerte, niemand die Trauben verschnitten, niemand das Laub entfernt hatte, waren viele Trauben verschimmelt – und es hingen viel zu viele Beeren an jeder Rebe, als dass die Kraft des Weinstocks gereicht hätte, um sie alle zur Perfektion reifen zu lassen.

Aus diesen Trauben würde dieses Jahr kein *Grand Cru* werden, kein außergewöhnlicher Wein, wie das Schild über der Pforte versprach.

Würde Hubert noch leben und hätte er das Schloss wirklich gekauft, hätte er sicher versucht, einen Wein aus diesen Trauben zu produzieren.

Doch hatte Hubert das Schloss überhaupt kaufen wollen? Auch das war ja noch ungewiss. Er schien bis zuletzt unentschlossen gewesen zu sein. Wollte erst sein Schloss verkaufen, dann ein anderes zukaufen. Und dann wieder nicht. Ein Hin und Her war das.

Wer log hier? Die Gerüchteküche des Dorfes? Monsieur Tritignant? Oder der Banker? Doch warum sollte der nicht die Wahrheit sagen? In wessen Interesse?

In jedem Fall war es für die traurigen Trauben zu spät, Château Bordas würde wohl noch für eine Weile einer ungewissen Zukunft entgegensehen.

Mit diesen Gedanken betrat er Minuten später erneut die Filiale der *Crédit Agricole.* Er hatte am Morgen eine E-Mail des Bankers erhalten, er möge sich doch bitte melden. Er hätte Informationen für ihn. Eine E-Mail ohne Schnickschnack, sie klang genauso nüchtern wie der Mann selbst.

Wieder wurde er direkt zu Guy Vauquiez vorgelassen.

»Monsieur le Commissaire«, sagte dieser, und seine buschigen Augenbrauen zuckten im Takt. Heute trug er eine lila gepunktete Fliege zu dem graumelierten Zweireiher mit Weste.

»Danke, dass Sie mich empfangen. Bevor Sie mir sagen, warum Sie mich sprechen wollten, würde ich Sie bitten, uns die Verkaufsakten zu Château Bordas offenzulegen. Es gibt so viele Gerüchte im Ort. Während Sie, Monsieur, mir sagten, Hubert hätte kein Interesse gehabt, behauptet selbst sein Konkurrent, Monsieur Tritignant, dass es ganz anders war.«

Der Banker schnalzte mit der Zunge und lehnte sich in seinem schwarzen Ledersessel nach vorne:

»Commissaire, Sie müssen richtig zuhören. Ich habe gesagt,

Hubert hatte bis zu seinem Tod kein offizielles Interesse angemeldet. Wir haben natürlich mal über Bordas gesprochen und er wollte schauen, ob er seinen Hut in den Ring wirft. Aber entschieden war nichts.«

Luc war verwundert.

»Das klingt aber anders, als das, was Sie mir vor zwei Tagen erzählt haben.«

»Nein, das ist schlicht die inoffizielle Version. Es gab bisher keinerlei Verhandlungen. Und, Commissaire, ob ich Ihnen die Akte zur Verfügung stellen lassen kann, muss die Zentrale in Bordeaux prüfen. Das kann, Sie wissen es, mindestens eine Woche dauern.«

»Ich dachte, wir kriegen es auf dem kleinen Dienstweg hin. Aber gut, dann muss der Ermittlungsrichter ran.«

Vauquiez zog die Augenbrauen hoch, sagte aber nichts.

Luc fuhr fort:

»Was wollten Sie mir denn nun berichten?«

»Ich erinnere mich, dass ein Mann bei mir war. Vor einer Woche etwa. Er wollte über Hubert de Langeville reden. Er saß hier vor mir und war unruhig und sagte, er sei aus dem Médoc, und er würde gerne etwas kaufen, und zwar das Schloss von Monsieur de Langeville. Ob das denn solide sei.«

»Und was haben Sie gesagt?«

Der Banker lächelte spöttisch.

»Sie kennen mich doch, Commissaire.«

»Gar nichts?«

»Exactement. Ich habe ihn um seinen Namen gebeten.«

»Und hat er Ihnen seinen Namen genannt?«

»Er ist aufgestanden und gegangen. Es war eine Sache von zwei Minuten. Ich habe es deshalb gleich wieder vergessen. Letzte Nacht ist es mir eingefallen.«

»Merci, Monsieur Vauquiez. Um die Akte kümmere ich mich.«

»Viel Glück dabei.«

Luc verließ die Bank. Er war finsterster Laune, sein Bauch grummelte. Er wusste nicht, ob wegen der dunklen Vorahnungen oder schlicht wegen seines Hungers. Es wurde Zeit fürs Abendessen. Er wollte noch mal ins *Envers du Décor.* Das Omelett dort würde ihn auf andere Gedanken bringen.

Jeudi – Donnerstag

# IM SCHATTEN DER SEEKIEFERN

## Kapitel 33

»Luc? Luc?« Es war Lou am Telefon, der seinen Namen überdeutlich hineinschrie.

»Was ist denn los, Lou?«

Ein Anruf um diese Zeit war mehr als ungewöhnlich. Und Lou klang auch gar nicht betrunken. Er war der dritte im Bunde der alten Jugendfreunde: Richard, der Winzer. Luc, der Commissaire. Und Lou, der sich gegen eine große Polizeikarriere entschieden hatte und stattdessen der Chef der Police Municipale von Lacanau geworden war. Wahrscheinlich war er sogar der Einflussreichste von ihnen dreien, dachte Luc oft, denn in Lacanau und Umgebung ging nichts vor sich, ohne dass Lou davon wusste. Und gerade, so spät am Abend, klang Lou wirklich aufgebracht.

»Du musst kommen, es wurde eingebrochen. Und sie haben Gaston niedergeschlagen. Er hat den Einbruch bemerkt und wollte helfen, und nun liegt er hier vor mir, und der Arzt ist schon da und …«

»Lou, langsam. Ganz in Ruhe.«

Der Beamte der Police Municipale war in heller Aufregung.

»Ja, es ist doch … Die haben eingebrochen und den alten Gaston am Kopf verletzt.«

»Sag mir, wo haben sie eingebrochen? Im Restaurant?«

»Nein, Luc, das ist es ja. Sie haben bei dir eingebrochen. Gaston hat es offenbar bemerkt …«

»Ich komme sofort. Bleib bitte da.«

Er stieg in den Jaguar und raste Richtung Bordeaux. In dem Tempo würde er es in einer Stunde bis Carcans Plage schaffen. Es war kurz nach Mitternacht. Freie Fahrt. Luc war voller Sorge.

## Kapitel 34

Was für ein merkwürdiges Bild war das. Vor seinem eigenen Zuhause standen zwei Fahrzeuge der Gendarmerie, mit blinkendem Blaulicht. Dazu der kleine Clio der Police Municipale von Lacanau, das allseits bekannte Auto von Lou. Auch die Ambulanz stand immer noch hier. Das Blaulicht tauchte die kleine Avenue des Dunes in eine gespenstische Szenerie, die auch den Nachbarn nicht unbemerkt geblieben war. Hinter vielen Fenstern brannte Licht.

Luc sprang aus seinem Wagen und ging schnell zum Haus. Zu seinem Haus. Das jetzt ein Tatort war. Er lief an dem Gendarmen vorbei, der das Haus sicherte und ihm zunickte. Trat durch die Tür und sah, wie ein Sanitäter neben Gastons Frau Eveline in dem kleinen Raum kniete, der das Wohnzimmer seines Vaters war. Da lag Gaston. Der mutige alte Gaston. Er war bei Bewusstsein. Gott sei Dank.

Lou kam auf ihn zu.

»Gut, dass du da bist. Gaston wollte sich nicht vorher im Krankenhaus untersuchen lassen, bis du hier wärest. Er wäre fast wieder von der Trage runtergekrabbelt.«

»Natürlich warte ich, bis der Hausherr zurückkommt«, erklang die müde, aber dennoch feste Stimme von Gaston vom Fußboden aus. Er schob den Sanitäter mit dem Arm beiseite und sagte zu Luc:

»Komm, setz dich zu mir.«

Luc tat, wie ihm geheißen. Er griff die Hand des alten Mannes und schaute Eveline dankbar an.

»Mein Gott, Gaston, was ist denn passiert? Was machst du hier mitten in der Nacht?«

Der Gastwirt war im Gesicht unversehrt, aber er hielt sich den Kopf. Er hatte offenbar starke Schmerzen.

»Du weißt doch, wenn wir das Resto abends schließen, können wir nicht gleich ins Bett gehen. Eveline …«, dabei schaute er seine Frau verliebt an, sie lächelte zurück, »Eveline liest im Sessel mit Blick auf die Düne, und ich gehe meine Kontrollrunde. Einmal auf die Düne, schauen, wie das Meer aussieht. Und dann einmal bis zur Boulangerie und wieder zurück. Und da sehe ich bei dir im Haus die Taschenlampe. Vor und zurück. Drei- oder viermal. Und ich denke, Mann, der Luc, der nimmt doch keine Taschenlampe. Und ich hab ein paar Meter vom Haus entfernt einen Wagen gesehen. Spanisches Kennzeichen. Ein großer dunkler. Und habe überlegt: hmm, Touristen. Aber hab nicht weiter drüber nachgedacht. Und dann bin ich rein. Nur mal klopfen. Hab nach dir gerufen, ein-, zweimal. Und dann die Klinke runtergedrückt. Und in dem Moment zieht mich ein Arm hinein und schlägt mir auf den Kopf. Und dann waren die Lampen aus. Ich weiß nichts mehr. Es war ein kräftiger Griff, wie ein Sturm hat der mich ins Haus gezogen. Und dann Dunkel. Eveline hat mich gefunden. Sie hatte nach mir gesucht, weil ich nicht wiederkam und sah deine Tür offenstehen. Sie hat dann sofort Lou angerufen. Verzeih mir, Luc, ich hätte doch besser aufpassen müssen. Oder dich anruf …«

»Vergiss es, Gaston, vergiss es. Du warst mutig. Sehr mutig. Hauptsache, du lebst. Wie schlimm ist die Verletzung?«

Er blickte zu dem Sanitäter.

»Er hat einen wirklich kräftigen Schlag auf den Kopf bekommen. Es gibt Vertiefungen an den Rändern.« Er leuchtete mit einer kleinen Taschenlampe auf Gastons Kopf.

»Sieht aus wie ein Totschläger. Es wäre ein Wunder, wenn Sie keine Gehirnerschütterung davongetragen haben. Und es ist ein noch größeres Wunder, dass Sie in diesem Zustand überhaupt sprechen können. Wir sollten jetzt wirklich ins Krankenhaus.«

»Gaston, du hast mir alles erzählt«, sagte Luc ruhig und streichelte den Arm des alten Wirts. »Lass dich jetzt untersuchen. Du zäher Freund.«

Gaston lächelte, wenn auch unter Schmerzen, und ließ sich – nun endlich zufrieden – fügsam zum Krankenwagen schieben. Eveline fuhr mit ihm. Luc ging kurz an ihrer Seite:

»Wenn ihr irgendwas braucht, lass es mich wissen.«

»Merci, Luc. Alles wird gut.«

Sie stieg hinter der Trage in den Wagen, die Tür schloss, die Ambulanz brauste davon.

Das liebte Luc so sehr an den Leuten hier. Sie hatten schon viel erlebt, rückten zusammen und wussten: Morgen wäre ein neuer Tag, mit Blick auf den Ozean. Hier herrschte allgemein eine große Zuversicht und eine innere Ruhe, die auch auf ihn ausstrahlte. Seit er aus Paris wieder hierhergekommen war, spürte er diese Kraft. In diesem Moment aber war da vor allem eine große Wut.

Er ging zurück ins Haus, wo Lou und ein Gendarm immer noch Untersuchungen anstellten. Sie waren gerade eifrig dabei, Fingerabdrücke zu nehmen.

»Ich gebe euch nachher noch meine Abdrücke, dann könnt ihr vergleichen«, sagte Luc. Er wusste, dass bei einem einfachen Hauseinbruch bei normalen Leuten niemals so ein Aufwand getrieben wurde. Aber er war nun mal Polizist – und unter Kollegen war das Ehrensache. Erst recht in Lous Bezirk. Wenn es dann noch um einen seiner besten Freunde ging. Da ließ er es sich nicht nehmen, Himmel und Hölle in Bewegung zu setzen.

»Fehlt denn was?«, fragte Lou und sah sich zu Luc um. »Hast du irgendeine Erklärung dafür, was hier los ist? Bei dir ist doch wirklich nichts zu holen.«

Ein kurzes Grinsen, gut, wenigstens er hatte seinen Humor nicht verloren.

Luc sah sich um. Sein Vater besaß nicht viel. Nicht mal einen Fernseher. Es gab Häuser in der Avenue des Dunes, die schon von außen mehr hermachten. Es war wirklich mysteriös. In seinem Kopf spukte das Auto aus Spanien herum. Er sah aus dem Fenster. Da stand kein großes dunkles Auto. Die Straße war leer. Bis auf die Polizeifahrzeuge.

Er ging langsam und systematisch durch seine Cabane. Die Taschenlampe war umhergewandert. Im ganzen Haus. Auf der Suche also. Doch im Wohnzimmer und der kleinen Küche fehlte nichts. Der Wein, das Bier, alles unangerührt. Also kein Obdachloser auf der Suche nach Alkohol. Aber in Carcans Plage gab es auch keine Obdachlosen, sie waren hier ja nicht im 20. Arrondissement von Paris. Etwas erregte seine Aufmerksamkeit: der Schrank. Dort oben hatten die fünf Stangen *Parisienne* gelegen. Jetzt lag da noch genau eine.

»Die haben meine Zigaretten geklaut.«

Lou schaute in die Richtung, auf die Luc zeigte.

»Wer bricht denn ein und klaut Zigaretten?«, fragte er. »Dein Arzt?«

Luc antwortete nicht. Er ging ins Bad. Auch hier war alles tadellos. Sein teures Pariser Eau de Parfum stand an seinem Platz. Merkwürdig.

»Es fehlt nichts«, sagte Luc, als er wieder neben Lou stand. »Und? Abdrücke gefunden?«

»Ich habe ein paar. Ich hoffe, es sind nicht nur deine.«

»Das hoffe ich auch. Keine Ahnung, was hier los ist. Ich lasse mir morgen die Abdrücke auf dem Kommissariat in Bordeaux abnehmen. Dann schicke ich euch die Dateien nach Lacanau. D'accord? Ich bin nämlich wirklich fertig und muss ins Bett.«

»Klar, Luc. Versteh ich. Der Fall in Saint-Émilion ist stressig, oder? Mann, seitdem du da bist, kann sich die Police Nationale aber wirklich nicht über zu wenig Arbeit beklagen. Was ist mit Richard? Du denkst doch nicht, dass er was damit zu tun hat?«

»Natürlich hat unser Richard damit nichts zu tun«, gab Luc zurück. »Los jetzt, du musst auch ins Bett.«

»Und du willst wirklich hier schlafen, Luc?«

»Ich bin schon groß, Lou. Alles gut.«

Sie verabschiedeten sich mit *bises*, dann schlossen die Beamten die Tür hinter sich.

Gedankenverloren ging Luc ins Bad. Er war wirklich hundemüde.

Er putzte sich die Zähne, dann öffnete er den kleinen Spiegelschrank, um die Zahnseide herauszuholen. Dabei fiel sein Blick auf die leere Stelle. Das mittlere Brett. Es war leer. Seine Bürste. Sie fehlte. Sie hatten seine Haarbürste geklaut. Verdammt, was war hier los?

# Kapitel 35

Er wusste nicht, wo er anfangen sollte. Weder bei dem Fall noch beim Einbruch von letzter Nacht. Er hatte lange geschlafen, Anouk und Hugo hatten sich vor dem Haus von Mademoiselle de Langeville abgelöst, als Luc seiner Kollegin vom Einbruch bei sich berichtet hatte. Anouk hatte besorgt geklungen.

Nun lief er durch Bordeaux, im Büro hatte er es allein nicht ausgehalten. Er war auf der Suche nach einem guten Café. Dann, gestärkt, würde er noch einmal nach Saint-Émilion fahren. Dort lag die Antwort versteckt.

Bordeaux glühte in der Hitzewelle. Das Pflaster der alten Straßen in der Fußgängerzone war derart aufgeheizt, dass sich hier an der Rue Montbazon der Asphalt auf der Straße löste.

Es war kaum jemand unterwegs, *les Bordelais* blieben daheim oder in den klimatisierten Büros und warteten, bis es Abend wurde, um dann wie immer die Bistros und Bars zu bevölkern. Nur völlig wahnwitzige Touristengruppen aus England und Japan stolperten, zum Schutz vor der Sonne mit Regenschirmen bewaffnet, fast besinnungslos durch die Altstadt.

Luc konnte sich nicht richtig konzentrieren. Der Fall entglitt ihm, er spürte das ganz deutlich. Nach einer Stunde des Umherlaufens fühlte er sich einsam. Auch zwischen Anouk und ihm war noch so viel ungesagt. Und der Fall trennte sie mehr, als er sie vereinte. Richard. Immer wieder musste er an Richard denken.

Er stieg vorm Kommissariat in den Jaguar und schaltete die CD ein, die im Player lag.

Sofort erklang die Stimme des Sänger der *Editors* und begleitete Luc über die Brücke an der Garonne, über die Ringstraße Rocade de Bordeaux, über die schnelle Nationalstraße bis zu den Weinhügeln rund um Saint-Émilion.

So nahe lagen die kleine Großstadt und die weltberühmten Weindörfer beieinander. Für diese Möglichkeiten des Weltenwechsels musste man das Aquitaine einfach lieben.

Luc fuhr noch ein Stück und hielt an.

Ein Stück noch zu Fuß, zum Nachdenken. Nachher würde er vorschlafen, für die lange Nachtwache vorm Haus von Mademoiselle de Langeville. Noch immer war am Hotel nichts Außergewöhnliches passiert, Gäste kamen, Gäste gingen, Huberts Tochter war zweimal zum Einkaufen gefahren, Hugo war ihr gefolgt. Doch sie hatte niemanden getroffen und nichts Berichtenswertes gemacht.

Luc wollte den Überwachungsdienst um Mitternacht übernehmen, er würde Anouk ablösen. Er freute sich, sie zu sehen. Beim letzten Fall hatten sie viel mehr miteinander gearbeitet, waren zusammen permanent im Auto unterwegs gewesen, das fehlte ihm. Aber diesmal waren sie so schlecht besetzt, dass er das nicht hätte verantworten können. Er fand es sehr schade.

Er betrat die Apotheke von Saint-Émilion. Und wieder stand da Jacqueline Georgieva, wunderschön wie beim ersten Mal. Und am hinteren Tresen stand Madame Battiste, die Chefin. Sie hatte recht, die beiden waren wirklich immer hier. Eine dritte Verkäuferin wuselte hinten im Lager herum.

Die beiden Frauen sahen auf und erkannten Luc sofort.

»Monsieur le Commissaire«, rief Madame Battiste, »wunderbar. Sie kommen, um uns zu besuchen? Mögen Sie einen Café? Ich habe gerade frischen aufbrühen lassen.«

Madame Battiste *ließ* Café aufbrühen, na, das passte, dachte Luc.

»Madame, leider bin ich etwas in Eile. Aber ein anderes Mal sehr gerne. Darf ich Sie beide nur kurz etwas fragen?«

»Natürlich, Commissaire«, sagte Jacqueline. »Ich wollte Sie auch unbedingt erreichen. Ich hätte heute Nachmittag im Kommissariat angerufen. Aber so passt es ja auch. Mir ist nämlich noch etwas eingefallen.«

Luc war überrascht.

»Gut, das besprechen wir gleich. Ich wollte nur fragen: Können Sie im Computer nachschauen, wer im Ort kürzlich eine Packung *Verapamil* gekauft hat? Eine große Packung? Können Sie mir davon einen Ausdruck machen?«

Madame Battiste war ganz Ohr.

»Ja, das kann ich. Ich schaue gleich nach. Ist es *Verapamil*, womit der unglückselige Monsieur umgebracht wurde?«

Sie eilte davon, die Antwort wartete sie nicht ab. Sie wollte wohl als Erstes nachschauen, wer dieses Medikament gekauft hatte, und den neuen Katalog an Verdächtigen nachher beim Café ihren Freundinnen präsentieren.

»Was wollten Sie erzählen, Mademoiselle?«

Er wandte sich Jacqueline Georgieva zu.

»Ich dachte, es wäre wichtig für Sie zu wissen, wer alles von seiner Krankheit wusste.«

»Ja, das ist wichtig für uns.«

In diesem Moment kam schon Madame Battiste mit der Liste zurück.

»Sind nicht viele«, rief sie vergnügt.

Sie reichte die Liste an Luc, der sie rasch durchging. Im letzten

Monat gab es acht Verkäufe. Sechs Namen, die Luc nicht kannte. Einmal der Mann der Bürgermeisterin, wenn es den Namen nicht doppelt gab. Und dann fiel sein Blick auf die größte Anzahl an bestellten Packungen – und an den Namen dahinter: Doktor Giraud.

Gerade mal drei Wochen war das her. Merkwürdig. Warum bestellte er kurz vor seinem Urlaub noch einmal so viele Medikamente? Luc fasste einen Entschluss.

Dann wandte er sich wieder Mademoiselle Georgieva zu, die gewartet hatte, bis er mit der Liste fertig war.

»Ich habe, na, mir ist eingefallen, dass Hubert einmal nicht alleine da war, als er beim letzten Mal sein Rezept eingelöst hat. Er stieg draußen aus seinem Auto, und es war noch ein Mann bei ihm. Und der ist hier mit rein und stand die ganze Zeit neben Hubert.«

Luc hielt den Atem an.

»Wie sah dieser Mann aus?«

# Kapitel 36

Bevor er zurück nach Bordeaux fuhr, musste er seinen Entschluss von vorhin in die Tat umsetzen. Jetzt war es noch wichtiger geworden, nachdem ihm die Apothekerin von ihrer Beobachtung berichtet hatte. Luc brauchte einen anderen Verdächtigen. Dringend.

An der Praxis von Doktor Giraud hing noch immer das Schild mit dem Hinweis auf seinen Sommerurlaub. Obwohl das Datum der Rückkehr schon überschritten war.

Luc schaute die Straße hinauf und hinab. Es war schlicht zu viel los. Er wünschte sich nicht zum ersten Mal, dass Yacine hier wäre. An seiner Seite. Dann wäre die Tür schon offen.

Er ging um das niedrige Haus aus Sandstein herum. Hinten gab es eine Tür zum privaten Teil des Hauses, nicht einsehbar, die obere Hälfte der Tür bestand aus einer Milchglasscheibe.

Luc fühlte den Arm seines Sakkos, dann nahm er den Ellbogen. Und rammte mit einem kurzen Knacken die Scheibe ein. Das Glas splitterte und fiel auf der anderen Seite der Tür zu Boden. Luc griff zu seinem Schlüsselbund und kratzte mit dem größten Schlüssel die scharfen Glasspitzen aus dem Türrahmen heraus.

Dann stemmte er die Hände auf den Rahmen und zog sich

hoch, kletterte behände durch die Tür und stand in der Wohnung des Arztes.

Ihm schlug ein muffiger Geruch entgegen. Es schien, als sei wirklich lange niemand mehr hier gewesen.

Als Erstes ging er nach vorne in die Praxisräume. Es herrschte eine bedrückende Atmosphäre in der staubigen Dunkelheit der geschlossenen Fensterläden, durch die nur spärliches Tageslicht hereindrang. Er erkannte schnell, dass die Praxis von ihrem Besitzer nicht sehr geschätzt wurde. Heruntergekommene abgeschabte Polster der Wartezimmerstühle wiesen darauf hin, ebenso wie die schäbige Behandlungsliege. Auf dem alten Blutdruckmessgerät lag eine dicke Staubschicht.

Er öffnete den Medikamentenschrank, der unverschlossen war. Sehr nachlässig.

Darin fand er einige Werbepackungen von Präparaten, darunter auch *Viagra*, einige Blutdrucktabletten, zwei Einmalspritzen und Kochsalzlösung. Aber keine Spur vom *Verapamil*. Es hätte den Arzt entlastet, wären die Packungen hier gewesen. Doch Fehlanzeige.

Die Unterlagen zur Praxis verwahrte der Arzt in seiner Privatwohnung. Dort suchte Luc als Nächstes. Er wusste, dass er damit das Patientengeheimnis brach. Und mit der Begründung *Gefahr im Verzuge* würde er es beim Richter schwer haben. Er würde also gut aufpassen, dass ihm niemand auf die Spur kam.

Er blätterte durch Huberts Akte. Und fand heraus, dass er einfach früher hätte einbrechen müssen. Denn hier war alles fein säuberlich aufgeschrieben. Der Arzt mochte zwar Alkoholiker sein, beim Schriftverkehr aber war er penibel.

Das WPW-Syndrom war aufgeführt, Hubert war vor über 25 Jahren zum ersten Mal darauf behandelt worden. Und es war aufgeführt, dass Doktor Giraud von einer Operation abgeraten hatte. Weil die Bahn im Herzen zu nah an dem Knoten lag, den der Doktor im Krankenhaus genannt hatte. Hubert war dem Rat des Arztes gefolgt. Seither behandelten sie mit *Propafenon.* Ansonsten war Hubert ein ziemlich gesunder Mann.

Keine Überraschungen also. Luc wühlte sich noch durch ein paar andere Papiere, suchte in den Krankenakten nach bekannten Namen, die für den Fall relevant sein konnten, aber da war nichts. Und er sah auf den Kontoauszügen, dass es um Girauds Finanzen nicht gut bestellt war, besonders, weil jeden Monat erhebliche Summen auf ein Konto der *Societé Générale* in den Vogesen überwiesen wurden. Der Unterhalt für die Exfrau.

Hatte denn niemand in Saint-Émilion einen normalen Kontostand ohne finanzielle Probleme? Dieses Dorf, das so reich und anständig wirkte, bestand aus jeder Menge Fassade.

Luc legte alle Unterlagen wieder ordentlich in den Schrank.

Er zog die Plastikhandschuhe aus, die er nach seinem Gespräch vorhin noch in der Apotheke gekauft hatte, und steckte sie in seine Tasche.

Dann stieg er wieder andersherum durch die Fensterscheibe und trat aus dem Hinterhof nach vorne, zurück in die Hitze und in den staubigen Vorabend.

# Kapitel 37

»Luc, du wirst es nicht glauben. Wo bist du?«

Anouk klang am anderen Ende des Telefons fast kindisch, so aufgeregt war sie. Irgendwie freudig.

»Kurz hinter der Rocade, auf dem Weg zu dir. In dreißig Minuten bin ich da. Bin ich zu spät? Wir hatten doch gesagt: Ablösung um Mitternacht.«

»Du solltest ein bisschen aufs Pedal drücken. Sonst kommst du zu spät zum Hauptgang.«

Luc verstand kein Wort.

»Ich hab hier etwas, das dich aufheitert nach dem Einbruch letzte Nacht. Los, gib Gas. Dann gibt's was zu lachen.«

»Was ist denn passiert?«

»Komm zu mir, Luc.«

»Erzähl …«

»À plus«, sagte sie, und er hörte das Piepen in der Leitung. Aufgelegt.

Luc trat das Gaspedal des Jaguars durch.

# Kapitel 38

Er stieg zu Anouk in den Citroën. Den Jaguar hatte er auf dem Grundstück von Hubert geparkt, gut getarnt hinterm Schloss. Sein Oldtimer war zu auffällig für eine Observierung, das wusste Luc aus Paris.

»So, Mademoiselle, was gibt es denn so Spannendes?«

Da lachte sie ihn schon an, überschwänglich, und dann, dann küsste sie ihn kurz auf den Mund.

»Du bist da, toll …«

Was für eine Begrüßung.

»Du wirst es nicht glauben. Vor einer Stunde fährt ein Auto hier auf den Hof. Und ich dachte: Den Wagen kenn ich doch. Und dann seh ich ihn aussteigen.«

»Ihn?«

Anouk nickte.

»Lass mich raten … Monsieur Tritignant.«

Anouk schlug wütend aufs Lenkrad.

»Du Spielverderber. Woher wusstest du das?«

»Du hattest den richtigen Instinkt, weißt du noch? Nachdem wir Monsieur Tritignant kennengelernt haben, hast du gesagt, er würde doch viel besser zur de Langeville passen als zu seiner Frau.«

»Aber das war doch nur ein Spruch. Du bist echt nicht zu überraschen.«

»Und? Wollen wir?«

»Was?«

»Na, mal hören, was die beiden so besprechen.«

»Klar. Und wie?«

»Komm. Ich hab keinen Hund gesehen, als wir das erste Mal hier waren.«

»Ich auch nicht.«

Mit einem Satz war Luc aus dem Auto, Anouk folgte ihm einfach. Als sie vor der hohen Mauer standen, fragte Anouk:

»Wirklich, Luc? Hausfriedensbruch?«

»Gefahr im Verzug. Unsere beiden Hauptverdächtigen treffen sich konspirativ. Den Durchsuchungsbefehl würde mir selbst ein sozialistischer Justizminister unterschreiben.«

Anouk musste lachen, doch im selben Moment zog sich Luc schon am Mauervorsprung hoch, der ein Stück über seinem Kopf eine Kante hatte. Hier konnte er sich gut festhalten. Gab es Kameras? Egal. Einige Sekunden später saß er oben auf dem Mauersims. Dass er in diesem Fall jetzt schon zum dritten Mal irgendwo einbrechen musste …

Er reichte Anouk seine Hand, sie ergriff sie, und er zog. Mit der anderen Hand krallte sie sich an eine Kante weiter unter an der Mauer. Dann saß auch sie oben, Luc gegenüber.

»Mann, ist das romantisch. So was sollte man öfter machen beim dritten Date.«

Luc hätte sie jetzt gerne geküsst. Für diesen Satz, für ihre Leichtigkeit, für ihre Zuneigung, die sie so offen zeigte.

Sie aber war schon heruntergesprungen und landete unten auf ihren Füßen, auf dem Grundstück des Château le Loup. Luc sprang hinterher, ging kurz in die Hocke, um den Sprung abzufedern, und dann schlichen die beiden in Richtung Schloss.

Auf dem Parkplatz stand der große Daimler von Monsieur Tritignant neben dem BMW Coupé von Huberts Tochter, daneben offenbar die kleinen Mietwagen der Touristen, die hier nächtigten.

Luc drückte vorsichtig die Klinke der Eingangstür, sie bewegte sich nach unten, und die Tür ließ sich öffnen

In so einem Bed and Breakfast fand sich ja immer ein Tourist, der die Tür nicht abschloss. Dem dankte Luc nun nachdrücklich.

Sie schlichen hinein, geduckt. Das Licht war nur noch spärlich, der große kitschige Kronleuchter im Entrée war ausgeschaltet.

Sie umrundeten all den Kitsch, der auf dem Boden stand. All die Porzellanhunde, die Vasen und die Engel aus Acryl. Es war ein wahrer Spießrutenlauf.

»Die Privaträume?«

Anouk zuckte mit den Schultern.

»Oben?«

Luc nickte. Sie schlichen die breite Wendeltreppe hinauf.

Er war wirklich gespannt, was die beiden zu bereden hatten. Würden Anouk und er nun das Rätsel lösen können? Ohne Richard zu schaden?

An der Tür im ersten Stock hing wirklich ein Schild mit der Aufschrift *Privée.*

Luc öffnete sie, es war nicht so einfach in diesem alten Schloss, alles hier quietschte.

Doch dann war die Tür einen Spalt offen. Und sie hörten keine Stimmen. Nein. Sie hörten … Gestöhne. Spitze kleine Schreie. Und ein Röcheln. Die Hitze des Tages stand noch im Raum. Die beiden waren ganz und gar nicht leise. Anouk verdrehte die Augen.

»Nicht zu glauben«, flüsterte sie. Auch Luc glaubte es kaum.

»Nun denn.«

Er erhob sich aus seiner schleichenden Position und ging zielstrebig in den Raum.

»Madame de Langeville, Monsieur Tritignant«, seine Stimme war laut und deutlich, »anziehen und ab in den Salon. Wir müssen reden.«

Anouk drückte gleichzeitig auf den Lichtschalter. Das Bild, das sich ihnen bot, war eindeutig.

Madame de Langeville saß mit schwarzer Spitzenwäsche bekleidet auf dem schmerbäuchigen Monsieur Tritignant. Er war nackt und atmete immer noch schwer und schnaufend, während er ungläubig auf die beiden Polizisten blickte.

Es wäre ein passendes Filmplakat gewesen für »Die Schöne und das Biest«, dachte Luc.

»Was ist das für eine Scheiße?«, schrie er, und Madame de Langeville hielt sich schnell ihre Bluse vor die Brust. »Was soll das? Raus mit Ihnen …«

»Ganz und gar nicht, Madame. Ich werde vor der Tür warten, aber meine Kollegin bleibt hier, damit Sie sich nicht absprechen. In fünf Minuten reden wir unten.«

# Kapitel 39

Reichlich zerknirscht kamen die beiden Liebenden fünf Minuten später unten an. Monsieur Tritignant war anzusehen, dass er gerne aus der Haut gefahren wäre, aber er spürte offenbar, dass zu viel auf dem Spiel stand. Er ging direkt zum Barwagen, gab Eis in einen Tumbler und goss sich aus einer Flasche *Laphroaig* ein. Und zwar reichlich.

Luc spürte, wie groß seine Lust war, es ihm nachzutun. Warum eigentlich nicht? Es war schon spät.

»Würden Sie mir auch einen eingießen?«, fragte er.

Der alte Tritignant gab ihm sein Glas, ohne zu murren, ohne zu stänkern, einfach so. Es war eine Geste unter Männern. Ein Anerkennen. Das war jetzt auch egal. Dann schenkte er sich ein neues Glas ein.

»Was soll das? Ist es erlaubt, dass Sie hier einbrechen?«, wollte Mademoiselle de Langeville wissen.

»Wir nennen das ›Gefahr im Verzug‹, Mademoiselle«, antwortete Anouk. Sie ließ sich in das breite Ledersofa fallen, wo sie schon beim ersten Besuch Platz genommen hatten.

Luc nahm seinen ersten Schluck Whisky. Dann widmete er sich Huberts Tochter.

»Und Sie ahnen vielleicht, dass es nicht ganz normal ist, dass die beiden Hauptverdächtigen miteinander schlafen, die uns vorher quasi geschworen haben, dass sie einander nicht kennen?«

»Und die beide zudem ernste finanzielle Probleme haben. Und damit ein klares Motiv.«

Nach Anouks Einwurf war nun wieder Luc an der Reihe.

»Und die beide über kein Alibi verfügen. Keines. Sie haben beide gelogen. Sie …«, er zeigte auf Monsieur Tritignant, »waren nicht bei Kunden in Bordeaux, und Sie«, ein strafender Blick zu Madame de Langeville, »haben keine Gäste empfangen.«

Wie sie da saßen in ihren Bademänteln, boten sie einen erbärmlichen Anblick. Und es war in der Tat bemerkenswert, wie ruhig Monsieur Tritignant geworden war. Er war geschlagen, und er wusste es.

»Wir waren zusammen«, sagte Monsieur Tritignant.

»Im *Comfort Hotel Mérignac*«, kam es beinahe tonlos von Madame de Langeville.

Das Zwei-Sterne-Hotel am Flughafen. Wie romantisch, dachte Luc.

»Zeugen?«

»Die Rezeption? Wir haben Pay-TV gesehen zu der Zeit. Noch Fragen?«

Ihre Blicke sprachen Bände.

»Und warum haben Sie gelogen? Wenn Sie so ein erstklassiges Alibi haben?«

»Wissen Sie, wo Sie mich das erste Mal danach gefragt haben? In meinem Wohnzimmer. Bei meiner Frau, dem alten Drachen. Tut immer so nobel, aber mich hält sie knapp wie …«

Tritignant brach ab, und seine Geliebte fuhr fort:

»Es stimmt: Wir hätten beide ein Motiv gehabt. Und das Nachdenken über einen Mord ist ja wohl nicht strafbar. Ja, wir haben überlegt, ob es am Ende nicht wirklich die beste Lösung gewesen wäre. Wenn wir miteinander geschlafen haben, haben wir darüber phantasiert, meinen Vater umzulegen. Ich habe ihn wirklich gehasst. Dieses ständige Gutmenschentum. Dieses Herumgequatsche in meinem Leben. Meine Statussymbole seien nur Schall und Rauch. Na und? Ich mag meine Statussymbole. Ich wollte irgendwann einen Porsche fahren. Ich will mit meinem Hotel richtig Kohle verdienen. Und einen richtig reichen Mann heiraten. Nur will der mich eben nicht heiraten. Weil er seine ungleich reichere Frau nicht verlässt.«

Sie warf Monsieur Tritignant einen bösen Blick zu.

Luc musste tief durchatmen, so angeekelt war er. Er konnte einen Blick werfen in die Abgründe der selbst ernannten High-Society im Bordelais. Wegen solcher Leute war er als junger Polizist von hier geflohen.

»Sie müssen gar nicht am Tatort gewesen sein. Sie könnten die vergiftete Flasche vorher dort deponiert haben.«

Anouk versuchte es erneut.

Monsieur Tritignant nahm einen Schluck Whisky und knurrte ganz ruhig:

»Hätten wir. Haben wir aber nicht. Mann, Sie merken es doch. Wir treffen uns heimlich, um zu vögeln. Ich bin unheimlich scharf auf diese Frau. Und doch verlasse ich meine Frau nicht. Mit der ich seit zwanzig Jahren nicht mehr geschlafen habe. Und warum? Weil mein ganzes Leben aus Angst besteht. Angst vor der Scheidung. Angst vor der Konkurrenz. Und genau deshalb wollte ich diesen verdammten Weinberg. Der stand leer. Ich hab genug Geld. Ich wollte ihn kaufen. Und dann sagt mir der verdammte Banker, dass ich ihn nicht haben kann. Dass er ihn schon vorgemerkt hat. Und dann krieg ich raus, dass er ihn an den Pleitegeier Langeville verkaufen wollte. Da bin ich ausgerastet. Ich habe Huberts Tochter angerufen. Sie war ebenso außer sich. Und dann haben wir uns getroffen. Ich habe ihr gestanden, dass ich schon seit Jahren von ihr träume. Dann hat unsere Affäre begonnen. Und wir haben uns gegenseitig ausgemalt, wie wir Huberts Pläne, den Berg zu kaufen, zunichte machen könnten. Aber wir hätten unsere Pläne nie in die Tat umgesetzt.«

»Warum wollten Sie denn nicht, dass Hubert den Berg kauft, Madame?«, wollte Luc wissen.

Huberts Tochter guckte abfällig.

»Er hat aus unserem Schloss nichts rausgeholt. Sein Wein war Mittelmaß. Mein Vater war Mittelmaß. Meinen Sie, ein neuer Berg hätte da etwas geändert? Commissaire, ich bitte Sie. Wir haben fast neun Millionen geerbt. Das wäre mein Geld gewesen. Mein Erbe. Für mein Schloss. Stattdessen hätte er die Hälfte in den Weinberg gesteckt und dann, wenn der Wein nichts gewesen wäre, hätte er noch mal mehr investiert. In Maschinen, in Experten, in neue Fässer. Ich kenne meinen Vater. Er war weinverrückt. Ein echter Narr. Meinen Sie, er hätte jemals aufgehört? Ich hätte nichts von dem Geld gesehen. Nie. Nur damit er ›einen großen Wein‹ machen kann. Ich kann es nicht mehr hören, aber nun muss ich das ja auch nicht mehr.«

Luc nahm einen weiteren Schluck Whisky und schloss die Augen. Das verdammte Geld. Und die Sehnsucht danach. Beides zusammen zerstörte so viel. Es war unglaublich. Was Luc schon für Blut, Hass und Gewalt gesehen hatte – und immer war es um Geld gegangen.

»Wussten Sie denn von Huberts Herzerkrankung, Monsieur Tritignant?«

»Ich wusste, dass er nicht ganz gesund war. Aber erst du hast mir davon erzählt. Vor ein paar Tagen.«

Er zeigte auf Mademoiselle de Langeville. Sie nickte.

Monsieur Tritignants Stimme änderte ihren Ausdruck, sie war wieder selbstbewusst, als er sagte:

»Übrigens sollten Sie Ihren Job besser machen.«

»Was meinen Sie?«, fuhr Luc hoch.

»Hubert hatte noch andere Interessenten an seiner Person.«

»Wie meinen Sie das?«

»Vor einigen Tagen gab es eine Ratssitzung unseres Weinrats der Stadt. Danach sitzen wir immer in einer Bar unten am Markt zusammen. Und da versuchte uns ein Mann ins Gespräch zu verwickeln. Immer wieder fragte er scheinbar beiläufig nach Hubert.«

»Und was haben Sie ihm erzählt?«

»Ein wenig von Huberts aussichtslosem Wein und seinen Versuchen, zuzukaufen. Nichts Genaues natürlich. Ich wusste ja auch nicht mehr.«

»Von seiner Erkrankung?«

»Darüber rede ich nicht. Ich hätte doch unsere Affäre damit verraten.«

»Kannten Sie den Mann?«

»Nein. Aber er kannte sich aus. Mit Wein, meine ich. Als ich fragte, wer er sei, musste er auf die Toilette, dann war er verschwunden. Mitte, Ende vierzig war er, ein Mann von hier, dem Akzent nach.«

Anouk schaute Luc durchdringend an. Der reagierte nicht. Aber in seinem Kopf rauschte es. Richard.

»Na dann, die Herrschaften. Wir werden das alles überprüfen. Bis dahin bleiben Sie bitte im Lande. Und Sie, Monsieur – ich mische mich da ja normalerweise nicht ein, aber in diesem Fall empfehle ich doch was: Spielen Sie nicht mit Ihrer Frau. Die ist so nett, das schafft Madame de Langeville nicht mal, wenn sie jeden Tag Spitzenwäsche für Sie trägt. Guten Abend.«

Luc stand auf, er wollte sich nicht mehr umdrehen, er hörte nur das Fluchen der Hotelbesitzerin, das heisere Lachen des Winzers, und er spürte, wie Anouk direkt hinter ihm war. Das alles war zu viel. Es kotzte ihn an. Wer war der Mörder? Wer hatte Hubert umgebracht? Diese beiden waren es nicht. Es ging langsam an seine Substanz. Anouk schloss zu ihm auf, ehe sie leise sagte:

»Ich lass dich das mit Richard jetzt mal machen, okay? Aber ich vertraue darauf, dass du ihn befragst. Warum er sich nach Hubert erkundigt hat.«

Luc nickte. Er musste über all das nachdenken. Anouk hatte recht. Auch er hatte keinerlei Zweifel daran, dass Monsieur Trignant eben von Richard gesprochen hatte. Sofort tauchte der Gedanke wieder auf, dass ihm auch die Apothekerin von Huberts Besuch mit Richard berichtet hatte. Und er war sogar in der Bank gewesen. Auch das glaubte Luc dem Banker. Er hatte Anouk verschwiegen, was er alles wusste. War das ein riesiger Mist.

»Was für Leute«, stöhnte Anouk.

»Was für ein schreckliches Paar«, sagte Luc.

»Oh ja, wirklich. Versprich mir eins. Wenn aus uns was wird, werden wir nie so wie die beiden.«

»Geldgeil?«

»Nein. Ohne Respekt und Würde.«

»Versprochen.«

Vendredi – Freitag

# DIE HAND INS FEUER

# Kapitel 40

Wieder ging Richard nicht ans Telefon. Zum dritten Mal an diesem Tag. Das Handy war ausgeschaltet, und sein alter Freund rief nicht zurück. Trotz dreier Ansagen auf der Mailbox. Am frühen Morgen hatte Luc Anouk in Bordeaux abgesetzt. Sie wollte den Tag über im Büro bleiben und weitere Recherchen anstellen, hatte sie gesagt.

Luc aber stand vorm Château Lecœur-Saint-Julien. Noch einmal würde er sich nicht abwimmeln lassen.

Er durchschritt das Portal, es herrschte Stille überall. Doch, dort hinten, da war etwas zu hören. In den Privaträumen. Luc wusste nicht, ob er Richards Mercedes-Jeep vorhin auf dem Parkplatz gesehen hatte. Er war offensichtlich in Gedanken versunken gewesen.

Er ging weiter ins Schloss hinein und klopfte an die Tür des Salons. Keine Reaktion. Also ging er weiter in die Küche.

Mit dem Gesicht zum Fenster stand Christine da. Sie trocknete ein Glas ab, ein hohes langstieliges Weinglas. Sie rieb immer wieder darüber, als wollte sie es nicht nur zum Glänzen bringen, sondern verschwinden lassen. Luc beobachtete sie lange, während er in der Küchentür stand. Sie bemerkte ihn nicht, sie schaute nicht auf das Glas, sie schaute nur zum Fenster hinaus, als erwarte sie jemanden.

»Christine?«, fragte er leise.

Sie reagierte immer noch nicht.

Da trat er langsam von hinten an sie heran und berührte sie sanft an der Schulter. Mit einem lauten *Klirr* fiel das Glas zu Boden, es zersprang in tausend Teile. Christine fuhr herum.

»Luc …«

»Entschuldige.«

Sie begann sofort zu weinen. Er nahm sie in beide Arme, drückte sie an sich, sie legte den Kopf an seine Schulter.

»Ist schon gut«, sagte er. Er hatte Christine noch nie weinen sehen. Und es war kein normales Weinen, es war ein tiefes Schluchzen. Sie weinte bitterlich. Dann, nach Minuten, löste sie sich von ihm und trocknete ihr Gesicht an der Schürze ab.

»Verdammt, Luc, er ist …«

Sie brach ab.

»Genau deshalb bin ich hier. Wo ist er?«

»Er ist weg. Ich weiß es nicht. Er hat die ganze Nacht nicht geschlafen. Ist endlos draußen im Wein auf- und abgegangen. Ich habe ihn aus dem Fenster beobachtet. Heute Morgen ist er ganz früh weggefahren. Ohne ein Wort zu sagen, ohne eine Nachricht. Sein Handy ist abgeschaltet. Ich mache mir solche Sorgen.«

»Christine. Was ist los? Was ist mit ihm?«

»Ich weiß es nicht.«

»Ist was mit dem Schloss? Mit eurem Château? Warum redet er nicht mit mir darüber.«

»Ich habe keinen Einblick in die Unterlagen, Richard hält sie unter Verschluss. Aber wahrscheinlich läuft es nicht ganz so gediegen, wie es nach außen hin den Anschein macht. Ich kann darüber nicht mit dir reden. Ich bin Richard gegenüber immer loyal, Luc. Das musst du verstehen. Du musst mit ihm reden. Ich habe nur Sorge, dass …«

Luc trat wieder näher an sie heran.

»Dass er etwas mit dem Mord zu tun hat?«

Christine schüttelte schluchzend den Kopf.

»Nein, verdammt. Richard hat damit nichts zu tun. Das weißt du doch.«

Ihre Antwort war fast trotzig, dann wurde sie wieder traurig.

»Nein, ich mache mir Sorgen, dass er sich etwas antut. Ich habe ihn noch nie so gesehen. Er hat nicht mehr geschlafen seit drei Nächten. Mann, was für eine riesige Katastrophe.«

Christine, die gute, bodenständige Christine.

»Ich werde ihn finden. Und wenn er wieder hierherkommt, dann ruf mich sofort an, okay?«

Christine nickte.

»Merci, Luc.«

»Salut …«

Er ging hinaus und verfasste eine SMS an Lou, den alten Gendarmen aus Lacanau, den gemeinsamen Freund von ihm und Richard.

Dann machte er sich auf den Weg, schon wieder die eine Stunde Fahrt Richtung Saint-Émilion.

# Kapitel 41

»Ich weiß nicht weiter«, sagte Luc zu Robert. Sie saßen wieder an dem Aussichtspunkt oben über der kleinen Stadt.

Auf dem Tisch standen zwei Teller mit *Fromage* und *Charcuterie*, daneben eine Flasche Rotwein. Es schien Luc, als trinke er nur, weil er nicht wusste, was er sonst machen sollte.

Dieser Fall verdammte ihn zum Warten. Und er hasste warten.

»Was gibt es denn Neues?«

»Fragst du das als mein Ratgeber oder als Journalist?«

»Luc, ich hab dir doch gesagt: Ich kann warten. Du ermittelst jetzt zu Ende, und ich schreibe dann die ganze Geschichte und bringe sie auf Seite eins. Aber bis dahin höre ich es mir nur an – und wenn mir was auffällt, dann helfe ich natürlich gerne, damit ich schneller meine Seite eins drucken kann.«

»Du guter Samariter«, sagte Luc und zündete sich eine *Parisienne* an.

Er ließ das Gespräch von Monsieur Tritignant und Richard über Hubert de Langeville beim Stammtisch aus. Aber alles andere erzählte er dem Journalisten. Auch die Affäre von Tritignant mit Huberts Tochter erwähnte er.

Robert Dubois schlug sich auf die Schenkel, ihm fiel fast die Charcuterie vom Brot, das eigentlich gerade den Weg in seinen Mund finden sollte.

»Sodom und Gomorrha ist dieses Nest«, befand er, »die tun hier alle so erzkatholisch und dabei sind sie selbst die größten Sünder. Aber der alte Tritignant. Ausgerechnet der. Wusstest du, dass der seinem Sohn quasi den Umgang mit unserer wunderschönen Apothekerin verboten hat? Du hast sie ja kennengelernt. Der junge Tritignant hätte die vom Fleck weg geheiratet. Sie waren zusammen, für eine kurze Zeit. Das ganze Dorf wusste es. Doch als es ernst und öffentlich wurde, hat der Alte den Jungen zurückgepfiffen. Hatte wohl Angst, eine Bulgarin, eine Zuwanderin – und hier ist jeder Zuwanderer, der keine 33 auf dem Kennzeichen hat – könnte sich in die saubere Familie einschleichen. Der Sohn hat sie sofort verlassen. Das war das Dorfgespräch im vorletzten Jahr. Und jetzt betrügt der Tritignant selber seine Frau. Deren Familie übrigens der ganze Klimbim gehört. Die haben die Kohle. Tritignant selbst hat dort eingeheiratet. Und ihren Namen angenommen. Damit er so heißt wie das Schloss. Verrückt.«

»Glaubst du denn, es wäre ein fairer Kampf geworden um Château Bordas? Nach allem, was ich weiß, hatte Tritignant ja immer noch deutlich mehr Kohle als Hubert. Trotz Huberts Erbschaft. Und der Banker sagt, er hätte von Hubert noch kein offenes Interesse am Château vernommen. Auch wenn viele etwas anderes sagen.«

Robert dachte nach.

»Versteh ich nicht. Ich hab ja auch davon gehört. Es wäre wirklich rätselhaft, wenn an den Gerüchten um Hubert und Château Bordas nichts dran wäre. Andererseits: Der alte Guy ist wirklich vertrauenswürdig. Wenn er das sagt, bin ich geneigt, ihm zu glauben. Ich habe mein Girokonto bei ihm. Und er ist einer der wenigen im Ort, die mir noch nie ein Interview gegeben haben. Zwei Dinge, die für ihn sprechen.«

Beide lachten, wie sie da saßen, im Schatten des weißen Sonnenschirms, während ringsum die Hitze des Mittags brannte.

»Aber ich habe trotzdem was läuten hören. Es geht das Gerücht, dass die *Crédit Agricole* Guy versetzen lassen will. Als stellvertretenden Filialleiter irgendwo im Périgord. Sie wollen einen jungen aufstrebenden Mann aus Bordeaux zum Leiter der hiesigen Filiale machen. Sie finden, dass die Zahlen nicht stimmen. Ist bisher nur ein Gerücht, aber das wäre echt eine Demontage für den armen Guy. Sein Leben lang hat der hier einen soliden Job gemacht. Na, dem werde ich einen Nachruf schreiben, der sich gewaschen hat.«

Luc hörte zu und speicherte auch diese Information. Noch eine Woche in Saint-Émilion und er könnte auch Lokalredakteur werden, bei all diesen Abgründen und Enthüllungen. War ja schlimmer als in Paris.

»Ich bin übrigens immer noch auf der Suche nach eurem Arzt. Die Fahndung in den Vogesen ist erfolglos verlaufen. Hast du eine Ahnung?«

»Das fragst du erst jetzt? Der ist gestern spät zurückgekommen. Hab ihn ihm *Vin fou* getroffen, gestern Nacht noch. Und er sah so aus, als würde er da heute noch sitzen. Völlig fertig.«

Luc beugte sich gedankenverloren nach vorn und sah hinunter auf den weiten Marktplatz unten in der Stadt. Und während er so schaute und die Planen der Marktstände sah und die Menschen, wie sie dort schlenderten und ihre Einkäufe erledigten, sah er weiter links jemanden, den er erkannte. An der Art zu gehen, dynamisch und kraftvoll, und an der Art, wie sie zielstrebig auf den ersten Marktstand zustrebte. Aber es konnte nicht sein. Was sollte sie hier machen? Sie hatte doch etwas anderes gesagt. Die Frau verschwand am ersten Marktstand aus seinem Blickfeld, er konnte sie von hier oben, gut hundert Meter weit entfernt, nicht wiederfinden. Und doch war er sich ganz sicher, sie erkannt zu haben.

Was um alles in der Welt wollte Anouk in Saint-Émilion?

# Kapitel 42

Der Markt von Saint-Émilion war wunderschön. Nicht nur auf dem großen Platz rund um die Felsenkirche, sondern auch in den Arkadengängen hinauf in die Oberstadt hatten Händler ihre Tische aufgestellt. Dort boten sie die leckersten Produkte feil, die das Aquitaine zu bieten hatte.

Anouk wäre gern ganz in Ruhe geschlendert, hätte dort vorne von den *Rillettes de Canard* gekostet, hier einige von den prallroten kleinen Tomaten eingepackt, am Fischstand hätte sie zwölf Austern aus Arcachon gekauft und wäre dann weitergegangen in die *Bar du Marché* für einen Aperitif vorm Mittagessen. Und am liebsten hätte sie all das mit Luc gemacht.

Doch heute war nicht die Stimmung für romantische Schwärmereien. Sie hatte sich hineingestürzt in ihre gemeinsame Welt, hatte sich in den Minuten des Dinners am Strand von Carcans Plage für ihn entschieden. Für diesen unglaublich gut aussehenden Mann, der dazu auch noch witzig, klug und auf seine Weise wortkarg war, was ihn noch interessanter machte. All ihre Zweifel waren an diesem Abend wie weggeblasen.

Die Zweifel nach der langen Zeit, die sie sich nicht gesehen hatten. Und die Zweifel, die ihr jemand hatte einpflanzen wollen, der ihr diese anonyme Ansichtskarte geschrieben hatte. Zweifel, denen sie nicht folgen wollte. Weil anonyme Ansichtskarten eine mysteriöse und hinterhältige Sache waren. Aber doch: Es war dem Absender gelungen, Misstrauen zu säen. Das spürte sie Stunde um Stunde deutlicher. Am Strand bei ihren ersten Küssen nach den zwei Monaten in Venedig hätte sie für Luc die Hände ins Feuer gelegt. Doch nun war das anders: Alles war so offensichtlich in diesem Fall – und alles sprach gegen Lucs besten Freund.

Und doch tat er nichts in dieser Richtung. Anouk schien es vielmehr, als unternehme Luc alles, um Richard zu schützen.

Alles, was Luc betraf, brachte sie um den Verstand, schien es. Es kam ihr langsam so vor, als sei er auch einer dieser typischen hochgestellten französischen Beamten, die ihren Freunden gegenüber uneingeschränkt loyal waren – und das Gesetz zuweilen nach ihren Regeln auslegten.

Luc war schon in jungen Jahren zu einem hohen Commissaire in Paris aufgestiegen, das ging ja nicht ohne weiteres. Als sie sich über ihn erkundigt hatte, hieß es immer, er habe das ganz von alleine geschafft. Er sei nun wahrhaft kein Mann mit Parteibuch, der Politikern gefällig sei. Das nahm Anouk auch gar nicht an. Aber dass er in diesem Fall nicht mal mit sich reden ließ, was schwerere Vorwürfe gegen Richard anging, war ihr unverständlich. Schützte er seinen Freund, wider besseres Wissen? Als erfahrener Polizist musste er spüren, dass zu viel gegen Richard sprach.

Anouk hatte heimlich Ermittlungen angestellt, hatte mit Banken gesprochen und mit einem Weinexperten aus dem Médoc. Sie hatte Luc noch nichts davon gesagt, sie wollte erst noch etwas Handfestes bekommen. Deshalb war sie heute Mittag hier.

Sie hatte Luc gesagt, dass sie im Büro zu tun habe. Sie hoffte, dass sie ihm nicht bei seinen Ermittlungen über den Weg lief. Aber das Risiko musste sie eingehen.

Sie hatte Lucs Akteneinträge zu dem Fall gelesen, sie wusste also, mit wem er gesprochen hatte. Die Aussage von Monsieur Tritignant über Richards Nachforschungen hatte sie stutzig gemacht.

Also betrat sie zuerst die *Pharmacie.*

Anouk war selber noch nie hier gewesen. Es war auch merkwürdig, dass sie in diesem Fall alle einzeln ermittelten, fand sie. Aber gut, sie waren nun mal so schlecht besetzt.

Eine ältere Frau bat sie zu sich an den Tresen.

»Anouk Filipetti von der Police Nationale«, stellte sie sich vor.

»Bonjour, Mademoiselle«, sagte Madame Battiste, »wo ist denn der gut aussehende Commissaire von neulich? Krank?«

Anouk musste schmunzeln. Lucs Besuch in der Apotheke hatte offenbar nachhaltig Eindruck hinterlassen.

»Tut mir leid, Sie müssen diesmal mit mir vorliebnehmen, Madame«, antwortete sie. »Aber keine Sorge, Commissaire Verlain geht es gut, er arbeitet an einem anderen Fall. Kann ich mit Mademoiselle Georgieva sprechen? Ich müsste eine Aussage von ihr überprüfen.«

Madame Battiste rief nach hinten in den Raum:

»Jacqueline?«

Wenige Sekunden später erschien das Mädchen, und Anouk war – ebenso wie Luc beim ersten Mal – für einige Sekunden sprachlos. Warum hatte der Commissaire denn nicht erwähnt, was hier für eine Schönheit arbeitete?

Die junge Apothekerin in ihrem weißen Kittel schaute Anouk offen und erwartungsvoll lächelnd an. Sie hielt noch einen Stift und einen Bestellzettel in den Händen, offenbar machte sie gerade Inventur.

»Diese Frau ist von der Police Nationale, eine Kollegin des Commissaire«, sagte Madame Battiste.

Anouk zeigte ihren Ausweis. Dann sagte sie zur Chefin, die immer noch neben den beiden stand:

»Vielen Dank, Madame. Sie haben mir sehr geholfen. Kann ich kurz mit Ihrer Angestellten allein sprechen?«

Madame Battiste zog eine Augenbraue hoch, wandte sich dann ab und murmelte, während sie den Verkaufsraum verließ, unentwegt leise in sich hinein:

»Unverschämtheit … mein Laden … Wo ist der Commissaire«, war alles, was Anouk verstehen konnte.

Jacqueline lächelte Anouk an:

»Sie müssen meine Chefin entschuldigen«, sagte sie. »Hier in der Stadt ist nicht gerade viel los, da ist sie gerne dabei, wenn mal etwas passiert.«

Anouk lachte.

»Ich verstehe. Sie haben ja mit meinem Kollegen gesprochen. Ist Ihnen noch mehr eingefallen nach Ihrer Aussage?«

Die junge Frau schüttelte den Kopf.

»Nicht dass ich wüsste.«

Anouk griff zu ihrem Handy.

»Darf ich Ihnen ein Foto zeigen? Ich würde gern wissen, ob Sie einen bestimmten Mann kennen.«

Sie durchsuchte die Bilder und hielt dann Jacqueline Georgieva den Bildschirm hin.

Die schaute sehr genau hin, nahm dann ihre Finger und zoomte das Bild näher heran ans Gesicht.

»Ja, den kenne ich. Das ist der Mann, ich hab das doch auch dem Commissaire schon …«

Da brach sie ab. Anouk hakte sofort nach.

»Sie haben dem Commissaire schon was erzählt?«

Die junge Frau knabberte verlegen an ihrer Unterlippe.

»Ich weiß auch nicht. Erst sage ich ihm etwas, und dann kommen Sie und fragen noch mal und scheinen nichts davon zu wissen. Ich will ja auch keinen Ärger. Ich habe die Aussage doch schon mal gemacht.«

Anouk änderte ihren Gesichtsausdruck, wurde nachsichtig, eben war sie wohl zu forsch gewesen.

»Mademoiselle, keine Sorge, Sie kriegen keinen Ärger, und der Commissaire auch nicht. Er war sicher nur in Eile und hat nicht alles richtig notiert. Also, was haben Sie gesehen?«

»Also gut … Einmal, vor zwei Wochen, da ist Hubert hier reingestürmt, er hatte vor Tagen ein neues Rezept erhalten und ganz vergessen, es einzulösen. Er lächelte und sagte, er habe nur noch zwei Kapseln und er bräuchte sie dringend, er wolle ja schließlich bald Marathon laufen. Und deshalb mögen wir doch bitte *Propafenon* bestellen. Wir haben es nicht immer vorrätig, wissen Sie?«

»Und was ist dann passiert?«

»Gar nichts. Ich hab das Medikament bestellt und gesagt, er könne es am nächsten Tag abholen.«

»Gut. Und was hat das mit dem Mann auf dem Foto zu tun?«

»Na, der war die ganze Zeit dabei. Hubert hat ihn mit hierhergebracht wie einen alten Freund. Er stand neben ihm und hat interessiert zugehört. Und dann beim Rausgehen hat Hubert gesagt: Mademoiselle, das ist übrigens ein Freund, ein Winzer aus dem Médoc. Wie unhöflich, ihn nicht vorzustellen. Ich wollte ihm nur zeigen, was für wunderschöne Frauen wir in Saint-Émilion haben.«

Sie errötete.

»Und dann hat sich der Monsieur leicht verbeugt, und beide sind wieder raus.«

Anouk war wie vor den Kopf geschlagen.

»Und das haben Sie meinem Kollegen auch schon gesagt?«

Jacqueline sah sie ängstlich an.

»War das falsch? Ach herrje, immer mach ich alles falsch.«

»Nichts haben Sie falsch gemacht. Alles ist gut. Haben Sie all das genauso meinem Kollegen erzählt?«

»Ja. Vorgestern. Er war hier. Und ich hab es genauso erzählt. Kriegt er jetzt Ärger?«

»Nein, Mademoiselle. Haben Sie vielen Dank.«

Anouk drehte sich um und verließ den Laden.

Mein Gott, was hatte Luc ihr denn alles verschwiegen? War der Abend am Strand ein Fehler gewesen? Würde sie nie wieder mit ihm Hand in Hand über den Markt schlendern?

Sie ging die paar Schritte bis zur Mairie. Und hoffte, bei der Bürgermeisterin nicht noch mehr unangenehme Wahrheiten erfahren zu müssen.

# Kapitel 43

Galt in Frankreich nicht das Rauchverbot? Luc schnupperte in die Bar hinein. Hier im *Vin fou* hatten sie offenkundig noch nichts davon gehört. Es roch gut, nach Erinnerungen. In Lucs Jugend hatte er immer in den Strandbars in Carcans Plage rauchen dürfen, in Paris in den wilden Neunzigern natürlich genauso.

Er betrat den dunklen Raum und wurde sofort umhüllt vom Rauch. Er hatte fast vergessen, wie sich das anfühlte. Dieser süßlich-schwere Geruch von Alkohol und Spülmittel, dazu der herbe Duft von fetter Salami und Pasteten, die hier auf kleinen Tellern zum Wein gereicht wurden. Und Zigarettenqualm, Pfeifenduft, alles waberte durch die Bar.

Er hatte von Robert Dubois eine genaue Beschreibung bekommen, deshalb erkannte er den Arzt sofort.

Der Mann hockte an der Bar, das längere graue Haar war zerzaust, er war unrasiert und die Augen waren blutunterlaufen.

Mit schwerer Zunge sagte er eben zum Barmann:

»Ich nehm noch ein *Eau de vie*, Jacques. Und den hier noch mal.«

Er zeigte auf sein leeres Rotweinglas.

Luc dachte, dass diese ganze Kunst, diese Lebensweise, die Energie der Trauben dort draußen an den Reben eben auch ihre

Schattenseite hatte: Wenn Menschen den Wein zu sehr lieben lernten – weil sie sonst nichts mehr im Leben hatten. Doktor Giraud sah genauso aus. Er war sturzbetrunken. Die Gerüchte im Ort stimmten also.

Luc setzte sich neben ihn. Der Arzt ließ sich davon nicht stören, im Gegenteil. Er drehte sich zum Commissaire und sagte langsam:

»Alors, Bruder, was nimmst du? Ich trinke einen Château … Ey, Thierry, was trinke ich?«

»*Château Roc de Calon*«, antwortete der Wirt.

Der Arzt betrachtete sein Glas.

»Hört, hört. Nobel geht die Welt zugrunde, oder Bruder? Das ist doch kein schlechter Tropfen.«

Der *Roc de Calon* war wirklich ein guter Wein. Ein Cru aus Montagne Saint-Émilion, der bergigeren Weingegend im Norden der Stadt.

»Für mich auch einen, bitte. Und ein *Eau de Vie,* wie der Monsieur«, sagte Luc.

Der Wirt goss beim Doktor nach und stellte Luc die beiden Gläser hin.

»Eine gute Wahl. Der Schnaps ist ausgezeichnet hier«, stotterte der Arzt.

»Na, dann freue ich mich«, antwortete Luc. »Stoßen wir an, auf die Lebenden und die Toten.«

»Dramatisch, Monsieur, dramatisch«, sinnierte Doktor Giraud. »Aber gut, darauf trinke ich. Und darauf, dass es früher oder später auch meine Frau erwischt. Wer sind Sie denn, dass Sie so tiefsinnige Trinkreden halten, der neue Pfarrer?«

Luc zögerte. Zu früh für die Wahrheit.

»So in etwa. Ich nehme gern die Beichte ab. Was zu beichten?«

»Nö. Nur durstig. Das ist kein Beichtgrund, oder?«

»Nicht wirklich.«

Luc suchte in der Tasche nach seiner Schachtel *Parisienne.* Die letzte. Wer auch immer sie ihm gestohlen hatte, es war sein ganzer Vorrat gewesen. Was für eine *Merde.* Mitten in diesem nervtötenden Fall.

Luc steckte sich eine Zigarette an. Er wollte keine Zeit mehr verlieren. Er hatte zu viel zu tun.

»Sie sind der Arzt von Saint-Émilion, oder?«

»Der bin ich. Aber außer Dienst. Noch im Urlaub. Ich fange erst morgen wieder an. Wenn es hier heute Abend gut läuft, dann auch erst übermorgen.«

Er lachte ein heiseres und trauriges Lachen.

»Irgendein Arschloch ist bei mir in die Praxis eingebrochen, 200 Euro kostet die Scheibe, sagt der Glaser«, fuhr er lallend fort.

»Was fehlt Ihnen denn, dass Sie 'nen Arzt brauchen?«, fragte er dann.

»Mir fehlt ein guter Freund. Er ist tot. Hubert. Den kennen Sie doch, oder?«

»Is' ja ganz schön viel Betrieb, was den alten Hubert angeht. Seit Wochen fragen alle nach Hubert. Der is' ja beinahe eine Person des öffentlichen Interesses«, stammelte der Arzt.

Nun war es doch an der Zeit. Das führte hier sonst zu nichts.

»Monsieur Giraud«, der Ton von Luc hatte sich verändert, er war schneidend, offiziell. »Ich bin von der Police Nationale. Wir sollten reden. Draußen.«

In den diesigen Blick des Doktors kam sofort Bewegung, er nahm die Schultern hoch, atmete aber immer noch schwer.

»Sie sind … was?«

»Sie haben schon richtig gehört. Los, lassen Sie uns rausgehen. Muss ja nicht die ganz große Sache werden hier in der Bar.«

Er griff den Doktor unter der Schulter und hob ihn vom Barhocker. Er roch den Schweiß, der im Hemd lag, auf den Armen, es war abstoßend.

Giraud ging fast ohne Hilfe die Treppe hinauf, die Aussicht auf ein Verhör hatte ihn beinahe augenblicklich nüchtern werden lassen.

Draußen kam ihnen sofort die stickige Luft entgegen. Es waren sicher zwanzig Grad mehr. Saint-Émilion lag im Nachmittagsschlaf verlassen da. Die Rue du Thau war leer.

Luc setzte sich auf die steinerne Treppe, die hinauf führte in die Oberstadt. Er nahm eine Zigarette aus der Packung und zündete sie an.

»Haben Sie noch eine?«, fragte der Doktor.

Luc reichte ihm eine Zigarette.

»Setzen Sie sich. Hier.«

Er rückte ein Stück zur Seite und ließ Giraud neben sich Platz nehmen. Dann tat er einen tiefen Zug und ließ dem Doktor Zeit, sich zu sammeln.

»Was wollen Sie von mir?«

»Monsieur Giraud, erst melden Sie sich tagelang nicht, obwohl wir Sie suchen. Und dann sitzen Sie in dieser Bar und wollen mir sturzbetrunken Dinge über einen Patienten erzählen, der seit Tagen tot ist. Und offenbar war ich nicht der Einzige, dem Sie Sachen erzählt haben. Also: Mit wem haben Sie noch gesprochen?«

Giraud nahm seinerseits einen tiefen Zug von der Zigarette. Um ihn schwirrten die Mücken, man sah ihre zackigen Flugwechsel im Schatten der steilen Treppe, aggressive Horden auf der Jagd.

»Ich wollte eigentlich in den Sommerferien irgendwo hin, Thailand, *Club Med*, irgendwas, ich hatte ein bisschen Geld zurückgelegt. Aber dann hat mich meine verdammte Exfrau angerufen, sie wollte wieder rasend viel Geld. Und dann hab ich mich entschieden, am nächsten Tag in diese verdammten Vogesen zu fahren. Ich wollte mit ihr sprechen. Weil sie einfach wahnsinnig ist, ich habe sie am Telefon angeschrien, aber sie hat nur gelacht.

Nach diesem Telefonat bin ich in die Bar gegangen. Es war ein richtig mieser Tag. Und der Kerl hat klug gefragt. Er hat bestimmt zwei Stunden mit mir da gesessen und hat mir immer wieder einen ausgegeben. Erst haben wir ganz unverfänglich gesprochen, und dann hat er immer weiter nachgebohrt, über die Stimmung hier im Ort, über die Winzer, und dann kam er auf seinen alten Freund, Hubert de Langeville. Ich habe natürlich nicht gesagt, dass er mein Patient ist.«

Natürlich nicht, dachte Luc …

»Aber er wollte immer weiter über Hubert sprechen. ›Seinen alten Freund‹, das hat er immer wieder gesagt. Er mache sich Sorgen um ihn. Aber er wolle ihn nicht direkt darauf ansprechen. Ich weiß auch nicht, da habe ich ihm dann gesagt, dass er diese …«

Giraud brach ab und schlug mit der Hand nach einer Mücke, die auf seinem Arm saß.

»Sie haben ihm etwas von der Krankheit von Monsieur de Langeville erzählt?«

Der alte Mann nickte.

»Ja, es war mehr im Plauderton. Ist ja auch kein Geheimnis. Weiß ja fast jeder hier im Ort.«

Luc fand schon, dass es ein ziemliches Geheimnis war, nach allem, was er so gehört hatte.

»War es dieser Mann?«

Luc zeigte dem Arzt ein Foto von Richard, neben ihm selbst.

»Ja«, Giraud zeigte darauf, ruderte mit den Armen, fiel fast vornüber, »der war es. Guter Mann. Hat meine ganze Rechnung bezahlt. Sehr großzügig.«

»Ist nicht viel los in Ihrer Kasse, dass Sie Patientengeheimnisse gegen Schnaps raushauen?«

»Nicht nur Schnaps, wir hatten richtig guten Rotwein. Wahnsinn war der. Und das mit den Patientengeheimnissen, ich hab doch fast gar nichts erzählt.«

»Warum haben Sie eine Großpackung *Verapamil* gekauft? Sie wussten doch, dass die Praxis zu sein wird, während Sie angeblich im Urlaub waren?«

»Ich brauche das Zeug selber. Ich habe immer solche Kopfschmerzen, jeden Tag. Tut echt gut, der Kram. Hilft mir sehr.«

Luc schaute auf das neue Glas *Eau de vie*, dass der Wirt eben hinstellte. Er hätte da eine andere Idee gehabt, was auch gegen Kopfschmerzen helfen könnte.

»Und wo waren Sie in den letzten Tagen? Die Kollegen in den Vogesen haben Sie erfolglos gesucht.«

»Ich war da, hab ich doch gesagt. Bei meiner Exfrau. Sie wollte mich nicht sehen. Ich hab in einem kleinen miesen Motel gewohnt. Rechnung is' hier irgendwo.«

Er kramte in seiner Hosentasche.

»Is' schon gut«, sagte Luc. Dieser Mann wäre gerade nicht mal in der Lage, eine Flasche selbst aufzumachen. Geschweige denn, einen solchen Mord zu begehen.

Sie erhoben sich – der eine sicher, der andere wackelig.

»Halten Sie sich zu unserer Verfügung, Monsieur. Keine Fernreisen, keine Abwesenheiten, nicht Paris, nicht die Vogesen und schon gar nicht Thailand, okay?«

»Jawohl, Monsieur le Général.« Der Arzt salutierte, dabei fiel er fast hin. Eine traurige Gestalt. Er tat Luc leid.

Als der sich abwandte, um zu gehen, rief der Arzt ihm hinterher:

»Commissaire. Als der Mann da, der auf Ihrem Foto, gegangen war, kam übrigens noch jemand. Und hat genau die gleiche Frage gestellt. Viel drängender. Eine Frau. Richtig attraktiv. Mitte vierzig vielleicht. So eine Frau würde ich mir wünschen. Die war einfach nett. Hat sogar einen Schnaps mitgetrunken.«

Luc wollte nichts mehr hören. Er lief einfach weiter und hörte, wie die Tür zur Bar wieder aufschwang.

Als Doktor Giraud nach Stunden beim Wirt bezahlen wollte, fand er in seiner hinteren Gesäßtasche zwei Einhundert-Euro-Scheine. Er schaute lange auf das Geld, dann steckte er es schulterzuckend weg.

# Kapitel 44

Am liebsten wäre Luc geflohen. An den Strand. Aufs Board. Weg von hier. Weg von immer neuen Aussagen, die alle in die gänzlich falsche Richtung führten. Zu Richard nämlich. Sonst hatte er sich doch auf sein Bauchgefühl immer verlassen können. Hier nun lief alles völlig aus dem Ruder.

Wie ferngesteuert lenkte er den alten Jaguar von der Pont François Mitterand hinein nach Bordeaux. Vorbei am alten Schlachthof, dem hässlichen Gewerbegebiet, er ließ den Bahnhof links liegen und fuhr dann einen Kilometer später nach links, hinein in die Altstadt. Er parkte den Wagen auf einem *Livraison*-Stellplatz für Händler, klappte die Police-Sichtblende herunter und stieg aus.

Wo war Richard? Verdammt. Er würde ihn festnehmen müssen. Obwohl er ihn für unschuldig hielt. Aber war er sich da noch so sicher?

Drei Minuten später wartete er auf der Place Canteloup und sah Anouk schon von weitem aus ihrem Haus kommen. Sie trug eine dunkle Sonnenbrille. Und ging energisch und zielstrebig auf ihn zu.

»Salut«, sagte sie geschäftig, statt eines Kusses gab sie ihm die drei *bises*.

»Lass uns einen Wein trinken. Dann ist das Thema nicht ganz so fies«, sagte sie, und der Vorschlag duldete keinen Widerspruch.

Sie gingen den Place Canteloup entlang bis zu einer kleinen Bar. Es war nicht Anouks Stammbar, die Luc schon kannte. Sie hatte für dieses Gespräch wohl eine Bar gewählt, die nicht einer ihrer Lieblingsorte war.

Die Bar hieß *Julo*, sie bestand aus einem schönen offenen Raum mit hellem Holz. An der Wand in einem Regal standen Dutzende Weinflaschen. Sie setzten sich ans Fenster auf zwei Barhocker, hier drinnen gab es sogar eine Klimaanlage. Es war herrlich kühl.

»Alors, können wir zwei Gläser *Saint-Estephe* haben? Diesen da«, Anouk zeigte auf die Tafel, den *La Chapelle de Calon*.

Anouk bestellte immer sehr treffsicher, doch Luc konnte sich nicht recht freuen. Was gleich kam, würde unangenehm werden.

Erst mal aber kamen die Gläser. Luc hätte gerne eine geraucht. Später, ermahnte er sich.

Er nahm eine Nase vom Bukett, Vanille und Zimt. Als Luc das Glas wieder gerade hielt, floss der Rotwein ganz ölig am Rand des Glases hinab. Ein wunderbarer Tropfen, für einen Zweitwein besaß er eine unglaubliche Qualität.

Ein kurzes Anstoßen, dann der erste Schluck: Tiefdunkel prallte der Geschmack auf die Zunge, der Geschmack von Wald und Erde. Erst dann kam die Frucht, hinten im Gaumen, im Abgang spürte Luc die Frische, schließlich war der Wein erst zwei Jahre alt.

Sie tranken, und Luc dachte darüber nach, worum es in diesem ganzen Fall wirklich ging: um diese rote Flüssigkeit im Glas? Um ein eigentlich doch simples Getränk, das zu einem Milliardengeschäft geworden war? Oder war das eine falsche Fährte?

Sie hingen ihren Gedanken nach, leise Bluesmusik spielte im Hintergrund. Es war Anouk, die zuerst sprach.

»Gut, hm?« Sie zeigte auf ihr Glas, dann veränderte sich ihr Gesichtsausdruck. »Luc, ich dachte, du würdest auf mich zukommen. Ich versuche dir seit Tagen zu sagen, dass wir einen Haftbefehl beantragen müssen. Du weißt, gegen wen. Es geht nicht anders.«

Luc sah sie an. Er schwieg. Sie sah ihm in die Augen, als wollte sie ihn prüfen. Doch von ihm kam nichts.

»Mein Gott, du willst es auch nicht anders. Ich war in Saint-Émilion. Nachdem uns der alte Tritignant erzählt hat, dass Richard Fragen über Hubert gestellt hatte. Aber das war nicht alles, das habe ich gespürt. Deshalb bin ich in die Stadt gefahren. Ohne dich, um dort zu ermitteln.«

Luc hatte also doch richtig gesehen.

»Richard hat Hubert regelrecht ausspioniert. Ich habe auch im Rathaus Leute gefunden, die sich erinnern konnten, dass Richard Fragen über Hubert gestellt hat. Und in der Apotheke waren Richard und Hubert einmal zusammen. Dein Freund wusste also von der Erkrankung. Mann, Luc. Und du …«, sie setzte sich erst aufrecht, beugte sich dann ein wenig vor, »und du wusstest davon und hast nichts getan. Die Apothekerin hat es dir erzählt.«

Und der Arzt hatte es Luc bestätigt. Aber das verschwieg er jetzt lieber. Zeit zum Kopfeinziehen. Anouk machte eine Pause und ließ sich in den Stuhl zurückfallen. Sie nahm noch einen Schluck und fuhr dann ruhiger fort:

»Richard hat ein knallhartes Motiv. Wir haben seine Finanzen gecheckt. Ich wollte dir das nicht sagen, falls wir nichts finden. Aber wir haben was gefunden: er ist richtig am Arsch. Die Bank will nicht mehr, und auf den Firmenkonten sieht es mau aus. Ich weiß, wieviel dir der Mann bedeutet. Aber es spricht zu viel gegen ihn.«

Luc sah aus dem Fenster.

»Und nur, weil er pleite ist, wie du sagst. Meinst du, deshalb würde er es schaffen, jemanden umzubringen? Einen ehrbaren Winzer? Den er sogar mochte? Glaubst du das?«

Anouk nahm einen Schluck aus ihrem Glas, als tränke sie sich Mut an. Sie atmete tief durch, schüttelte dabei fast unmerklich den Kopf.

»Luc. Ich weiß, wohin Verzweiflung die Menschen treiben kann. Und wir haben doch selbst darüber gesprochen, wie riesig der Druck ist in den Sphären, in denen sich Richard und die anderen Winzer bewegen. Und nun geht es eben ausgerechnet um deinen besten alten Freund – und schon kannst du es dir nicht mehr vorstellen?«

Luc wollte antworten. Er hätte tausend Argumente gehabt. Erwiderungen. Verteidigungen. Das Problem: Sie klangen alle schwach, müde. Und er wusste das. Er trank noch einen Schluck.

»Luc, jetzt sag was. Ich habe mich entschieden, dir zu vertrauen«, Anouks Stimme nahm jetzt an Fahrt auf, sie wurde lauter und entschiedener, »und ich habe diese Karte bekommen, die mir empfahl, vorsichtig zu sein. Geschenkt. Ich habe dich, verdammt noch mal, sogar geküsst. Und nun machst du genau das, was da stand. Du schützt jemanden, den du normalerweise einfach festnehmen würdest. Wenn er nicht dein Freund wäre. Und ich soll das auch noch decken. Das kann ich nicht. Das kann ich nicht tun.«

Sie starrte kurz aus dem Fenster. Sah ihn nicht wieder an, als sie fortfuhr:

»Ich kann dich nicht zwingen. Ich kann dich vielleicht sogar verstehen. Meinst du, ich würde meine beste Freundin festnehmen wollen? Aber du musst etwas tun. Einen Tag, Luc. Sonst mach ich es.«

Anouk stand auf, knallte einen Zehn-Euro-Schein auf den Tisch und verließ das Lokal. Wortlos. Grußlos.

Er sah ihr nach, bis sie zwischen den Flaneuren des Abends auf der kleinen Gasse verschwand.

Dann nahm er sein Handy. Und endlich war sie da, die SMS

von Lou. Er hatte seinen alten Freund von der Gendarmerie gebeten, nach Richard zu suchen. Lange Fahndungen waren aber nicht dessen Sache, er hatte sich wohl einfach in seinem Citroën von der Police Municipale de Lacanau vor Richards Château postiert. Jedenfalls hatte er vor vierzig Minuten geschrieben:

*Richard ist eben hier angekommen. Sah fertig aus. Hab aber auch meine Brille vergessen. Komm her! Ich warte hier und hau dann ab. L.*

Gerade als Luc aus der Bar stürmte, klingelte das Telefon wieder. Als er den Anruf annahm, erkannte er sofort die näselnde Stimme. Heute war sie noch schneidender.

»Bonjour, Commissaire. Ich dachte, ich melde mich mal wieder – wenn Sie es nicht tun. Was machen die Ermittlungen? Haben Sie den Unterpräfekten als mögliches Opfer wirklich ausgeschlossen?«

Der Präfekt hatte ihm nun gerade noch gefehlt.

»Monsieur le Préfet, alles deutet darauf hin, dass der Winzer aus Saint-Émilion getroffen werden sollte. Ihr werter Unterpräfekt war ein Zufallsopfer.«

»Haben Sie denn endlich einen Verdächtigen? Der Mord ist fast eine Woche her. Wie stehe ich denn da? Die Presse fragt dauernd nach.«

Luc fragte sich, wie das gehen sollte – denn die Journalisten waren immer noch erfolgreich ruhig gestellt.

»Wir haben einen Hauptverdächtigen. Einen Winzer aus dem Médoc. Er hat ein starkes finanzielles Motiv und die Möglichkeit, den Wein zu vergiften.«

Der Präfekt seufzte ungeduldig.

»Und wo ist der Mann? Haben Sie ihn schon in Haft?«

»Ich bin auf dem Weg zu ihm.«

# Kapitel 45

Luc schrieb eine kurze SMS. Nach all diesem Mist heute war ihm nach Ablenkung zumute, Ablenkung für die Nacht. Der Streit mit Anouk hatte ihm zugesetzt

Er fürchtete sich vor dem, was ihn gleich erwartete. Da wollte er sich auf etwas Schönes freuen, später am Abend.

Er schnippte die Zigarette weg, seine dritte in einer halben Stunde. Er war nervös.

Eben hatte er mit Yacine telefoniert. Ein langes Gespräch. Und ein gutes. Er hatte die Nummer seiner alten Abteilung in Paris gewählt. Auf dem Quai des Orfèvres hatte es geklingelt, Luc hatte die Szene vor sich gesehen. Das wunderschöne alte Büro auf der Île de la Cité, der Blick hinaus auf die Seine und auf Nôtre Dame.

Yacine war sofort an den Apparat gegangen.

»Wie läuft es?«, hatte er gefragt.

»Es ist alles furchtbar. Anouk und ich, wir haben gestritten. Wegen Richard.«

Und dann erzählte er dem jungen Kollegen, wie sich der Fall weiterentwickelt hatte. Als er geendet hatte, herrschte Stille für einen Moment. Einen langen Moment.

»Luc? Wir haben das hier sehr oft erlebt: was Geld mit Menschen macht. Du weißt es. Im noblen 16. Arrondissement und in meinem verschissenen Vorort. Geld macht alle kaputt. Und bringt jeden dazu, krasse Dinge zu tun. Denk drüber nach.«

»Du meinst, Richard war es?«

»Nein, ich sage nur: Du glaubst, ihn zu kennen. Aber du weißt nicht, wie er ist, wenn es um alles geht. Da weißt du nicht mal, wie ich bin.«

»Oh doch, mein Lieber. Bei dir weiß ich das. Du kaufst dir im Zweifel 'ne neue Riesenkarre.«

Sie mussten beide lachen. Ein kurzer Moment der Sorglosigkeit.

»Vertrau deinem Bauch, Luc. Ich bin immer für dich da. Und ich fahr sofort los, wenn du mich brauchst.«

Dann hatten sie aufgelegt – und Luc war sofort um einen Zentner leichter. Es war so merkwürdig, dass sein Vater und Yacine ihn zu völlig unterschiedlichen Zeiten in diesem Fall an sein Bauchgefühl erinnert hatten. Nur: Was sagte das in diesem Augenblick?

Luc betrat das Château Lecœur-Saint-Julien. Diese vertrauten Hallen, die er schon seit seiner Kindheit kannte. Doch diesmal war er nicht angemeldet. Er war nicht zum Spielen verabredet mit seinem Kinderfreund Richard. Und nicht zum Trinken mit seinem alten Freund Richard.

Er ließ die breite Lobby hinter sich, rechts die Rezeption des Hotels, nahm die breite Treppe nach unten. Er ahnte, wo Richard sich aufhielt.

Die Tür zum historischen Weinkeller stand einen kleinen Spalt offen. Sein Gefühl trog ihn nicht.

Er öffnete die Tür nur ein kleines Stück mehr und trat hindurch. Sofort umfing ihn die Kühle der Jahrhunderte. An den Wänden hingen Kerzenleuchter, sie wiesen den Weg ins Heiligste des Châteaus.

Eine weitere Pforte, dann stand Luc vor den Hunderten Eichenfässern, die in vier Reihen den langen Gang hinunter standen. In jedem Fass 225 Liter feinster *Grand Cru*. So viel Arbeit. So viel Geschichte. Und nun? Wie würde es hier weitergehen?

Luc wusste nicht, was im folgenden Gespräch passieren würde. Alles war möglich. Das war das Schrecklichste. Er war sich selbst nicht mehr sicher.

»Luc. Was machst du denn hier?«, erschallte es von irgendwo weiter hinten. Die Akustik hier unten war atemberaubend. Fast wie in einer Kathedrale.

Luc schwieg noch. Er wartete, bis der andere sich zeigte.

Dann kam Richard hervor, er war eifrig, notierte mit einem Block Nummern an einem der Fässer. Alltagsarbeit eines Winzers.

»Bonsoir, Richard. Wir müssen reden.«

»Gern, Luc. Lass mich nur gerade noch das hier fertig …«

»Wir müssen jetzt reden. Komm, setzen wir uns da hinten hin«, unterbrach ihn Luc.

Der Winzer schaute von seinem Block auf und verstand. Lucs Worte und sein Ton klangen ungewohnt. Das zeigte Wirkung.

»Klar. Gut. Wollen wir in mein Büro. Oder in den Salon?«

»Hier ist es gut«, antwortete Luc knapp und machte den ersten Schritt. Er ließ sich auf einer Treppenstufe nieder, die vom Weinkeller in einen anderen Raum weiter hinten führte. Er wies Richard an, neben ihm Platz zu nehmen.

Der Winzer tat, wie ihm geheißen, erst jetzt sah Luc sein Gesicht. Seine Augen waren gerötet, er sah müde aus und erschöpft. Seine sonst so rosige Haut war unrein, die Haare nicht gewaschen, das Sakko zerknittert.

»Was ist los?«

»Das will ich von dir wissen. Mann, Richard. Das ist eine Riesenscheiße. Ich stehe voll hinter dir. Nach allem. Nach der

Medizin in der Weinflasche. Deiner Weinflasche. Und nun kommt immer mehr raus. Immer mehr Lügen. Warum tust du das?«

Sein alter Freund zuckte zusammen.

»Mensch Luc, ich hab dir das doch alles erklärt. Und was soll denn nun noch dazugekommen sein? Warum vertraust du mir denn überhaupt nicht?«

Luc hatte genug. Dass sein alter Freund ihm vorwarf, kein Vertrauen zu haben, aber ihn selber belog, war zu viel. Er drehte sich zu Richard und nahm ihn am Kragen.

»Du warst im verdammten Saint-Émilion, und zwar nicht nur im Rathaus. Du bist einmal durch das ganze Dorf bei deiner Hubert-Recherche. Du warst im Wahn. Du warst sowohl in der Apotheke als auch beim Arzt und hast beide ausgehorcht. Du wusstest von Huberts Krankheit. Du warst in der Bank, da musst du von der Erbschaft erfahren haben. Du wusstest alles.«

Er schüttelte ihn immer wieder am Kragen – und sah sich im selben Moment von außen: Wie weit waren sie gekommen? Ein Commissaire, der seinem Instinkt nicht mehr traute – und sein bester Jugendfreund, der wichtigste Verdächtige in einem Mordfall.

Richard schluckte, er atmete schnell und war nicht mehr imstande, sich loszumachen. Sein Kopf senkte sich. Luc ließ ihn los.

»Ich …«, begann Richard, aber er brachte kein Wort mehr heraus.

Luc achtete nicht mehr auf die Umgebung, er griff in seine Tasche und zog die Zigarettenpackung hervor. Er steckte zwei *Parisiennes* gleichzeitig in den Mund, zündete sie an und reichte eine Richard. Dann nahm der Commissaire einen tiefen Zug, und er sah aus den Augenwinkeln, dass Richard es ihm gleichtat. Ein Moment des Schweigens.

»Ich weiß nicht mehr weiter. Und das geht jetzt schon sehr lange so. Und diese Sackgasse«, ein weiterer Zug von Richard, »hat zu all dem hier geführt. Weißt du: das hier ist alles schön und gut. Es kann dich reich machen. Und berühmt. Natürlich nur, wenn du einmal einen richtig großen Wein machst. Dieses eine Jahr, in dem alles passt. Und dann müssen die Kritiker es noch genauso sehen. Der verdammte Parker.«

Richard zeigte umher, auf seine Weinfässer, eine ausholende Geste. Robert Parker war der Gefürchtetste unter den Weinkritikern. Seine Bewertungen konnten Preise verzehnfachen oder Schlösser vernichten. Einfach so. Mit ein paar Worten.

»Aber es ist vor allem ein riesiger Ballast. Eine Wahnsinnsverantwortung. Was, wenn ich dieses ganze Ding an die Wand fahre. Was, wenn es ein Jahr durchregnet und ich nur die Hälfte des Weines produzieren kann? Wenn ich damit die Arbeit meines Vaters, meines Großvaters und meiner Urgroßväter auslösche? Was soll ich dann machen? Mich in meinem eigenen Wein ersäufen? Und genau darum dreht sich alles in meinem Kopf seit zwei Jahren. Ich habe Kredite aufgenommen, bis Oberkante Unterlippe. Alles ist auf Sand gebaut. Das Hotel. Denkst du, das Hotel läuft gut? Es läuft sogar ausgesprochen mies. Im August sind wir ausgebucht, und zur Weinlese stehen mir die Gäste auch für zwei Wochen auf den Füßen rum. Aber der Rest des Jahres? Totentanz. Zwanzig Prozent Auslastung. Und weißt du, was mich der Spaß gekostet hat? Die Zimmer? Der Besucherweinkeller? Der Spa-Bereich? Der Koch? Zehneinhalb Millionen. Geplant waren fünf. Aber die verdammte Baufirma ... Und was soll ich machen? Wir müssen halt 200 Euro die Nacht nehmen. Eigentlich 350. Aber den Preis kriege ich hier einfach nicht. Für 50 Euro wären wir ausgebucht. Aber dann bliebe wieder nur das Ersäufen im Weinfass. Und die letzten Jahre lief es nur noch schlecht. Während der Finanzkrise brachen uns drei Jahre alle Kunden aus Russland weg, aus Griechenland, auch die Japaner kamen nicht mehr. Und 2013 und 2014 hatte ich dann auch noch mit dem Wein Pech. Zwei Jahrgänge wurden unterdurchschnittlich bewertet. Weil ich so nervös war, dass ich einmal zu früh und einmal zu spät geerntet hatte. Der Wein war schlicht Mist. Und so wurde es immer enger.«

»Warum hast du nichts erzählt? Wusste Christine davon?«

»Sie hat was mitbekommen. Aber sie kennt nicht alle Zahlen. Sie ist mein Fels. Ich wollte nicht, dass sie mit mir schwimmen geht. Dass sie den Glauben an mich verliert.«

Er saß zusammengesunken da, als träume er, das Gesicht hatte er auf einer Hand abgestützt, als sei der Kopf unendlich schwer.

»Das habe ich schön mit mir selbst ausgemacht. Am Strand in Carcans Plage. Ich bin oft an der Hütte deines Vaters vorbeigekommen und habe dann meinen Ärger in den Wind geschrien. Und dir? Wie sollte ich es dir erzählen? Der große Commissaire war doch so erfolgreich und vor allem überglücklich, nicht mehr hier sein zu müssen. Meinst du, da binde ich dir gleich die Geschichte meines Niedergangs auf die Nase?«

Luc schwieg. Er wusste, dass es stimmte. Er war kein guter Freund gewesen die letzten Jahre. Always on the run. Schwer greifbar. Nicht nur für Pariser Frauen. Auch für seine alten Freunde. Er hatte immer geglaubt, bei Richard laufe es wie am Schnürchen. Dass er im Urlaub seine Millionen zähle.

»Ich habe mich so geschämt. Ich will nicht der Pleitegeier sein. Der Verlierer. Es war pure Scham. Sonst wäre ich doch nicht so kaltschnäuzig gewesen, wie vorgestern. Du kennst mich doch. Ich habe mich da selbst nicht wiedererkannt. Ich konnte einfach nicht mit deiner Kollegin und dir darüber reden. Heute aber bringt es nichts mehr. Noch weiter zu schweigen, meine ich.«

Luc nickte. Bis auf die Worte von Richard war es gänzlich still in dem großen hallenden Keller.

»Manchmal wünschte ich mir, ich würde ein ganz kleines Landhaus in der Provence haben und dort ein paar Tausend Flaschen billigen Rosé herstellen. Ohne Druck, schön für den Supermarkt.

Keine Kohle, keine Sorgen. Doch hier wurde die Schlinge immer enger. Ich brauchte mehr Absatz. Einfach mehr. Mehr Weinmenge. Mehr Flaschen. Mehr Umsatz. Um irgendwann dann wieder mehr Gewinn zu haben. Ich musste etwas zukaufen. Es ist meine letzte Chance gewesen. Ohne neue Rebflächen bin ich pleite in ein paar Monaten. Aber hier im Médoc ist einfach nichts mehr zu kriegen. Ich habe es versucht. Und ich durfte es nicht öffentlich machen. Sonst wären die Leute gleich auf dumme Ideen gekommen. ›Klammer Winzer auf Einkaufstour‹. Also habe ich den Suchradius erweitert. Und dann herausgefunden, dass es de Langeville in Saint-Émilion finanziell wirklich schlecht geht. Also nicht nur ein bisschen mies, wie all den anderen Kleinen, sondern richtig finster. Wir haben uns getroffen und mochten uns auf Anhieb. Und dann hab ich ihm ein Angebot gemacht. Er hat nicht lange überlegt. Doch dann zog es sich irgendwie hin, über zwei, drei Wochen, bis er sich wieder gemeldet hatte. Und in der Zeit bin ich unruhig geworden. Und habe recherchiert. Erst im Internet, und dann hat mir das nicht mehr gereicht. Ich wollte alles wissen. Und dann habe ich von der Erbschaft erfahren und dann von seiner Krankheit. Weil ich alles wissen wollte. Mann, Luc. Meinst du, ich hätte gedacht, dass ich einmal in einer beschissenen Kellerbar sitzen und einen Arzt über seinen Patienten ausfragen würde? Es war furchtbar. Auf dem Nachhauseweg habe ich angehalten und an die Départementale gekotzt, so fertig war ich. Aber ich hatte Informationen. Und die haben mich am Leben gehalten. Luc …«

Er stockte.

»Wir stehen ohne das Château de Langeville kurz vor der Pleite. Ich schaffe die Ernte noch, aber wenn die nicht läuft, ist es vorbei.«

Luc war geschockt über diese Offenbarung. So geschockt, weil es unvorstellbar war: Château Lecœur-Saint-Julien war der Spielplatz seiner Kindheit, dieser Platz und diese Weinfässer waren für ihn einfach untrennbar mit der Familie Lecœur verbunden – und mit Richard. Und nun könnte es einfach vorbei sein. Vielleicht war das alles wirklich zu viel gewesen.

»Wo führt das hin, Richard? Was willst du mir sagen?«

Sein alter Freund schaute ihn direkt an, sein Blick war fest und tief, seine Schultern spannten sich.

»Dass ich fast am Ende bin. Ja, vielleicht ist Château Lecœur-Saint-Julien bald dicht. Dann bin ich es, der verkauft. Und dann können Margaux oder Lynch-Bages sich an meinen Weinbergen gütlich tun und die Kohle scheffeln. Das ist doch das, was die ganzen Weinriesen tun. Kohle zählen.«

Er atmete langsam. »Ich bin also fast am Ende. Aber ich bin und bleibe der, den du kennst. Dein alter bester Freund. Und ich würde niemals töten. Nicht in der schlimmsten aller Situationen. Ja, ich habe ein Motiv. Ja, ich habe kein Alibi. Ja, es war mein Wein. Ja, ich wusste von der Erbschaft und von dieser scheußlichen Herzkrankheit. Aber ich schwöre dir, ich habe darüber nur mit dem Arzt gesprochen und auf dem Rathaus nachgefragt und vielleicht noch mal in der Apotheke. Das kann alles sein. Und ich bin sicher clever genug, um rauszukriegen, was ich in meinen Wein hätte tun müssen. Aber meinst du das wirklich? Ich kann dir nicht das Gegenteil beweisen. Ich kann nur sagen: Du hast mein Wort. Ich war das nicht. Und ich bin erleichtert, dass den anderen Läufern nichts Schlimmeres passiert ist. Es ist ein ewiger Albtraum. Der größte Albtraum meines Lebens. An dem Teil mit meiner möglichen Pleite bin ich selbst schuld. Ich und mein Größenwahn. Aber der Teil mit Gift in meiner Weinflasche, für den kann ich nichts. Und ich würde den Scheißkerl, der das war, wirklich gerne in meinem Wein ersäufen. Aber in dem vom letzten Jahr. Dem miesen, du verstehst?«

Luc verstand. Er erhob sich, nahm Richard am Arm und stellte auch ihn auf die Füße. Dann umarmte er ihn. Lange, innig. Mit beiden Armen um die Schultern. Dann gab er ihm einen Kuss auf die Wange.

»Merci. Ich muss los. Die Ernte wird gut. Du wirst sehen.«

Er drehte sich um und ging. Er war erschöpft.

Doch Richard rief noch nach ihm.

»Luc? Noch etwas. Ich war nicht in der Bank. Ich war im Rathaus. Und in der Apotheke. Und hab mit dem Arzt gesprochen. Aber ich war nicht in der Bank.«

Er sagte das nachdrücklich. Luc nickte und drehte sich wortlos wieder um, er murmelte nur etwas.

Es gab nichts mehr zu sagen. Was er wissen wollte, wusste er. Richard war es nicht gewesen. Er hatte ihm, Luc, sein Wort gegeben.

Als er aus dem Weinkeller trat, durch das breite Schlossportal und dann hinaus in die schwülwarme Sommernacht, fiel sein Blick nach hinten zu den Weinfeldern. Er sah einen Schatten, eine Bewegung. Er hatte vorher gewusst, dass es heute noch einmal zu dieser Begegnung kommen würde. Er war bereit dazu. Doch mehr noch als vor Richards Offenbarungen fürchtete er die nun folgenden. Er wandte sich um und ging langsam in Richtung Reben.

# Kapitel 46

»Hast du Hubert de Langeville umgebracht?«

Christine sah ihn lange mit weit aufgerissenen Augen an.

Sie schwieg und blieb ganz still.

Dann, nach einer endlosen Weile, lächelte sie bitter.

»Ich wollte Richard so gerne helfen. Meinem schlaflosen, hilflosen, arglosen Mann. Der so kämpft um das alles hier.«

Sie verstummte und kämpfte mit den Tränen. Luc musste nichts sagen. Er wusste, dass es gleich ganz von allein kommen würde. Wie auch immer.

»Er hat mich so angesehen, jeden Abend. So hilflos. Vor einem halben Jahr fing das an. Und wenn ich dann versucht habe, einen Blick auf die Konten zu erhaschen, hatte er immer wieder eine Ausrede parat. Er habe die Kontoauszüge gerade zum Steuerberater gebracht oder so. Ich wusste, dass es eng ist, aber nicht wie eng. Bis ich dann die Papiere gefunden habe. Wahnsinn, wir waren fast pleite. Wir hatten dann beide die Idee mit dem Zukauf. Wieder zu Kräften kommen, das konnten wir nur, wenn wir mehr Wein verkaufen würden. Also haben wir anderweitig gesucht. Und Château de Langeville war ideal. Richard hatte endlich seine Nerven wieder und seine Zuversicht. Es war so schön mitanzusehen. Und dann auf einmal drohte alles zu platzen. Ich habe gesehen, wie Richard wieder unruhig wurde. Wie er wieder losstromerte. Ich bin ihm gefolgt. Immer wieder ist er nach Saint-Émilion gefahren und ich hinterher. Und habe dann eines Abends sogar gewartet, bis er aus einer Bar wieder rauskam. Dann bin ich rein. Und hab mit dem einzigen armen Tropf, der da besoffen rumlallte, gesprochen. Es war der Arzt. Und er hat dann auch mir von Huberts Krankheit erzählt. Nachdem er offenbar schon Richard davon erzählt hatte. Ich hab alles gegoogelt, ich wusste, wie man Hubert um die Ecke hätte bringen können. Jede Menge Medikamente wären möglich gewesen. Was war es denn letztendlich?«

»*Verapamil*«, antwortete Luc tonlos. Um sie herum zirpten die Zikaden im Wein.

Christine nickte. Dann sagte sie:

»Luc. Ich liebe Richard. Und es gibt nichts Schlimmeres für mich, als mitanzusehen, wie er sich gequält hat. Aber nicht mal für ihn, nein, niemals, würde ich einen Mord begehen. Du siehst es doch, ich bin ein offenes Buch. Und du kennst mich, ich bin eine alte Freiheitsdrossel. Niemals würde ich das tun, weil ich weiß, dass du mich kriegen würdest. Und meinst du, ich würde es einen Tag im Gefängnis aushalten? Niemals. Luc, ich habe Hubert nichts getan. Wirklich nicht.«

Sie fiel ihm um den Hals. Hielt ihn fest. Weinte nicht mehr, sondern flüsterte ihm ins Ohr:

»Ich geh jetzt zu meinem Mann. Und du findest deinen Mörder.«

Samedi – Samstag

# »36 GRAD UND ES WIRD NOCH HEISSER«

# Kapitel 47

Es klopfte einmal kurz an der Tür. Luc war schläfrig, deshalb konnte er gar nicht so schnell reagieren, wie sich die Holztür zur Cabane öffnete und Cecilia in die Hütte trat, sich ihren Bikini abstreifte, genau wie die kurzen Shorts, und in Sekundenschnelle die Decke anhob, um zu Luc ins Bett zu schlüpfen. Sie sagte kein Wort, sie atmete nicht mal, so schien es ihm, sie schmiegte sich nur an ihn, krallte ihre Fingernägel in seine Brusthaare und glitt dann mit ihrer Hand tiefer. Luc war auf einmal hellwach und bemerkte nun doch ihren leisen Atem, spürte ihre Haut, die nach Sonnencreme und nach dem Stoff des vorhin getragenen Neoprenanzugs roch, und merkte, wie sich ihre vom Salzwasser drahtig gewordenen kurzen hellblonden Haare an seiner Schulter rieben.

»Hey …«, flüsterte er, doch er wusste nur zu gut, dass Cecilia nicht antworten würde. Sie würde gleich mit ihm schlafen, diese stille, geheimnisvolle Frau. Sie würden intensiv und drängend miteinander schlafen, ohne ein Wort zu sagen. Und danach still nebeneinander liegen und einschlafen. Die Luft in der Cabane war heiß, durch die nur kurz geöffnete Tür hatte Luc gespürt, wie warm es auch in dieser Nacht draußen war.

Eine gute Stunde später lagen sie nebeneinander. Cecilia hatte sich an Lucs Schulter geschmiegt, eine Hand lag auf seiner Brust.

»Commissaire«, sagte Cecilia in die Stille hinein, »was ist los?«

Luc hielt den Atem an. Er verstand die Frage nicht. Vielleicht wollte er sie auch nicht verstehen in diesem Moment, um länger Zeit zu haben, darüber nachzudenken.

»Was meinst du?«, fragte er schließlich.

»Was ist mit deiner Freundin? Was ist passiert bei euch?«

Luc hielt den Atem an. Diese junge Frau, diese Surflehrerin aus einem Kaff bei Hamburg war ihm ein ungeheures Rätsel. »Wie kommst du darauf«, fragte Luc, ein weiterer ungeschickter Versuch der Ablenkung.

»Ach komm, Commissaire«, sagte sie, es klang neckisch, aber auch ein wenig drängend. »Stell dich nicht so an. Jetzt soll ich die Vernehmung führen? Na gut: Wir lernen uns kennen, schlafen miteinander. Wir schreiben uns, als du in Paris bist. Ich sehe, wie du drei Tage später eine wunderschöne Frau küsst, an meinem Strand, vor zwei Monaten war das. Dann gibt es eine Verwandlung, Du meldest dich eine Woche nicht mehr bei mir. Ich denke, gut, hat er sich verliebt. Oder er hat eine Freundin. Oder was auch immer. Und dann kommst du eines Abends zu mir ins Surfcamp. Wir gehen surfen, und dann schlafen wir miteinander. Seitdem fast jede Nacht, die letzten zwei Monate. Bis vor einer Woche. Kein Kontakt mehr. Gar nichts. Und nun, ausgerechnet heute am frühen Abend schickst du mir eine SMS. Und nun haben wir wieder miteinander geschlafen. Also: Da stimmt doch was nicht. Was ist los?«

Luc lag ganz still da, draußen surrten die Mücken, durchs offene Fenster konnte er sie hören. Es war immer noch stockfinster, die Nacht wollte noch nicht ablassen vom Himmel über Carcans Plage. Der Commissaire war verblüfft. Cecilia hatte jeden Moment ihres Zusammenseins in einer Minute beschrieben, hatte sogar alles mit Anouk verstanden, und zwar ohne ihren Namen zu kennen. Nun war es an ihm, zu erklären.

»Du solltest meinen Job machen. Du bist offenbar eine bessere Ermittlerin, als ich es jemals sein werde«, sagte er leise lächelnd, doch von Cecilia kam keine Reaktion. Sie wartete in der Dunkelheit, ohne sich jedoch von ihm zu entfernen. Luc sprach ganz leise.

»Die Frau, meine – nun ja, wenn du es so willst – Freundin, ich hoffe, dass sie meine Freundin ist, ach, keine Ahnung«, schon lange war er nicht mehr so unsicher gewesen, »heißt Anouk. Sie ist meine Kollegin. Und sie war verschwunden, nach dem Kuss, den du gesehen hast. Sie hatte einen Trauerfall in ihrer Familie. Letzte Woche ist sie zurückgekehrt. Es war ein sehr schönes Wiedersehen.«

Luc wartete kurz. Er musste Cecilia nicht schonen, er wollte nichts auslassen, er wollte ehrlich sein. Das war das Mindeste.

»Und nun haben wir diesen Fall im Médoc. Eine verzwickte Sache ist das«, und er umriss Cecilia in kurzen Worten die schwierigen Ermittlungen, auch, dass Anouk einen seiner besten Freunde für den Täter hielt.

»Und das Schlimmste ist, dass ich es nicht von der Hand weisen konnte, dass Richard wirklich allen Grund hatte, den Weingutsbesitzer zu töten. Und ich mir wirklich nicht mehr sicher war. Meine Unsicherheit hat zu einem Riesenstreit geführt zwischen Anouk und mir heute Nachmittag.«

»Und dann meldest du dich ein paar Stunden danach bei mir?«

Cecilia fragte nur das, und Luc verstand. Schuldig.

»Du magst es gar nicht, wenn es schwierig wird, hm? Bei Frauen, meine ich.«

Sie sprach ganz leise, sie wollte ihn erzählen hören. Sie wollte ihn verstehen.

Und so erzählte Luc dieser jungen Frau, dieser Surflehrerin aus Deutschland, in dieser Nacht seine Geschichte.

Während die ersten Vögel noch in der Dämmerung anfingen zu singen, erzählte er von seiner Mutter, die ihre Familie verlassen hatte. Den Vater zurückgelassen mit dem kleinen Luc und seiner Schwester. Er erzählte, wie er versucht hatte, seine Mutter zu verstehen, wie es ihm aber nicht gelang. Wie es ihm bis heute nicht gelungen war.

Er erzählte von Hélène. Von seiner ersten großen Liebe. Die ihn auch irgendwie verlassen hatte. Bei dem Unfall auf der Waldstraße von Carcans Plage nach Lacanau-Océan. Luc war gerade 18 Jahre alt, genau wie seine erste Freundin.

Zweimal waren wichtige Frauen aus Lucs Leben verschwunden, und er hatte nicht nachfragen können, warum.

Als er fertig war mit seiner Geschichte, fiel das erste Licht durch die Fensterläden.

»Und seitdem versuchst du, zu vermeiden, dass es weh tun könnte?« Cecilia saß ihm mittlerweile gegenüber, ihre Brust war mit dem weißen Laken bedeckt, ihr Po war nackt, und Luc konnte ihn in dem Spiegel über dem alten Kamin sehen.

»Vielleicht. Ich habe lange niemanden mehr an mich rangelassen. Das klingt sehr plump, ich weiß. Aber es ist dieses Gefühl: wenn noch einmal eine Frau geht, die wichtig geworden ist für mich, dann bricht etwas.«

Cecilia schwieg, nahm das Laken weg und legte sich wieder an Lucs Seite.

»So wirst du vielleicht sehr alt, aber nicht sehr glücklich«, sagte sie, holte tief Luft und nahm ihre Hand von seinem Arm, so als löse sie sich bereits von ihm.

»Du solltest dich trauen, Commissaire. Diese Anouk scheint dir bereits so wichtig zu sein, wie du es eigentlich nicht zulassen wolltest.«

Ein kurzer Satz, der nachklang, dann schmiegte sie sich wieder enger an ihn, ihre Hand berührte ihn, glitt tiefer.

»Und jetzt schlaf mit mir. Einmal können wir schon noch, oder?«

# Kapitel 48

Der Morgen kam mit einer unendlichen Klarheit. Das Licht fiel schräg ins Fenster der kleinen Cabane. Und war das etwa Wind, der da in den Bäumen raschelte? Luc schlug die Augen auf. Es war kurz nach acht Uhr, die Bettseite neben ihm war leer, Cecilia war offenbar schon eine Weile weg. Er hatte sie nicht gehört.

Da lag ein Zettel.

»Commissaire, merci pour tout«, stand darauf. Und darunter:

»Die Saison ist zu Ende. Aber ich werde nur kurz zurück nach Deutschland. Ist zu schön hier. Werde in Bordeaux weiterstudieren. Vielleicht einen finden, der nicht in jemand anders verliebt ist. Mal sehen. Lass uns Café trinken, wenn ich wieder hier bin. Als Freunde. Gute Idee? C.«

Luc musste lächeln. Sie war eine der bemerkenswertesten Frauen, die er je kennengelernt hatte. Mehrere Wochen lang hatte er gedacht, sie sei keine Frau der großen Worte. Doch letzte Nacht hatte er verstanden: sie redete nur, wenn es wirklich darauf ankam.

Er stand auf, zog sich an und machte einen Café in der kleinen Bialetti-Maschine, die auf dem Herd stand und die er sehr selten benutzte, er bevorzugte die kleine Bar im Dorf und den dortigen Espresso.

Doch heute trank er den schwarzen heißen Café aus einer großen Tasse und zog sich nach kurzer Überlegung wieder aus. Er ging zum Schrank und nahm den schwarzen Wetsuit, den er sich vor einem Monat, als er unter Cecilias sanftem Druck wieder angefangen hatte, zu surfen, in einem der Shops in Lacanau-Océan gekauft hatte.

Er schlüpfte nackt hinein, ging nach draußen und griff sich sein altes Brett, das am Zaun des Holzhauses lehnte.

Ein kurzer Weg bis zur Düne, dann der sonst so beschwerliche Anstieg, der heute Morgen gar kein Problem war. So groß war die Vorfreude.

Und die Belohnung. Der Ozean. Und dieses Licht.

Da oben lag der Atlantik vor ihm. Getaucht in Licht, das ein einziges Sonnenmeer ergab. Gelb und blau, dazu die noch langen Schatten in jeder Sandkuhle. Kein Mensch war am Strand. Und das Meer eine ebene spiegelglatte Fläche.

Bis auf den Swell, der nach Tagen der Hitze und der flachen Wellen endlich wieder über Carcans Plage hereinbrach. Ganz gerade lange Wellen, die alle zehn Sekunden auf den Strand einbrachen. Dazwischen Ruhe. Glätte. Wunderbar.

Unten angekommen schnallte sich Luc das Brett an den Fuß und ging ins Wasser. Der erste Moment der Kälte, die er an seinen Füßen spürte, dann warf er sich hinein, der Neoprenanzug verschluckte die Kälte und hüllte Lucs Körper in ein angenehm erfrischendes Nass.

Als er bis zur Brust im Ozean stand, legte er sich aufs Brett und tat die ersten Paddelzüge, spürte, wie sich die Muskeln aufwärmten, als merkten sie, dass gleich die wichtigste Aufgabe des Tages auf sie zukommen würde.

Das Hinauspaddeln war bei diesen Verhältnissen gar kein

Problem. Die Wellen kamen klar definiert, sodass Luc gut unter ihnen hindurchtauchen konnte. Und dann hatte er wieder sekundenlang Zeit, um weiter hinauszupaddeln, jeder Paddelzug ließ seine Sinne erwachen.

Endlich im Line-Up angekommen, setzte er sich aufs Brett und betrachtete den Strand aus einer anderen Perspektive. Vom Brett aus. Ließ seinen Atem zur Ruhe kommen.

Das Licht fiel ihm jetzt ins Gesicht, die Sonne stand leicht oberhalb der Düne, sie war groß und rund und klar. Und sie würde den Planeten heute wieder brennen lassen. Nein, es würde nicht abkühlen. Aber irgendetwas war anders. Ein wenig Wind, ein wenig Frische. Anders als die letzten zwei Wochen.

Was für ein Abend. Der Streit mit Anouk. Das Gespräch mit Richard, vor dem Luc so gegraut hatte. Was wäre passiert, wenn Richard ihm den Mord gestanden hätte. In seiner Verzweiflung? Oder Christine?

Luc verwarf diese Gedanken.

Und dann die Nacht mit Cecilia. Die alles gespürt und in Worte gefasst hatte, was in Luc vorgegangen war in den letzten Wochen. Und zwar besser, als er es selbst hätte formulieren können.

Die Macht der Liebe. Sie hatte gewusst, dass Luc verliebt war. Vielleicht, bevor es ihm selbst klar war. Auch wenn er offenbar deutliche Signale ausgestrahlt hatte. Was war stärker als die Macht der Liebe? Nichts.

Die Wellen glitten unter ihm hindurch. Hier draußen brachen sie noch nicht. Sie warteten darauf, ihn mitzunehmen, aber noch ließ er sie passieren.

Irgendwas verschob sich gerade in seinen Gedanken zu diesem Fall. Dieser Mord, den er immer wieder betrachtet hatte in den letzten Tagen. Aus allen Perspektiven. Das hatte er zumindest geglaubt.

Die unendliche Klarheit des Morgens erfasste ihn. War er pathetisch? Ließ er sich vom unglaublichen Licht zu sehr beeindrucken?

Nein, es war möglich. Etwas war von Anfang an merkwürdig gewesen. Einen Versuch wäre es wert.

Er schaute wieder in Richtung der Wellen, nach der Wellenpause vielleicht. Dort hinten sah er die Schatten heranrollen. Aus seiner Sicht im Wellental nicht viel mehr als kleine Wölbungen auf der Wasserlinie.

Dann rauschten sie heran, erhoben sich. Erst eine, dann die zweite. Dann wieder Pause. Luc drehte sich in Position, Richtung Strand, und tat die ersten zwei, drei Paddelzüge. Er drehte sich noch mal um, sah, für welches Monstrum er sich entschieden hatte.

»Three feet overhead«, flüsterte er und meinte damit die Höhe der Welle, soweit er sie aus seiner Position ermessen konnte. Drei Fuß höher, als er selbst groß war, also deutlich über zwei Meter. Und er hatte eben erst wieder angefangen zu surfen. Doch nun blieb keine Zeit für Furcht.

Und so nahm er es wie ein Mantra, flüsterte immer wieder in seinem Kopf »three feet overhead«, »three feet overhead«, und dann erfasste sie ihn, diese Welle, und er sprang im entscheidenden Moment, kurz vor dem Wellenberg, auf das Brett, und sie wuchs hinter ihm an, er rauschte sie vorne herunter, spürte ihre Kraft in seinem Rücken, bevor er selbst nach rechts herunterlenkte und dann im Scheitel der Welle mitfuhr. Würde sich ein Tunnel bilden? Es war knapp davor, doch die Welle schlug noch nicht um, sie würde ihn also nicht auf seinem Brett unter ihm begraben. Stattdessen schob sie ihn weiter an. Aus seinem Flüstern wurde ein Schrei:

»Three feet overhead«, und dann stand er dort, jagte in einem mörderischen Tempo diese Welle entlang, die nun doch zumachte, vor ihm zuklappte, ein kleiner Tunnel, und er fuhr mittendurch, wann war ihm das zuletzt gelungen? Mit achtzehn? Und nun klappte es, er sah den Ausgang da hinten, nur noch Schreien, vor Freude, vor Willen, als Sieger über seine Angst.

Three feet overhead.

War das Wasser draußen dunkelblau und grau, war die Tunnelwand so dünn, dass die Welle hier glasklar war. War draußen auf der Welle ohrenbetäubendes Getöse, dann war es hier drinnen beinahe still, nur ein leises Grundrauschen, mitten in der Welle. Atemberaubend.

Der Ausgang kam näher, da war wieder das Getöse, Luc raste hinaus, dann nur noch ein paar kleine Ausläufer, die er mitsurfte, bis er sich schließlich vom Brett ins Wasser warf, den Kopf mit der Hand schützend, weil das Brett einen riesigen Satz in die Luft machte und dann wieder aufs Wasser knallte.

Luc tauchte auf und sah, wie nahe er dem Strand schon wieder war. Er hätte noch eine Welle surfen können. Und auch surfen wollen. Doch nun gab es Wichtigeres. Der Tag war wie geschaffen, um diesen Fall zu lösen.

# Kapitel 49

»Was habe ich übersehen?«

Luc sagte es laut vor sich hin, als er aus seinem Auto stieg. Er hatte den alten Jaguar direkt an den Marktplatz gestellt, gegenüber der *Bar de la Poste.*

Er hatte auf dem Weg hierher von der Polizeizentrale eine Handynummer heraussuchen lassen. Guy Vauquiez war sofort ans Telefon gegangen. Er erklärte sich einverstanden, zehn Minuten später in ebendieser Bar auf Luc zu warten.

»Monsieur le Commissaire«, begrüßte er ihn, als Luc an den Tisch trat. Der Banker schwitzte mächtig, denn er trug auch heute einen grauen Anzug mit rot-weiß gestreifter Krawatte.

Als Luc sich setzte, trat der Wirt an ihren Tisch.

»Mann, Guy, du bist ja richtig farbenfroh heute. Was los? Frisch verliebt?«

Guy Vauquiez lächelte verlegen. Er wischte sich wieder den Schweiß ab und antwortete:

»Es ist Wochenende. Bringen Sie mir bitte einen Café, und für Sie?«

»Einen Cappuccino, merci«, sagte Luc.

Als die Getränke serviert waren, fragte der Banker:

»Alors, was kann ich für Sie tun an meinem freien Tag?«

Luc stützte die Hände auf den Tisch, fordernd richtete er sich auf:

»Warum haben Sie gelogen?«

»Monsieur le Commissaire?«

»Sie haben mich angelogen. Sie sagten, dass Richard Lecœur aus Saint-Julien bei Ihnen in der Bank Erkundigungen über Hubert de Langeville eingeholt hat. Doch das stimmt nicht.«

Guy Vauquiez schwitzte immer noch, aber nun nicht mehr wegen der Hitze.

»Monsieur Verlain, ich weiß nicht, es war ein Mann bei mir, der auf Ihre Beschreibung gepasst hat. Aber ich weiß natürlich nicht, ob das wirklich Monsieur – wie sagen Sie – Lecœur war …«

»Sie haben es mir gegenüber ziemlich eindeutig ausgesagt. Ist gerade mal zwei Tage her.«

»Ihre Beschreibung war schon etwas vage, wissen Sie.«

»Ach, erzählen Sie doch keinen Unsinn«, sagte Luc leise und wütend, dabei blickte er aus dem Fenster und erhaschte einen Blick auf blonde Haare hinter einem Auto, dann kam die ganze Frau zum Vorschein. Jacqueline Georgieva, die Apothekerin, ging langsam vorbei, eine Handtasche über der Schulter. Sie sah atemberaubend aus in ihren hellblauen Jeans, mit einem hautengen knallroten T-Shirt, dazu eine dunkle Designersonnenbrille. Sie hatte eine Einkaufstüte in der Hand, aus einer Boutique die Straße runter.

Die langen blonden Haare wehten offen im Wind. Luc dachte, dass man in diesem Moment im Café eine Stecknadel hätte fallen hören können, alle Männer hatten sich dem Fenster zugewandt, um hinauszuschauen auf den Marktplatz und auf diesen Anblick. Doch das Mädchen achtete nicht darauf, sie schlenderte zur nächsten Boutique.

Luc atmete einmal tief durch. Wie sollte er dieses Verhör hier weiterführen. Das brachte doch gar nichts. In diesem Moment vibrierte sein Handy. Eine Nachricht. Er las sie. Und sah wieder hoch auf den Marktplatz, hoch zur Kirche. Und dann, auf einmal, nach einem weiteren Schluck von seinem kräftigen Cappuccino, machte es *Klick*. Er wusste noch nicht, warum. Er wusste nur, dass hier etwas nicht stimmte.

»Monsieur Vauquiez, wir sind noch nicht fertig. Bleiben Sie hier sitzen, ich bin in zehn Minuten wieder da. Haben wir uns verstanden?«

Luc sprang auf und verließ die Bar. Er rannte fast, als er den steilen Pfad bergauf nahm, in die Oberstadt. Dort führte ihn sein Weg stramm geradeaus, nur noch hundert Meter, fünfzig, von hier konnte er es immer noch nicht lesen. Noch ein Stück näher, ja, genau.

Aus dem *Klick* von eben war Gewissheit geworden. Er hatte die ganze Zeit etwas Wichtiges übersehen. Nun war er zufällig darauf gestoßen. Doch wie sollte das alles zusammenpassen?

Es mussten noch zwei Puzzleteile zusammengesteckt werden. Es galt, keine Zeit zu verlieren.

Er drehte um und rannte den Berg wieder hinunter. Doch als er vor der *Bar de la Poste* ankam, war der Platz leer, an dem Guy Vauquiez eben noch gesessen hatte. Der Banker war verschwunden. Luc rannte auf die Toilette, um dort nachzusehen, aber er wusste bereits, dass es vergebens war. *Merde*.

Hugo nahm beim ersten Klingeln ab.

»Ab ins Büro mit dir. Gib eine Fahndung raus, europaweit. Guy Vauquiez aus Saint-Émilion. Er kann nicht weit sein. Vor zehn Minuten saßen wir noch beisammen.«

»Und dann warst du auf dem Klo?«

»Frag nicht …«

# Kapitel 50

»Es ist toll, dass Sie hier bei mir sind.«

»Schön, dass ich noch mal mit Ihnen reden kann, Mademoiselle. In Ruhe.«

»Nennen Sie mich Jacky. Bitte. Alle meine Freunde tun das.«

»Bin ich Ihr Freund?«

»Ich weiß nicht. Vielleicht bald?«

Sie lächelte. Es wirkte kein bisschen frivol, es wirkte unglaublich echt und nah. Und wie sie da saß, in ihrem weißen Tanktop und den kurzen pinken Hot Pants, die sie anhatte, weil sie sich nach dem Shoppen für bequeme Wochenendkluft entschieden hatte, sah sie wirklich hinreißend aus. Kein Mann, den Luc kannte, der hier nicht schwach geworden wäre. Und Jacqueline Georgieva hatte ihn einfach zu sich herein gebeten.

Eine kleine Mansardenwohnung, erste Etage, in einem mittelalterlichen Haus ganz nah am alten Kloster. Viel Licht gab es hier nicht, weil die Wand des anderen Gebäudes im Weg war. Die Miete war sicher nicht sehr hoch. Aber es gab eben auch nicht viel zu verdienen in einer Pharmacie.

»Möchten Sie ein Glas Wein?«

»Gerne.«

Luc ignorierte ihr Angebot, sie zu duzen. Vorerst. Sie hatte es offenbar auch schon wieder vergessen.

»Klar. Ich mach uns eine Flasche auf.«

Sie ging in die offene Wohnküche. Rote Ikeamöbel, an der Wand ein Kunstdruck. Jacqueline, die er Jacky nennen sollte, hantierte am Küchenschrank.

»Also. Was kann ich für Sie tun?«

Sollte er ihr auch das Du anbieten?

»Ich habe nur noch zwei Fragen.«

»Gerne. Welche denn?«

»Wie gut kennen Sie Guy Vauquiez?«

»Wen?«

»Den Mann von der *Crédit Agricole?*«

»Der Bank?«

»Ja, der Bank ganz in der Nähe Ihrer Apotheke. Hinter dem Rathaus.«

»Den kenne ich nicht. Nur vom Sehen.«

Er sah herunter auf den Couchtisch, betrachtete versonnen die *Vogue* und *Paris Match*.

»Sie mögen Klatsch?«

Er hörte sie hinter dem Tresen hantieren, offenbar versuchte sie sich am Korkenzieher.

»Ach, wissen Sie, hier ist es oft sehr einsam. Nicht viel los. Aber ich habe Arbeit und mag mich gar nicht beschweren. Da lese ich gerne mal, was in der Welt so los ist.«

»Na, aber in Saint-Émilion ist ja auch ganz schön was los in den letzten Tagen, hm?«

Sie wartete kurz.

»Ich lese lieber die Skandale und Liebeleien von anderen, die etwas weiter weg sind.«

»Ich bin auch abgeschweift. Also: Monsieur Vauquiez kennen Sie nicht privat?«

Jetzt deutlicher:

»Nein. Ich habe ihn nur ab und zu gesehen. So ein Unscheinbarer, oder?«

»Wo haben Sie denn Ihr Konto?«

»Bei der *Banque Populaire.* Warum fragen Sie?«

»Ermittlungen. Was soll ich jetzt sagen? Routine? Wir sind ja hier nicht im Krimi.«

Er lächelte in Richtung Küche, sie lächelte zurück. Offen, freundlich.

»Fertig?«

»Gleich. 'tschuldigung. Sollte nicht so lange dauern.«

»Kein Problem. Ich habe aber noch eine etwas private Frage.«

»Bin gleich da.«

Sie goss den Wein in zwei Gläser. Dann kam sie um die Anrichte herum und stellte eines vor ihn hin. Dabei beugte sie sich herunter, ganz nahe zu Luc, ein bisschen zu nah, als dass es Zufall hätte sein können.

»Lassen Sie es sich schmecken. Ein Vin de Saint-Émilion, aus dem vorletzten Jahr. Ich finde es toll, die Weine direkt beim Erzeuger zu kaufen. Das geht hier ja.«

Sie nahm Platz, seitlich von ihm auf der Eckcouch. Wieder sehr nah. Ihre Beine konnten sich berühren. Luc sah sie an, wie sie da saß. Genauso schön und nahbar, wie er sie seit dem ersten Moment kennengelernt hatte. Ein ganz normales Mädchen in seiner ganz normalen Wohnung an diesem etwas zu warmen Tag.

»Und? Was für ein Geheimnis wollen Sie wissen?« Sie frohlockte förmlich, es schien ihr Spaß zu machen, fast wie ein kleiner Flirt, sie wirkte noch entspannter als vorhin, als Luc angekommen war.

»Ich frage mich immerzu, ob Sie einen Freund haben.«

Sie gluckste einmal kurz, sagte aber nichts. Ihre beiden Hände lagen auf dem Sofa rechts und links zu ihren Oberschenkeln, flach, ohne Regung.

»Na, Sie sind ja direkt. Sie sind aus Paris, oder? Ist man da so direkt? Hier sind die Leute ja eher etwas verklemmt. Wollen wir anstoßen?«

»Gerne. Aber haben Sie noch ein Glas Wasser dazu?«

»Klar. Einen Moment. Ich hole welches.«

Sie stand auf, während er antwortete.

»Ja, in Paris sind manche Menschen etwas direkter. Und vielleicht gehöre ich dazu. Ich bin dann aber an jedem Ort Frankreichs etwas direkter. Auch hier. Aber nur, wenn mich etwas brennend interessiert.«

»Und mein Privatleben interessiert Sie brennend? Darf ich fragen warum?«

Sie stellte das Glas vor ihm ab und beugte sich beim Hinsetzen wieder sehr weit nach vorne. So blieb sie sitzen und lächelte dabei offensiv.

»Sie interessieren mich.« Kurze Pause. »Sehr.«

Sie lächelte, noch eine Spur begeisterter.

Er erhob sein Glas und stieß mit ihr an, sie sah ihm dabei tief in die Augen, er musste grinsen.

»Also, Sie fragen offen, ich antworte offen. Nein, ich bin frei. Und ich finde, ganz im Ernst, also, ich fand, als Sie zum ersten Mal in die Pharmacie kamen und ich noch gar nichts von Ihnen wusste, Sie hätten ja irgendwer sein können, einer, der einfach nur eine Ibuprofen kaufen will, also da dachte ich ›Wow‹. Das ist ja mal ein Mann. So, jetzt haben Sie mein Geständnis. Wie geht's weiter?«

Sie lachte, und Luc musste mitlachen bei so viel Offenheit. Er trank einen größeren Schluck, der Wein war gut.

»Ich weiß nicht. Schlagen Sie was vor.«

»Abendessen? Nachher? Sie laden mich ein, und dann reden

wir weiter. Ich muss nämlich nur noch mal ganz schnell in die Apotheke. Nur ein paar Minuten. Danach kann ich Sie wieder treffen.«

»Klingt gut. Das machen wir vielleicht so.« Luc stockte. »Aber ich frage mich: in so einer kleinen Stadt, so eine – mit Verlaub – atemberaubende Frau, die müssen doch Schlange stehen, die Kerle.«

Jacqueline Georgieva nahm ihr Glas in beide Hände, und dabei sah Luc, wie sehr sie errötete.

»Ach, wissen Sie«, begann sie nach einer kurzen Pause, »das ist eine echte Leidensgeschichte. Ich erzähle sie nicht gerne, aber wir sind ja auf gutem Wege. Klar, die standen hier Schlange, in aller Bescheidenheit, ich gucke ja auch mal in den Spiegel. Aber es ist eben echter Standesdünkel hier in der Gegend. Das sind alles reiche Jungs. Mit ziemlich großen Erbschaften, die irgendwann anstehen. Die wollen mich, na klar. Für einen Abend, und besonders gerne für eine Nacht. Aber dann kommt Papa und sagt: ›Die Bulgarin nimmst du aber nur für die Kiste, klar? Die kommt mir nicht ins Château.‹ Und dann sind sie weg, und ich sitze hier.«

Ihr Ton war nun schärfer, kein Lächeln mehr.

»Ich könnte einen Handwerker nehmen oder einen Apotheker, aber die trauen sich ja gar nicht an mich ran. Da ist ein Süßer von *Energie de France*, der stottert nur, wenn er mich sieht. Tragisch, das alles.«

»Und Sie wollten auch eigentlich keinen Elektrotechniker, sondern einen von denen, die nur mit Ihnen schlafen wollen, oder?«

»Meine Eltern sind nicht nach Frankreich gekommen, damit aus mir nichts wird. Nein. Die hatten ihre Träume. Und ich habe meine.«

Luc leerte sein Glas nun in einem Zug.

»Und dann dachten Sie, dann nehmen Sie halt einen Banker.«

Sie schaute ihn an, das Lächeln war längst verschwunden, nun trat auch noch ein besonderer Ausdruck in ihre Augen. Keine Wut, kein Hass, eher Verwunderung.

»Wenn Sie so viel wissen, dann wundere ich mich wirklich, dass Sie hergekommen sind. Ganz allein. Aber gut. Wir haben noch zwei, vielleicht drei Minuten. Und Ihr Handy ist im Flur. Und außerdem sind Sie sehr gespannt, oder?«

Luc sagte nur kurz:

»Ja, sehr gespannt.«

»Dann ist ja gut. Ja, da dachte ich mir, nehm ich den Banker. Den Unscheinbaren. Den Korrekten. Den, für den seine Arbeit über alles geht. Und der nun langsam merkt, dass er dafür keinen Dank bekommt. Von niemandem. Nicht von seinen Kunden. Und nicht von seinem Chef. Dass der ihn einfach versetzen lassen will, irgendwo in die Pampa. Nach all den Jahren Verlässlichkeit. Und genau dem zeige ich in aller Heimlichkeit, was das Leben noch sein kann: der pure Spaß. Und mit mir kann das Leben ein wirklich großer Spaß sein. Der arme Kerl wusste gar nicht, wo er mit sich hin sollte vor lauter Glück. So viel Sex, mit so einer heißen Frau. Alles war nun für ihn möglich. Und dann haben wir zusammen ausgelotet, was möglich sein könnte, wenn wir von hier weggehen. Wie viel Geld wir brauchen und wo wir das herbekommen könnten. Es war meine Idee, mein Plan. Und meine Kraft, Guy auf den richtigen Weg zu bringen.«

Sie erschien Luc auf einmal sehr groß, sehr würdevoll, doch langsam spürte er ihn. Den Hass. Auf alle, die dieser jungen Frau im Leben auf die Füße getreten waren. Die sie nicht mit der Wertschätzung behandelt hatten, die die stolze Jacqueline Georgieva für sich beanspruchte.

»Vorhin habe ich gesagt, ich hätte nur zwei Fragen. Aber eigentlich hatte ich von Anfang an drei.«

»Wie geht's Ihnen, Luc?«

»Geht ganz gut, wieso?«

»Sie müssten eigentlich … Wir werden sehen. Aber eigentlich ist es ein Jammer. Ich fand Sie wirklich toll. Und wenn Sie vorhin nicht nach Guy gefragt hätten, dann, also, dann wäre alles ein bisschen anders gekommen. Dann könntest du jetzt schon mit mir …«

Luc ignorierte auch diese Bemerkung.

»Meine dritte Frage: Wie haben Sie es angestellt?«

Sie stockte, dann sagte sie nachdenklich, so als kramte sie in ihren Erinnerungen:

»Ich habe Sie mehrfach gesehen, Sie haben mich …«

Sie stockte, war blasser geworden. Die Hände zitterten, nicht rhythmisch, sondern völlig außer Takt. Keine Zeit zu verlieren. Luc beugte sich zu ihr vor:

»Sie sollten mir dringend sagen, womit Sie mich vergiften wollten. Die drei Minuten sind abgelaufen. Ich muss gleich für Sie die *SAMU* rufen. Sagen Sie mir, was es war, dann kann Ihnen der Arzt besser helfen.«

Sie stotterte nur noch, der Mund war offen, ungläubiges Staunen. Dann fiel sie vornüber, Richtung Tischplatte. Luc konnte gerade noch ihren Kopf halten, sonst wäre er auf dem Glas aufgeschlagen.

»Mein Gott, das ging jetzt schnell«, sagte er zu sich selbst.

Er legte Jacqueline Georgieva aufs Sofa, drehte den Kopf zur Seite, damit sie nicht erstickte, falls sie sich übergab. Dann rief er die Leitstelle in Bordeaux.

# Kapitel 51

Der Rettungswagen stand vor dem Haus in der schmalen Straße und blinkte. Luc stand neben der Tür und sah, wie die junge Frau aus dem Haus getragen wurde. Ein Sanitäter hielt einen Tropf, der Arzt kontrollierte ihre Atmung.

»Was war es denn? Sie konnte es mir nicht sagen.«

»Weiß ich noch nicht. Aber sie lebt. Sieht nicht so schlecht aus.«

»Wohin bringt ihr sie? Ich fahre hinterher.«

»*Hôpital de Libourne.*«

Luc atmete erleichtert auf. Er zündete sich eine Zigarette an und wählte dann die Nummer vom Büro.

»Kannst du mir Anouk geben?«, fragte er, als Hugo ans Telefon ging.

»Wir konnten dich nicht erreichen, weil dein Telefon aus war. Wir haben Guy Vauquiez. Er wollte fliehen. Richtung Süden. Er war eben in Andorra angekommen. Die Polizei hat ihn auf einer Tankstelle nahe Andorra la Vella festgenommen. Unglaublich, diese Bergbullen. Wie schnell die Fahndung geklappt hat. Anouk ist losgefahren, um ihn zu holen. Wir vernehmen ihn hier. Sie wollte dich eigentlich dabei haben. Aber, wie gesagt, du warst nicht erreichbar.«

»Alles gut«, gab Luc zurück, »ich hatte hier ohnehin noch zu tun. Ich fahre jetzt mit unserer zweiten Verdächtigen ins Krankenhaus. Jacqueline Georgieva hat eben gestanden.«

Er legte auf und setzte sich ans Steuer des Jaguars, gerade als der Rettungswagen mit Blaulicht und Getöse vor ihm losraste.

Zwanzig Minuten brauchten sie bis zum *Centre Hospitalier de Libourne,* der moderne Neubau lag an der östlichen Umgehungsstraße der Stadt.

Kaum angekommen, wurde die noch immer bewusstlose Jacqueline Georgieva auf der Trage in die Notaufnahme geschoben. Luc blieb dicht dahinter, er wollte auf keinen Fall riskieren, dass sie plötzlich aufwachte und die Möglichkeit hatte, zu fliehen. Schließlich wusste er ja immer noch nicht, was für eine Substanz im Wein gewesen war. Dass sie aber in der Küche etwas in den Wein getan hatte, kurz nachdem er sie nach Guy Vauquiez gefragt hatte, darauf hatte er eine sehr sehr große Wette mit sich selbst abgeschlossen.

Der Arzt bedeutete ihm, kurz draußen zu warten. So stand Luc vor dem Untersuchungszimmer, auf dem langen kahlen Flur des Krankenhauses.

Der Geruch von Desinfektionsmittel strömte über den Gang, der Linoleumboden glänzte und quietschte unter seinen Schuhen.

Der Arzt kam wieder aus dem Untersuchungszimmer.

»Sie wird bald aufwachen. Sieht nach K.-o.-Tropfen aus. Hohe Dosis. Sonst wäre sie nicht sofort umgekippt. Aber alles okay. Sie war nicht in Lebensgefahr.«

»Wann kann ich mit ihr sprechen?«

Der Arzt zuckte mit den Schultern.

»Warten wir ab. Wir können sie nicht recht aufwecken. Warum haben Sie das mit ihr gemacht, Commissaire?«

Luc zuckte nun seinerseits die Schultern.

»Sie hat das selbst mit sich gemacht.«

# Kapitel 52

»Sie ist wach.«

Der Ruf des Arztes hatte Luc aus seinen Gedanken gerissen. Er stand sofort auf und sah auf die große Uhr am Ende des Flurs. Nicht einmal eine Stunde war vergangen.

»Ich komme.«

Er ging über den Flur und betrat das Zimmer durch die Tür, die der Arzt immer noch aufhielt. Luc dankte, und der Doktor schloss die Tür von außen.

Jacqueline Georgieva war wach, und sie funkelte ihn mit ihren Augen böse an. Sie war noch schwach, so wirkte es, aber durchaus in der Lage, mit ihrem Blick zu töten.

»Sie …«, fuhr sie ihn an, »Sie Bastard, Sie haben mich vergiftet … Ich werde Sie …«

Sie brach ab. Luc wartete ab, bis er ganz ruhig antwortete:

»Was werden Sie? Mich anzeigen? Darauf bin ich aber sehr gespannt, Mademoiselle. Also, gehen wir es doch einmal durch. Was hätten Sie mit mir gemacht, wenn ich, Ihrem Plan folgend, nach dem Genuss Ihres Glases Wein friedlich auf Ihrem Sofa eingeschlafen wäre?«

Die Apothekerin hatte viel von ihrer Schönheit eingebüßt. Ihr

Gesicht war nur noch eine Maske. Perfekt gezeichnet, ja, aber ihre Bewegungen, ihre Mimik, das alles war nur noch eingefroren und voller Bosheit.

»Ich weiß nicht«, sagte sie, »ich hätte wahrscheinlich meinen Freund angerufen und gefragt, ob er weit genug aus der Schusslinie ist. Und dann hätte ich entschieden. Entweder hätte ich Sie eingesperrt, oder ... oder ich hätte Sie ... nun ja, umgebracht.«

Luc hatte mit ziemlich viel gerechnet bei dieser Frau, aber über diese Skrupellosigkeit war er dann doch überrascht.

»Sie wollen gerne wissen, was mit ›Ihrem Freund‹ ist, wie Sie sagen?«

Sie zuckte mit den Schultern.

»Nein, ist mir egal. Jetzt ist es mir egal. Er war ein Langweiler. Als reicher Langweiler hätte er mir gefallen. Aber jetzt? Ich gehe doch sowieso ins Gefängnis. Und wenn Sie so fragen: Sie haben ihn, oder?«

Sie hatte einen wachen Verstand. Selbst jetzt. Dabei war Jacqueline immer noch sichtlich benommen von den Tropfen, die sie eigentlich Luc verabreichen wollte.

»Ja. Wir haben ihn. Und – so wie ich ihn kennengelernt habe – er wird aussagen wie ein Schuljunge. Diese Sorte Mann wird Ihnen alles anzuhängen versuchen, wenn ich das hinzufügen darf.«

Sie legte ihren Kopf wieder matt auf dem Kissen ab. Sie antwortete nicht, stattdessen schien sie zu überlegen.

»Mademoiselle Georgieva.« Luc sagte ihren Namen mit Nachdruck. »Am Ende ist es eben doch wie immer. Sie werden verlieren. Sie haben verloren bei den jungen Winzern, die einfach nur Ihren Körper wollten – und Sie werden dieses Mal verlieren. Weil Sie zwar den Plan hatten, aber am Ende auch die Drecksarbeit gemacht haben. Meinen Sie, Monsieur Vauquiez wird das auf sich nehmen? Niemals wird er das.«

Sie schaute ziellos im Zimmer umher. Und dann sah sie es

ein. Sie fing erst leise an zu schluchzen, dann ging es über in ein bitterliches Weinen, wie ein kleines Mädchen weinte sie, verbarg ihr Gesicht in den Händen, immer weiter, minutenlang. Luc saß mittlerweile ganz nah an ihrem Bett auf einem Stuhl, aber anfassen mochte er sie nicht. Er wollte sie nicht beruhigen oder schützen, jetzt musste alles raus. Als sie sich langsam beruhigte, sagte er:

»Erzählen Sie mir davon.«

Sie schaute zu ihm auf, aus verheulten Augen, die Schminke von vorhin war verlaufen, ihre Maske hatte wieder etwas Menschliches bekommen.

»Warum sind alle gegen mich? Warum? Warum hat keiner dieser verdammten Winzerjungs um meine Hand angehalten? Und ich glaube, verdammt noch mal, auch, dass es stimmt, was Sie sagen. Über Guy.«

»Jacqueline, wie ist es abgelaufen?«

»Es war ganz in unserer Anfangszeit. Ich habe Guy in einer Weinbar kennengelernt. Da war ich oft. Immer mal gucken, was geht. Und in Saint-Émilion geht nicht viel. Er saß da. Und er war … wie soll ich sagen … bedauernswert. Wie er da hockte. Mit seinem grauen Sakko. Und diesen riesigen Augenbrauen. Haben Sie seine Augenbrauen gesehen? Wahnsinn!«

Es war eine rhetorische Frage, Luc antwortete nicht.

»Ich habe ihn angesprochen. Und dachte kurz darauf, der Typ kriegt gleich 'nen Infarkt. Der hat richtig gejapst. Aber dann haben wir noch was getrunken, und ich war wirklich sehr nett. Er hat sich langsam beruhigt und angefangen, ein wenig von sich zu erzählen. Von seiner Karriere als Filialleiter. Dass er sehr erfolgreich sei in dem was er mache. Er war nicht prahlerisch oder so. Er war sehr nett. Und dann sagte er, irgendwann nach einer Flasche, die ich mir nie hätte leisten können, dass er so was nie mache. In eine Bar gehen. Es sei das erste Mal heute. Und dann würde ich ihn auch noch ansprechen. Er hatte sich richtig lockergequasselt. Und ich …«

Sie wartete. Dann gab sie sich einen Ruck.

»… Ich hab … Na ja, Sie haben Guy ja gesehen. Ich habe gedacht, ich könnte jetzt noch zwei Jahre auf irgendeinen Jungen warten, der hübsch ist und reich – und der wahrscheinlich nie kommt. Oder es mit dem netten Banker versuchen, der wenigstens wohlhabend ist. Dachte ich zu dem Zeitpunkt. Ich hab mich an ihn geschmiegt, immer weiter, und da war es um ihn geschehen. Er war völlig außer sich. Ich hab mich quasi in sein Auto gezwungen und mich zu ihm fahren lassen. Und dann hab ich es ihm besorgt, dass es kein morgen mehr gab. Er ist richtig aus sich rausgegangen. Es war für mich jetzt nicht unbedingt die Erfüllung mit einem Mann wie ihm. Aber ich hatte ein Ziel vor Augen.«

Luc wusste nicht, ob er die Geschichte überhaupt noch weiter hören wollte. Dieses hübsche Mädchen war eine echte Psychopathin. Aber die Neugier siegte. Vielleicht gab es noch irgendetwas zu verstehen. Außerdem wollte er sichergehen, dass er genug gegen Guy in der Hand hatte, um auch ihn ins Gefängnis zu bringen.

»Was war denn das Ziel?«

»Ich wollte wissen, wie viel so ein Banker mit nach Hause bringt. Und was noch möglich wäre in seinem Gewerbe. Und dann, eines Tages«, sie zögerte, und ihr Blick bekam etwas Träumerisches, als begebe sie sich zurück in diese Zeit, »eines Tages erzählte er mir etwas von einem Stück Land, das der Bank gehörte. Und dass er es schon seit Wochen hätte verkaufen können. An jemanden, der sehr solvent ist. Dass sich nun aber jemand anderes gemeldet hätte. Er sprach von Hubert. Dass der diese Wahnsinnserbschaft gemacht habe. Und unbedingt dieses Stück Land wolle. Wegen der Bewertung seines Weines. Ich habe zuerst kein Wort verstanden. Aber dann, es war eine schöne Sommernacht, habe ich mich, nachdem wir miteinander geschlafen hatten, an Guys Computer gesetzt und die ganze Nacht recherchiert. Ich habe alles über Weinbewertungen gelesen. Und wie die den Ruf eines Châteaus veränderten. Was da für Gewinne möglich waren. Mir wurde klar, wie sehr Hubert de Langeville diese Aufwertung wollte und brauchte. Am Morgen haben wir zusammen gefrühstückt, und ich habe gesagt: ›Guy, ich habe eine Idee.‹ Und dann hab ich ihm gesagt, wie wir es anstellen. Und was wir dann machen mit den Millionen.«

»Mit den Millionen?«

»Guy hatte mir einige Tage vorher ganz stolz erzählt, er habe noch ein paar Hunderttausend auf der hohen Kante. Damit wollte er mit mir auswandern. Aber ein paar Hunderttausend? Damit hätten wir auf die Île de Ré auswandern können. Ich will aber lieber in die Südsee. Und deshalb habe ich den Plan aufgestellt, dass wir zwei Millionen von Hubert verlangen. Dafür, dass er den Zuschlag bekommt. Er bekäme das Château genau für die Summe, die er bezahlen konnte. Und der solventere Kunde würde dann nie erfahren, für welche Summe Hubert das Land gekauft hatte. Schließlich hätte er lässig mehr bieten können.«

»Der solventere Kunde war Monsieur Tritignant?«

Sie nickte.

»Ja. Er hatte schon eine Woche vorher bei Guy angerufen und als Anfangsgebot zehn Millionen aufgerufen. Der wollte das Weinfeld unbedingt, wahrscheinlich, weil er keine neue Konkurrenz in seiner Gegend wollte. Und hätte er erfahren, dass Hubert mehr bietet – was der gar nicht gekonnt hätte, dann hätte Tritignant locker darüber geboten. Und dann wäre das Geschäft geplatzt. Unser Geschäft.«

»Aber warum haben Sie sich denn nicht von Monsieur Tritignant bestechen lassen? Der hatte doch viel mehr Geld.«

»Ich hatte Guy genau zugehört. Und er hatte von diesem Hubert geschwärmt. Ein ehrlicher, guter Mann. Sein ganzes Leben ehrlich gearbeitet. Eigentlich war er wie Guy. Und dass er sein ganzes Leben nur ein Ziel verfolgt hatte: einen guten Wein zu machen. Er war fast manisch, der perfekte Winzer zu werden, erzählte Guy. Deshalb dachte ich: Das ist unser Mann. Weil er es so dringend wollte. Der andere, dieser Tritignant, der wäre der Falsche gewesen für diese Erpressung. Er ist steinreich, er hat schon einen *Grand-Cru*-Wein. Und der Wein war für ihn nicht so wichtig, er lebt für das Geld. Genau wie sein Sohn. Das weiß ich, seitdem der mich abserviert hat. Was für eine schmierige Familie. Tritignant hätte uns mit der Erpressung in der Hand gehabt. Er hätte den Weinberg bekommen und uns danach vielleicht vernichtet, uns an die Bullen verraten, ohne mit der Wimper zu zucken. Ich habe mich durchgesetzt: Wir haben die Erpressung bei Hubert durchgezogen. Obwohl es ja keine richtige Erpressung war, sondern ein gutes Geschäft für beide Seiten.«

»Doch Hubert wurde es dann schwummerig?«

»Ein schönes Wort, Commissaire. Ja. Schwummerig. Hubert kam drei Tage vor dem Marathon in der Mittagspause in die Bank. Zu Guy. Er sagte, er habe Zweifel bekommen. Wie das denn alles gehen solle. Und dass er Gewissensbisse habe. Wegen seines Rufes. Guy hat ihn beruhigt. Er hat ganz ruhig auf ihn eingeredet. Und gesagt, dass wir das jetzt durchziehen sollten. Dass es schon so weit gediehen sei. Hubert wollte aber nicht. Er sagte, er würde das Geschäft gerne rückgängig machen. Und wenn Guy das nicht tun wolle, dann würde er zur *Crédit Agricole* nach Bordeaux fahren. Und alles klarstellen. Guy wusste nicht mehr weiter. Er hat Hubert gehen lassen. Und gesagt, er würde sich kümmern. Und dann kam Guy, der Trottel, zu mir in die Apotheke. Unter einem Vorwand. Er brauche Halstabletten, sagte er. Und dann hat er mich ganz leise angesprochen. Vollidiot. Fast wären wir aufgeflogen. Ich habe ihm zugeflüstert, er solle gehen. Ich würde ihm folgen. Und dann haben wir uns bei mir getroffen.«

»Und Sie haben die Dinge in die Hand genommen?«

Ihr Blick war entschlossen und klar. Sie nickte.

»Ich habe ihm gesagt, was zu tun sei. Dass er ganz entspannt bei Hubert anrufen solle. Ich habe ihm sogar den Text aufgeschrieben. Also hat Guy da angerufen. Und von meinem Zettel abgelesen: Er sei eben zu forsch gewesen, zu drängend. Natürlich könne man alles rückgängig machen. Das sei dann aber unumkehrbar, dann sei das Château samt Weinfeld wirklich weg. Ob Hubert nicht noch mal zwei Nächte darüber schlafen wolle. Dann könne er sich entscheiden. Und Hubert murmelte etwas von ›das sei doch alles kriminell‹, entschied sich aber, doch darüber zu schlafen. Da wusste ich, dass es kein Zurück gäbe. Dass ich etwas tun musste. Ich steckte schließlich mit drin. Und der Marathon war der ideale Ort. Es war perfekt. Die perfekte Gelegenheit. Dieser irrwitzige Marathon. Ihr Franzosen, ihr habt schon ein Gespür für Kuriositäten.«

Sie lachte bitter. Luc war überrascht von ihrer Kaltblütigkeit. Er war beinahe gefesselt davon, wie kalkuliert sie vorgegangen war.

»Ich wusste von seiner Krankheit. Ich kenne alle Medikamente auswendig. Ich bin eine sehr gute Pharmazeutin. Also hab ich es geplant. Und Sie«, sie zeigte auf Luc, »habe ich zweimal gesehen. Sie haben uns auf dem Motorrad überholt, ohne Helm, und dann standen Sie am Straßenrand bei Château Lecœur-Saint-Julien. Ich hab da schon gedacht: ›Wow‹. Nicht erst in der Apotheke. Ich saß nämlich auf einem Sanitäter-Motorrad, als Ersthelferin. Der Fahrer war einer meiner Exfreunde, er ist bei der *SAMU*, er ist dort Rettungsfahrer, und ich habe ihn gefragt, ob sie noch Freiwillige brauchen. Und dann hat er mich mitgenommen. Ich konnte kurz anhalten, als ich wusste, Hubert würde bald an die

Station kommen. Da war ja totales Chaos, keiner hat auf den anderen geachtet. Und dann habe ich meine präparierte Flasche bereitgestellt, sie wurde als Nächste in die Gläser gegossen. Das ging alles so schnell, hätte ich nie gedacht. Es war der erste Versuch. Den anderen Läufern konnte ja nichts passieren. Nun gut, der sous-préfet, das war der pure Zufall, dass er die gleiche Erkrankung hatte. Mein Ex auf dem Motorrad hat gar nichts kapiert, so verknallt ist der immer noch … Und dann habe ich noch bei der Rettung angerufen und die Ambulanz mit dem Defibrillator an eine weit entfernte Stelle geschickt.«

»Sie waren das?«

»Ja, das war geplant. Ich wollte jedes Risiko vermeiden.«

Sie stockte, dann sagte sie tonlos.

»Es hat alles perfekt geklappt. Dass Sie darauf kommen könnten, das hätte ich nie gedacht. Niemals.«

»Ihre Öffnungszeiten. Und Guy.«

»Ich verstehe Sie nicht. Wieso denn Guy?«

»Er hat mir einmal nicht die Wahrheit gesagt.«

»Was? Er hat was?«

»Fragen Sie ihn. Ich löse jetzt nicht auch noch für Sie den Fall. Er hat Sie verraten. Und Sie haben sich selbst verraten. Doch das Dümmste ist: Wir werden Sie richtig heftig drankriegen, bei ihm aber wird es deutlich schwieriger. Mademoiselle, Sie waren so perfide. Dabei kannten Sie Hubert nicht einmal. Er war ein feiner Kerl. Ein wirklich feiner Kerl.«

Luc hatte seine Fäuste geballt, vor Wut, vor Trauer über diesen unnötigen Mord. Er stand auf und verließ das Zimmer, ohne sich umzusehen.

Dimanche – Sonntag

# DIE GROSSE ERNTE

# Kapitel 53

Luc las die SMS noch am Abend.

*Morgen Nacht Gewitter. Um fünf Uhr früh beginnen wir deshalb die Lese. Bete mit uns, dass es nicht unsere letzte ist. Kommst Du am Mittag? Richard.*

Eine Minute später hatte Luc zwei Nachrichten abgeschickt:

*Lieber Richard. Ja. Bis morgen. Luc.*

Und eine längere:

*Anouk. Wo wir uns vor acht Tagen wiedergetroffen haben? Morgen um 12. Du erzählst mir von Deinem Verhör, und ich erzähl Dir von meinem. Luc.*

Nun stand er im Garten des Schlosses Lecœur-Saint-Julien. Alles hier sah ganz anders aus als vor acht Tagen. Viel unaufgeräumter, arbeitsamer, hektischer.

Dort vorn standen riesige Traktoren mit Anhängern, bereit, wieder in den Weinberg zu fahren. Gerade erst waren sie hier angekommen, dann hatten fleißige Mitarbeiter die Trauben abgeladen und in die Verarbeitungshallen gebracht. Dort wurden sie auf dem Fließband sortiert und von den Stielen befreit – das sogenannte Entrappen –, und zwar per Hand. Das war bei einem *Grand Cru* nicht anders zu bewerkstelligen, es gehörte zur Qualität des Weines. Erst danach gelangten sie in riesige Bottiche zum Maischen, die Trauben wurden dort zerdrückt.

Früher war es ein riesiges Spektakel, wenn die Winzer und die Bewohner der Dörfer in einem großen Fass auf den Trauben herumtrampelten, mit nackten Füßen.

Das allerdings konnte sich heute kein Château im Médoc mehr leisten, es wäre eine romantische Verklärung gewesen – und die Hygienebehörden hätten wohl auch nicht mehr mitgespielt. So wäre der Spaß ein teures und sinnloses Vergnügen geworden.

Sein Telefon klingelte und riss ihn aus seinen Gedanken.

»Luc Verlain?«

»Hier spricht Robert. Robert Dubois. Ich wollte mich bedanken. Die Ausgabe von heute Morgen ist ausverkauft. Und zwar von Saint-Émilion bis Lacanau. Die Leute haben sich draufgestürzt wie die Raben. Und aus Paris haben schon zig Zeitungen bei mir angerufen, weil sie Informationen wollen. Mein Chef ist *very amused.*«

»Gern geschehen. Es war so versprochen. Und du hast mir sehr geholfen.«

»Ich hab aber noch eine Frage, Luc. Mich hat ein Informant angerufen, der meinte, dass der letzte Marathon du Médoc ungültig gewesen sei, weil er zu lang war: 42,4 Kilometer nämlich. Und das wäre doch ein wahrhaft unglaublicher Aufmacher für morgen. Der wirklich längste Marathon der Welt.«

»42,4 Kilometer, aber wie kann das …?«

Dann fiel es Luc ein. Er selbst hatte die Laufstrecke verlängert, weil er den Streckenposten angewiesen hatte, die Strecke an Richards Schlossgarten vorbei zu führen. Na prima.

»Hast du das von dem Streckenposten?«, fragte er.

»Also, warst du das wirklich? Ehrlich?«

»Kann sein. Aber sag: Wer hat dir das gesteckt?«

»Mein Chefredakteur. Ganz im Ernst: Er ist mitgelaufen und

hatte einen Schrittzähler. Und der zeigte 42,4 Kilometer an. Er hat das seiner Familie erzählt, und seitdem ziehen sie ihn damit auf, er habe sich irgendwo verlaufen. Das wurmt ihn tierisch. Er hat mir davon erzählt und mich gebeten, das nachzuprüfen. Und ich dachte mir schon, dass du und die Ermittlungen etwas damit zu tun haben könnten.«

»Und was machst du nun? Zerrst du mich vor den Internationen Sportgerichtshof?«

»Ich werde meinem Chefredakteur sagen, alles sei mit rechten Dingen zugegangen. Und wir trinken bald mal eine gute Flasche, auf Kosten der Police Nationale.«

»So machen wir es.«

Luc musste grinsen, und er hörte das Lachen des Journalisten am anderen Ende der Leitung.

»Salut, Luc. Du Revolutionär des Sports. Längster Marathon der Welt ... Was für eine Headline, schade, dass es sie nie geben wird.«

Der junge Mann lachte immer noch.

»Salut, Robert, *à la prochaine et bon week-end.*«

Als er das Telefon wegsteckte, legte sich eine Hand auf Lucs Schulter, sanft und doch fest. Es war Anouk, die ihn aus seinen Gedanken holte.

»Bonjour, Monsieur le Commissaire.«

»Bonjour, Mademoiselle Commandante.«

»Wer war das?«

»Ein Informant.«

Luc grinste. Sie fragte nicht weiter nach. Stattdessen sah sie ihn an, gar nicht verlegen, vielleicht aber noch etwas prüfend. So, als wollte sie schauen, ob ihr Streit noch Spuren hinterlassen hatte.

Dann aber hellte sich ihr Blick auf, sie trat näher an ihn heran und gab ihm einen entschiedenen, kurzen und heiteren Kuss.

»So, los geht's. Ich hab Lust auf meine erste Traubenernte.«

Sie griff ihn bei der Hand und zog ihn hinaus aus dem Garten, hinter den alten Steinmauern des Schlosses begannen schon die ersten Rebengänge.

Sie liefen eine Weile, dann sahen die den Schlossherrn und seine Frau, die in einem Weinfeld hundert Meter entfernt standen und die Trauben prüften.

Richard erkannte Luc, gab Christine ein Zeichen, und dann sahen beide auf und winkten Anouk und Luc zu.

»Wie sind die Trauben?«, rief Luc schon von weitem.

»Fabelhaft«, rief Richard zurück, »sie sind fabelhaft.«

Sie standen nun nah beieinander und gaben sich die *bises*.

Richard wandte sich Anouk zu, er lächelte, ein erkennbares Friedensangebot:

»Mademoiselle Filipetti, ich weiß, wir hatten keinen guten Start. Und ich weiß, dass Sie nur Ihren Job gemacht haben. Sie haben ihn sehr gut gemacht. Und ich möchte mich entschuldigen …«

Da unterbrach ihn Luc.

»Richard, mein Lieber, es ist vorbei. Du hast es ja sicher in der Zeitung gelesen. Und die ganzen makabren Details erzähle ich dir gerne im Weinkeller, wenn wir mal zu zweit …«, ein Blick zu Christine und einer zu Anouk, »oder zu viert zusammensitzen. Aber heute bist du unser Auftraggeber, wir sind gekommen, um deinen Wein von den Reben zu ernten. Also los, sag uns, was zu tun ist.«

Anouk ergriff Lucs Hand und drückte sie. Er spürte ihr Einverständnis.

Richard verstand sofort, er nahm seinerseits die Hand seiner lächelnden Frau und sagte:

»Wir haben genau den richtigen Zeitpunkt ausgewählt. Jetzt fangen wir an und ernten die besten Beeren, und dann kann das Gewitter kommen. Schaut sie euch an«, er bückte sich und nahm eine Traube. Sattrot und prall war sie. Er steckte sie sich in den

Mund, die anderen taten es ihm nach. Als Luc ganz leicht auf die Schale biss, zerbarst sie und gab den Saft frei. Es war wirklich unglaublich. Selbst im Vergleich zu dem Geschmack, den Luc vor einer Woche mit Yacine erlebt hatte. Es war schon fast ein fertiger Wein, der da in den Trauben steckte. Voll und erdig und dunkelrot, die Sonne der letzten Tage hatte ihr Werk getan.

»Wunderbar«, sagte Anouk und genoss den Geschmack.

»Wahnsinn, oder?«

Richard war sichtlich stolz.

»Wir haben uns entschieden«, er sah Christine zärtlich an, »dass wir diesem wunderbaren Winzer aus Saint-Émilion posthum einen großen Wein schenken. Der diesjährige Jahrgang wird ihm zu Ehren *Cuvée Hubert* heißen.«

Luc war gerührt, und er sah Anouk an, dass es ihr ähnlich ging.

»Und nun strengt euch an, damit es ein großer Wein wird, der Huberts Namen verdient. Ihr beiden, nehmt euch einen Korb da vorne beim Traktor. Und dann sucht euch eine schöne Reihe aus und arbeitet sie nach und nach ab. Nehmt nur die vollen Trauben, die in der Sonne hängen. Lasst die Trauben, die vom Weinlaub geschützt sind, noch hängen, sie werden den Regen überstehen. Nehmt nur die Besten.«

Luc lächelte Richard an und war zufrieden. Sein alter Freund war voll in seinem Element. Und er hatte seine Zuversicht wiedergefunden.

»Merci, dass wir heute dabei sein dürfen.«

Luc griff sich in diesem Überschwang Richard einfach und nahm ihn in seine Arme. Und Richard schlang seinerseits seine Arme um ihn und drückte ihn fest.

Luc hörte, wie Richard immer wieder leise »merci, merci« in sein Ohr flüsterte. Erst nach einer Minute ließ sein Freund ihn los, und Luc und die beiden Frauen schauten weg, als der Winzer sich hastig eine Träne aus dem Augenwinkel wischte.

»Los geht's«, sagte er und wies zu den Körben. »Und nachher, um drei, gibt es vorne am Schloss Christines lange eingekochtes *Bœuf Bourguignon* und *Vin rouge* für alle Helfer. Wir erwarten euch dort.«

Dann nahm er seine Frau bei der Hand, und zusammen gingen die beiden erzählend zurück zum Château.

Anouk und Luc gingen zum Traktor und griffen sich jeder einen Korb, dann suchten sie sich eine besonders schöne Reihe aus, die am Eingang mit wilden roten Rosen bepflanzt war.

»Einverstanden, Mademoiselle?«

»Natürlich, Monsieur le Commissaire.«

Luc prüfte an der ersten Rebe die Trauben und sah einige, die bereit waren für die Lese. Er pflückte sie ganz vorsichtig von den Blättern, und Anouk sah ihm erst mal dabei zu. Dann ging sie ein Stück weiter zu einer anderen Rebe und begann ebenfalls mit der Arbeit. Luc legte die ersten Trauben in seinen Korb, den er neben sich auf den Boden gestellt hatte.

»Na, dann erzähl doch mal, wie war es in Andorra? Ich will alles über dein Verhör im Bergland wissen.«

»Aber Luc, wir sind doch hier zum Arbeiten, nicht zum Quatschen.«

Sie mussten beide lachen.

»Es war sehr interessant da oben. Ich war noch nie in Andorra. Sehr professionelle Kollegen. Ich dachte erst, weiß der Geier, warum der Banker ausgerechnet dahin geflohen ist. Aber er hatte wohl noch einige Gelder auf einem Konto dort. Nicht viel. Aber er wollte es holen. Sparsame Seele, der Mann. Und er hätte es auch geschafft, wenn die Kollegen nicht so aufmerksam gewesen wären. Dank deiner schnellen Fahndungsanfrage nach ihm.«

»Und wie war er drauf, als du mit ihm gesprochen hast?«

»Er war sehr gefasst. Oder besser: gar nicht unglücklich. Ich glaube, es war das erste Mal in seinem Leben, dass irgendetwas

Spannendes passiert war. Er genoss das, so schien es. Und wenn es gut läuft und er einen guten Anwalt hat, dann kommt er ja vielleicht mit Bewährung davon. Wenn wir ihm Anstiftung nicht nachweisen können, dann bleibt es nämlich bei Beihilfe.«

»Ja, daran habe ich auch schon gedacht. Wie ist er überhaupt an die Bulgarin geraten? Sie hat mir erzählt, sie habe ihn in einer Bar aufgelesen.«

»Er wurde fast lyrisch, als er davon sprach. Er sagte zu mir wortwörtlich: ›Es war wie eine Erweckung. Dieses Mädchen hat mich zum Leben erweckt.‹ Und dann haben seine Augen gestrahlt, sowas hast du noch nicht gesehen.«

»Und jetzt erzähl du mir endlich die ganze Geschichte.«

Luc beugte sich über eine Rebe und musste schlucken. Gut, dass sie sein Gesicht nicht sah. Denn er wusste, dass das nicht ging. Dass er einen großen Teil weglassen musste. Den Teil mit Cecilia konnte er ihr nicht erzählen.

Erst durch das Gespräch mit der Surflehrerin hatte er verstanden, wie groß die Verletzungen waren, die das Verlassenwerden bei ihm ausgelöst hatte, die Verlustangst von Frauen in seinem Leben.

Und dass die Liebe immer noch die stärksten Gefühle auslöste: Glück, Verzweiflung, Wut, Mordlust.

Nach der Nacht mit Cecilia hatte er sich gefragt, wer in dieser ganzen Geschichte an Verletzungen gelitten haben könnte. Denn vielleicht hatte der ganze Fall gar nicht mit Hubert de Langeville persönlich zu tun. Er war vielleicht nur der unglückliche Katalysator – oder besser: sein Geld war es.

Und da schoss dann als Erstes das Bild dieses Mädchens in sein Gedächtnis. Die Augen von Jacqueline Georgieva, die auf der einen Seite so fröhlich waren und auf der anderen Seite so stolz. Und die Erzählung von Robert Dubois: dass sie immer wieder verlassen worden war. Von allen reichen Jungs aus der Gegend.

Wer also hätte sie nicht verlassen? Bei wem könnte sie sich sicher fühlen. Und wie könnte sie es gleichzeitig allen heimzahlen?

Und dann war er auf den Banker gekommen. Auf den braven, grauen Guy. Undenkbar eigentlich. Sie würde sich nie mit ihm einlassen, und er würde nie glauben, dass sie es ernst meinen könnte.

Aber dann dachte er: doch. Es könnte gehen. Zwei Menschen, die enorme Verletzungen erlitten hatten. Sie war trotz ihres Aussehens ständig zurückgewiesen worden. Und er, Guy, war ein Leben lang nicht gesehen worden, als Mann, als potenzieller Lebenspartner, als Liebhaber. Von keiner Frau, von keinem Freund. Da waren nur die Kunden, die ihn schätzten und über ihn verfügten. Und die Bank, die ihn jahrelang als Angestellten genutzt hatte, aber nun wollte man ihn abschieben. Wenn dann die Liebe an deine Tür klopft – oder der Sex – und viel Geld, dann machst du auf.

All das konnte er nicht erzählen, ohne von der Nacht mit Cecilia zu berichten. Doch lügen wollte er auch nicht.

»Ich habe mir selbst ein Bein gestellt«, sagte er. »Sozusagen mein Pariser Bein.«

»Was meinst du?«, fragte sie, während sie in einer mittlerweile unglaublichen Geschwindigkeit die Trauben pflückte. Augenscheinlich hatte sie großen Spaß dabei, und sie war sehr gut darin, die kleinen Trauben zügig einzusammeln, ohne sie dabei zu zerdrücken.

»Ich lebe eben innerlich immer noch in Pariser Zeit. Ich habe sie ausgeschlossen, von Anfang an, weil ich ja sicher war, dass Jacqueline automatisch ein Alibi hatte. Schließlich geschah der Mord am Samstagmittag. Und da sind alle Apotheken geöffnet. Zumindest in Paris.«

»Du Snob«, lachte sie, »in Bordeaux doch auch. Aber in Saint-Émilion?«

»Sie hat den einen Fehler gemacht. Sie war gestern Vormittag in der Altstadt einkaufen. Da hab ich sie gesehen. Ich habe erst einmal nicht darüber nachgedacht. Aber dann las ich eine kurze SMS von Robert. Der Journalist. Er schrieb, dass der Mordfall jetzt genau eine Woche her sei, und dass er endlich etwas Großes darüber schreiben müsse. Und da bin ich stutzig geworden. Genau eine Woche, und die arbeitsame Apothekerin schlenderte zur Ladenöffnungszeit in der Altstadt herum. Ich bin hochgelaufen zur Pharmacie. Und da hing das Schild mit den Öffnungszeiten: Montag bis Freitag, von 8.30 Uhr bis 12 Uhr und von 15 bis 18 Uhr. Samstag und Sonntag geschlossen. Und dann war mir alles klar. Der Rest war schlichtes Zusammenreimen: Ich habe Richard geglaubt, dass er nicht in der Bank war, um Hubert zu stalken. Also musste Guy Vauquiez gelogen haben. Vielleicht, weil er Schiss bekommen hatte, und zu früh einen Ersatzverdächtigen herbeizaubern wollte. Vauquiez war zu schwach für das Ganze. Denn Jacqueline hat sich an ihren Plan gehalten. Sie hat mir von Richards Besuch quasi zufällig erzählt. Den gab es wirklich, es war nachprüfbar, und es kam ihr sicher sehr gelegen. Was für ein Zufall. Aber Guy hat es verpatzt. Denn er hat diesen Besuch erfunden, um Richard ins Spiel zu bringen.

Und da dachte ich: Wenn er gelogen hatte und die Apothekerin nicht in der Pharmacie war an diesem Samstag, dann musste das irgendwie zusammenhängen. Dann galt es, das auszuprobieren.«

»Und dich in echte Gefahr zu bringen.«

»Ich war vorsichtig«, sagte Luc und griff nach den Trauben. »Du hast sie ja kennengelernt. Sie sieht aus wie ein Engel. Aber ich ahnte, dass sie – sollte sie tatsächlich tatbeteiligt sein – kaltblütig genug ist und viele Kenntnisse von Arzneimitteln hat. Der Wein war ihre einzige Chance, um mich kaltzustellen. Und die hab ich genutzt.«

»Und sie hat nichts gemerkt?«

»Ich habe darauf geachtet, dass sie wirklich abgelenkt ist. Sie hat mir aus der Küche Wasser geholt. Und ich denke, dass sie dieses Mal aufgeregter war als beim ersten Mal. Es ist eine Sache, jemandem anonym etwas in den Wein zu tun und dann abzuhauen. Und eine andere, jemanden zu betäuben, der einem gegenüber sitzt und dann dabei zuzusehen. Um ihn vielleicht sogar um die Ecke zu bringen. Sie war mit den Nerven am Ende. Das konnte ich nutzen. Dass sie dann aber auch wirklich gesteht, kurz vor meiner vermeintlichen Betäubung, das habe ich nur gehofft. Gedacht hätte ich es nicht.«

»Was für ein Fall«, sagte Anouk. »Das lernen wir nirgendwo.«

»Die pure Perfidie. Es war mal wieder nur das Geld.«

»Und die Suche nach Anerkennung und Status«, befand Anouk. »Schade, so ein hübsches Mädchen. Eine echte Schönheit. Ich hab mich fast verschluckt, als ich sie in der Apotheke stehen sah. Was für eine Erscheinung. Und was für eine Verschwendung fürs Gefängnis.«

Luc sah Anouk an und dachte, wie wunderbar sie doch war. Sie war selbst so wunderschön und doch so bescheiden. Und so viel lebendiger als Jacqueline Georgieva. Echte Lebensfreude, das war der Unterschied. Anouk kalkulierte nicht, sie lebte einfach.

Luc sah, dass sein Korb erst halb voll war, Anouk hatte ihren schon fast gefüllt. Er sollte schneller arbeiten und weniger erzählen.

Die Sonne brannte immer noch sehr heiß am Himmel. Doch hinten tauchten kleine Schäfchenwolken auf, und es wehte ein feiner Wind, der auf der Haut ein wenig Kühle hinterließ. Würde die große Hitze endlich nachlassen?

»Wollen wir nach vorne gehen?«, fragte Luc und sah auf die Uhr. Es war fast drei Uhr.

»Es dürfte gleich das Essen mit den Helfern geben.«

Anouk ging zu ihm und nahm seine Hand.

»Ich würde lieber woanders hingehen. Mit dir.«

# Kapitel 54

Draußen war nur noch wenig Rauschen zu vernehmen, der spärliche Verkehr auf der nächtlichen Place Canteloup. Sie konnten durch die offenen Fenster hören, wie ein oder zwei Autos über das Pflaster rollten und durch die großen Pfützen. Der Wind, der hereinblies und die weißen Gardinen aufwehte, war kühl. Er legte sich auf ihre nasse Haut. Das gelbliche Licht von drei flackernden Kerzen in dem großen Kerzenleuchter auf der weißen Kommode vermischte sich mit dem Licht der alten Straßenlaterne draußen vor dem Fenster.

Vor zwei Stunden hatte es geblitzt und gedonnert, sodass es im Zimmer taghell war. Kurz darauf war ein gigantischer Wolkenbruch zu hören, der Regen prasselte gegen die Fenster.

Luc und Anouk hatten sich zu dieser Zeit gegenseitig ausgezogen und sich dann auf Anouks breitem Brett ausgestreckt, bevor sie ineinander verschmolzen. Sie hielten sich minutenlang, ganz dicht aneinander, lauschten dem Atem des anderen, bevor eine neue Welle der Leidenschaft sie packte, mitriss, fortriss, und sie sich küssten und berührten. Sie folgten diesem Rhythmus über eine Stunde lang, bis sie erschöpft waren von der Zurückhaltung und der Hingabe und zu begierig auf das, was kommen würde.

Dann schliefen sie zum ersten Mal miteinander. Anouk fühlte sich unglaublich an, so fest und warm, sie war zärtlich, und im nächsten Moment ging sie regelrecht auf ihn los, mit all ihrer Leidenschaft und mit diesen Bewegungen, die ihn schon immer so verrückt gemacht hatten.

Nun lagen sie da, Haut an Haut, ihr Arm lag auf seiner Brust, und sie sahen ruhig hinaus. Immer noch sah man Tropfen an den Fenstern, aber der Regen hatte aufgehört.

»Das war schön. Sehr schön.«

Es war Luc, der zuerst Worte fand. Zum ersten Mal. Davor hatte immer Anouk zuerst gesprochen. Doch nun war er so überwältigt, dass er seit Minuten überlegte, wann er schon einmal so überwältigt gewesen war von einer Frau und einem solchen Moment. Ihm fiel nichts ein.

Sie krallte sich kurz in seine Brust.

»Oh ja. Sehr schön.«

Er stand auf, ganz langsam, dabei fiel das Laken zurück, das sie gegen den kalten Wind über ihre Beine gelegt hatten, und er sah sie dort liegen. Sah ihre braune Haut. Ihre wunderschönen nackten Brüste, klein und vollkommen, die perfekt zu ihrer sportlichen Figur passten. Ihre langen Beine. Sie schaute zu ihm herauf. Sie war makellos – und wenn er sich bisher noch nicht verliebt hätte, dann wäre es jetzt bei ihrem Lächeln geschehen. Ihrem Lächeln, das diese Hingabe versprach, dieser zärtliche Blick, den sie ihm schenkte, und doch spürte er, dass sie jederzeit wieder für eine Überraschung gut war, diese Anouk mit ihrem so wachen, klugen Geist. Es würde immer sehr spannend sein mit ihr. Das fühlte er.

Er ging in die kleine Küche. Er war zum ersten Mal in ihrer Wohnung. Sie gefiel ihm sofort. Sie war im zweiten Stock des alten Hauses gelegen, mit den alten hölzernen Sprossenfenstern, die für Bordeaux so typisch waren. Die Decken waren hoch, an einigen Wänden waren die alten Klinkersteine erhalten worden.

Er nahm die zweite Flasche *Château Lecœur-Saint-Julien*, die Richard ihnen geschenkt hatte, und öffnete sie. Dabei fiel sein Blick auf den Kühlschrank. Dort hing eine Karte aus San Sebastián. Und sofort lief es ihm wieder kalt den Rücken herunter. Es war DIE Karte. Von der Anouk gesprochen hatte. Darüber hing ein gelber Post-It. Ein großes »?« war darauf, ein Fragezeichen. Sie hatte es mit ihrer markanten Schrift gemalt und an die Karte geklebt. Er nahm den Magneten ab und betrachtete die Schrift auf der Karte. Ohne Frage. Es war dieselbe alte, wohlgeformte Handschrift, in der vor zwei Monaten an ihn eine Karte aus derselben Stadt geschrieben worden war. Er las den Text. Die Warnung. Vor ihm.

Er heftete die Karte wieder an den Kühlschrank. Das konnte kein Zufall sein. Diese Postkarten. Die Warnung. Und dann der Einbruch.

»Allez, Luc. Komm ins Bett«, erklang es aus dem Schlafzimmer. Anouks warme Stimme, die ihn lockte. Ihre Stimme, die jeden bösen Gedanken in Lucs Kopf im Nu wegschob.

Er nahm die Gläser und betrat den Raum.

Sie lag da, wie er sie verlassen hatte. Immer noch lächelte sie.

Der Regen hatte wieder angefangen, doch hier drinnen, in diesem Schlafzimmer mit Blick hinaus auf die Place Canteloup, tranken sie vom Rotwein und betrachteten einander, als könnten sie sich nicht sattsehen an der Nacktheit des anderen.

Dann nahm Luc Anouk wieder in den Arm.

»Das fühlt sich ganz schön gut an, finde ich. Wir sollten mal überlegen, ob wir daraus nicht eine Tradition machen wollen. So jede Nacht vielleicht.«

Anouks Satz stand im Raum. Ihr spöttischer Zug um die Mundwinkel war zwar wieder da. Aber ihre Augen schauten ihn auch ein wenig fragend an, diese braunen Augen, die er so nah bei sich sah.

Und der Mann, der sich so ungern festlegte, der sich so ungern band, der so ungern Entscheidungen traf, die nur sein privates Leben betrafen, dieser Mann sagte ohne zu zögern:

»Das sollten wir.«

# Merci

In der Tat wäre dieses Buch ohne die erlesenen Tropfen aus dem Bordelais nicht möglich gewesen – deshalb geht der erste Dank an die Winzer, die berühmten großen und die fleißigen kleinen, die von Winter bis Herbst ackern, um mit Hilfe der Sonne, des Regens und des tollen Bodens im Aquitaine diese besondere Magie zu schaffen, die den Weinen aus Saint-Émilion und dem Médoc innewohnt.

Besonderer Dank geht an Kees van Leeuwen, Professor an der Université de Bordeaux, der alles, und zwar wirklich alles über den Weinbau und das Weinbusiness weiß. Seine Frau Linda und Kees selbst sind hervorragende Gastgeber, es wurde sogar eine Flasche meines Geburtsjahrgangs geöffnet. So macht Recherche Spaß. Danke auch an den deutschen Weinpapst, Professor Hans Schultz von der Universität Geisenheim, genau wie an Familie Gänz vom Bioweingut in Hackenheim.

In Saint-Émilion hat mir besonders Hubert de Boüard de Laforest weitergeholfen, der Besitzer des exquisiten Traditionshauses Château Angélus. Er öffnete mir Keller, Produktion und sogar eine Flasche – unglaublich, dieser Wein.

Das Schloss in Le Taillan-Médoc gibt es wirklich. Es ist auch

»in echt« ein wenig kitschig, aber dafür wunderschön. Und die Gastgeberin ist ganz anders als unsere Madame de Langeville. Sie heißt Suzette Stoffberg, ist eine wunderbar exaltierte Südafrikanerin und kümmert sich herzlich und mit Verve um jeden ihrer Gäste.

Der Marathon du Médoc ist in Wahrheit noch viel lustiger als im Buch. All diese Kostüme und Ideen zu beschreiben, ist völlig unmöglich. Es gibt jedes Jahr auch sehr viele deutschsprachige Läufer. Wenn Sie können, sollten Sie sich das nicht entgehen lassen. Ich war zweimal dabei, glücklicherweise nur auf dem Motorrad mit meinem Kameramann Christophe Obert. Es war hinreißend. Merci an Jean-Yves Saint-Céran für die tolle Organisation.

Medizinisch war der Mord an Hubert schon etwas für Feinschmecker. Ein großes Merci für den ärztlichen Rat an Dr. Charalampos Kriatselis, Leitender Oberarzt am Vivantes Klinikum Neukölln, an Dr. Engin Osmanoglou, Chefarzt der Berliner Meoclinic, und an meinen Freund Jens-Uwe Retter.

Was für ein Team bei HoCa: meine Verlegerin Birgit Schmitz, die phantastische Werbechefin Dana Mayer, der wunderbare Verkaufsleiter Moritz Klein, Laura Hage mit ihrem tollen Presseteam – und nicht zuletzt meine Lektorin Lena Klein – ein Merci und ein hanseatisches Danke Euch allen.

Rebekka Göpfert, Meike Stegkemper und Daniel Kampa – ohne Euch würde es Luc nicht geben. Seid umarmt.

Meine Frau Jasmin hat mir die Zeit, die Ruhe und die Inspiration geschenkt. Zuvorderst aber die Liebe. Ich danke Dir.

Alexander Oetker
Saint-Émilion, im Winter 2017

**Alexander Oetkers Commissaire Luc Verlain**
**im Hoffmann und Campe Verlag und bei Atlantik**

***Retour***
***Luc Verlains erster Fall***
Ein Aquitaine-Krimi
Taschenbuch, 304 Seiten
ISBN 978-3-455-00349-9

***Château Mort***
***Luc Verlains zweiter Fall***
Ein Aquitaine-Krimi
Taschenbuch, 336 Seiten
ISBN 978-3-455-00596-7

***Winteraustern***
***Luc Verlains dritter Fall***
Ein Aquitaine-Krimi
Taschenbuch, 336 Seiten
ISBN 978-3-455-00937-8

***Baskische Tragödie***
***Luc Verlains vierter Fall***
Ein Aquitaine-Krimi
Klappenbroschur, 288 Seiten
ISBN 978-3-455-01006-0

»*Retour* ist ein richtiger Wohlfühlkrimi, der in Sachen Spannung richtig Gas gibt.«
Oliver Steuck, *WDR 2*

»Ein Kriminalfall, der einem den Atem stocken lässt.«
Ulli Wagner, *Saarländischer Rundfunk* über *Winteraustern*

»Lebenslust, Tod und Leidenschaft. Ich kenne derzeit keinen, der Frankreich so beschreiben kann wie Alexander Oetker. Er legt uns das Land zu Füßen, indem er uns Dinge zum Nachdenken und zum Nachfühlen erzählt.«
Adrian Arnold, *Schweizer Fernsehen*